긴자 시호도 문구점

긴자 시호도 문구점

EST. 1834

우에다 겐지 장편소설 · 최주연 옮김

四宝堂

크래커

# 차례

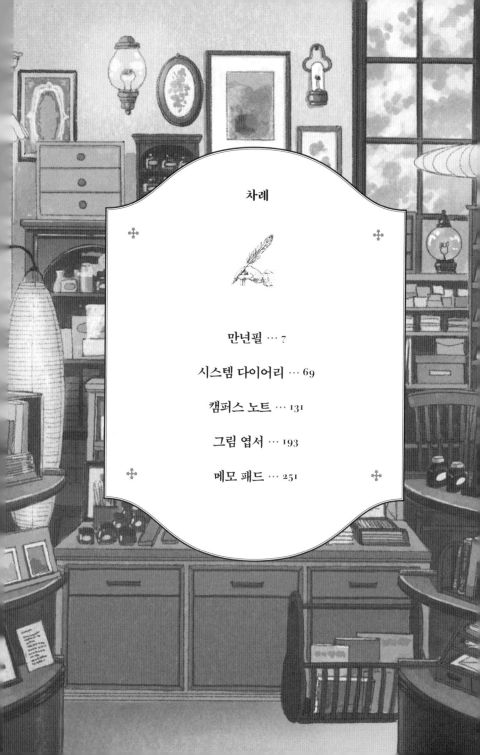

일러두기

1. 본문의 각주는 옮긴이 주입니다.

2. 맞춤법은 국립국어원 표준국어대사전 및 외래어 표기법을 따랐으나 관용적으로 널리 쓰이는 표현은 입말을 살려 표기했습니다.

# 만 년 필

4월 1일에 시작된 신입사원 연수가 드디어 끝났다. 첫 2주 동안은 연수원에 묵으면서 모두 함께 강의를 듣는 식이었으나 셋째 주부터는 조를 나눠 본사와 공장, 영업점, 연구소를 차례로 돌며 각 방문지에서 배운 내용을 모든 사람 앞에서 발표하는 형식으로 진행되었다.

다섯 명이 한 조가 되었는데, 방문지가 바뀔 때마다 조원이 달라져서 자연스레 동기 전원과 골고루 교류할 수 있었다. 그러나 조원이 매번 바뀌는 상황은 나처럼 낯을 가리는 사람에게는 엄청난 스트레스였기에 솔직히 괴로웠다.

게다가 동기들 사이의 주도권 다툼이랄까, 유능함을 과시

하려는 미묘한 신경전이 몹시도 부담스러웠다. 인사부 직원은 '신입사원 연수는 학습의 장이지 능력이나 적성을 평가하는 자리가 아니다'라며 확실히 선을 그었지만 견학할 때 질문을 하거나 조별 토의, 발표를 하는 등 다양한 상황에서 우열은 저절로 가려졌다.

그런 일이 거듭되자 어느샌가 동기 사이에 서열이 매겨지고 있었다.

"저런 애가 어떻게 우리 회사에 들어왔지?", "연줄로 들어왔나?" 하는 뒷말이 쉬는 시간에 들릴 정도로 분위기가 험악해졌다. 결국 신입사원 연수가 끝나기도 전에 동기가 셋이나 퇴사했다.

'동기잖아. 동기끼리 도우면서 다 같이 잘 지내보자.'

몇 번이나 목 끝까지 차오른 그 말을 입 밖으로 꺼내는 일은 없었다. 나는 늘 그런 식이다. 중요한 말을 꺼낼 타이밍을 놓치고 만다. 그래 놓고는 전하지 못한 말을 한없이 곱씹으며 마음에 담아둔다.

이래서야 연휴 뒤에 시작되는 영업 연수를 과연 잘 해낼 수 있을까. 기다리는 이 없는 집으로 향하는 길, 막연한 불안감에 휩싸였다. 마침내 첫 월급을 받았는데도, 내일부터 긴 연휴가 시작되는데도 발걸음이 마냥 무거웠다.

흔들리는 지하철 안에서 문득 선배가 연수 중에 했던 말이 떠올랐다.

"첫 월급을 어디에 쓸 계획인가요? 어디에 쓰든 당연히 자유지만, 저는 지금까지 도움을 주셨던 분들께 선물하는 걸 추천할게요. 진심으로 기뻐하실 거예요."

그래, 내일은 나쓰코 씨에게 드릴 선물을 찾아봐야겠다. 그리고 중요한 일이 또 하나 있다. 그런데 어디로 가야 나쓰코 씨가 좋아할 만한 물건을 찾을 수 있을까? 도쿄 하면 역시 긴자겠지.

긴자 주오도리에 닿아 있는 마쓰키야 백화점 직원 기지마 씨가 정문까지 나와서 나를 배웅했다.

"방향으로 따지면 저쪽이에요. 근데 정말 괜찮겠어요? 뭣하면 젊은 직원을 같이 보낼게. 마음 같아서는 내가 데려다주고 싶은데 바로 뒤에 예약이 있으니 원. 미안해서 어쩌나."

기지마 씨는 걱정스러운 표정을 지었다.

"지도도 주셨고 휴대폰도 있으니까 혼자서 잘 찾아갈 수 있을 거예요."

"그러면 다행이고. 아, 가게에는 내가 전화해둘게요. 잘해줄 거예요."

기지마 씨의 다정한 눈빛은 나쓰코 씨를 떠올리게 했다.

"그럼, 다녀오겠습니다."

"서두르지 말고 천천히 다녀와요. 무슨 일 있으면 꼭 전화하고. 내가 바로 도와줄게요."

마치 아이를 첫 심부름에 보내는 어머니 같다. 기지마 씨와 만난 지 몇 시간밖에 지나지 않았지만 오래 알고 지낸 듯한 기분이 들었다.

메모지에 그려진 지도에 의지해 걸음을 내디뎠다. 우선은 주오도리를 쭉 직진하면 되는 모양이다. 조금 걷다가 뒤를 돌아보니 아직도 백화점 정문 한쪽에 기지마 씨가 서 있었다. 내가 가볍게 고개를 숙이자 기지마 씨는 손을 흔들어주었다.

그러고 보니 손으로 직접 그린 지도를 받아보긴 처음이었다. 요즘 같은 세상이니 가게 홈페이지만 가르쳐주고 끝일 줄 알았는데, 메모지에는 지도뿐 아니라 상호와 주소, 기지마 씨의 휴대폰 번호까지 적혀 있었다.

신호를 두 개 정도 지나며 직진하다가 주오도리를 가로지르는 골목으로 들어갔다. 화려한 쇼핑가와는 달리 건물이 빼곡하게 늘어선 골목은 살짝 미로 같았다. 골목을 쭉 따라 걷다가 두 번째 모퉁이에서 돌자 원통형 우체통이 보였다. 정기적으로 페인트칠을 새로 하는지 빨간색이 유난히 선명했다. 원통형 우체통은 영화나 오래된 드라마에서만 봤는데, 과연 초행길 지표로 삼기에 안성맞춤이었다. 그 우체통 맞은편에 목적지가 있었다.

"여기인가?"

무심결에 혼잣말이 새어 나왔다. 10분쯤 걸었던가. 도착하고 나니 기지마 씨의 정확한 지도를 그대로 따라왔을 뿐이지만 도쿄에 온 지 얼마 안 된 내게는 작은 모험이나 다름없었다.

전통이 오래된 문구점이라고 들었으나 3층짜리 건물에서는 고풍스러움만 느껴질 뿐 허름한 인상이 전혀 없었다. 운치 있고 온화하면서도 신비로운 분위기가 감돌았다. 유리문 입구 한가운데에 '시호도'라는 금색 글자가 있었다.

문을 열고 발을 들이자 부드러운 향기가 나를 맞아주었다. 향을 피웠나? 자기 존재를 강하게 어필하는 향수와 달리, 낯선 도쿄에서 고전하는 나를 포근히 안아주는 듯한 다정함이 느껴졌다.

"어서 오세요."

곧이어 안쪽에서 남자 목소리가 들렸다. 부드러운 향과 꼭 닮은 그 목소리는 나의 방문을 진심으로 환영하는 듯했다. 이토록 편안한 '어서 오세요'는 처음이었다.

도쿄에 와서 당황스러웠던 부분 중 하나가 '어서 오세요'라는 인사였다. 내가 나고 자란 시골에서는 손님에게도 '안녕하

세요'라고 인사한다. 아침이면 아침 인사, 저녁이면 저녁 인사
로 늘 '안녕하세요'라고 말한다. 주민 대부분이 알고 지내는 사
이라는 지역 특성과도 관계가 있겠지만 '어서 오세요' 하고 손
님을 맞으면 상대가 '어이, 나한테 뭘 팔려고 이러시나!' 하며
경계하는 전개가 펼쳐질 수도 있다. 물론 웃는 얼굴로.

그래서 나는 편의점, 패스트푸드점, 선술집은 물론이고 은행
이나 관공서 창구에서조차 유난히 높은 톤으로 '어서 오세요!'
하고 외치는 도쿄식 인사에 질려 있었다.

그러나 시호도 문구점의 '어서 오세요'는 달랐다. 정확한 이
유는 모르겠다. 무사히 도착했다는 안도감 때문인지도 모른다.

멀뚱히 서 있는 내 앞에 목소리의 주인공이 모습을 드러냈
다. 하늘색 셔츠, 회색 슬랙스 차림에 남색 민무늬 넥타이와 단
정한 검정 끈 구두를 착용한 남자였다. 길지도 짧지도 않은 머
리카락은 자연스럽게 나뉘어 있었다. 30대 중반쯤 됐을까.

"여기가 시호도 문구점인가요?"

조금 전 상호를 확인하고 들어왔으면서 얼빠진 질문을 내뱉
고 말았다.

"네, 시호도 문구점입니다. 실례지만, 닛타 님이신가요?"

"앗, 네."

"기다리고 있었습니다. 찾기 어렵지는 않으셨나요?"

"아니요. 이게 있어서요."

남자는 내 손에 들린 메모지를 보고 고개를 끄덕였다.

"다행입니다. 조금 전에 기지마 씨가 전화를 주셨습니다. 닛타 님이라는 귀한 손님께 시호도를 소개했다며 도착하시면 최선을 다해 모시라고 하시더군요."

남자는 주머니에서 명함집을 꺼내 명함을 한 장 빼서 내게 건넸다.

"시호도 문구점 주인 다카라다 겐입니다. 벼루 연硯을 쓰고 '겐'이라 읽습니다. 잘 부탁드립니다."

"아, 네. 저, 저야말로 잘 부탁드립니다."

낯가림이 심한 내게는 처음 자기소개를 할 때만큼 긴장되는 순간이 없다. 그런 내 마음을 아는지 모르는지 다카라다 씨는 온화한 미소를 지으며 말을 이었다.

"곧바로 본론을 여쭈어 송구하지만, 어떻게 도와드릴까요? 기지마 씨는 이번에도 '겐, 아무튼 잘 부탁해!'라고만 해서서 구체적인 용건을 미처 듣지 못했습니다."

그제야 이곳에 온 이유가 생각났다.

"아, 저, 저는 편지지와 봉투가 필요해서……."

다카라다 씨는 예상했다는 듯 고개를 깊이 끄덕이더니 한박자 쉬고 "알겠습니다" 하고 대답했다. 이어서 차분하게 몸을 움직이며 문구점 안쪽으로 손을 펼쳤다.

"이쪽으로 오시죠. 편지지와 봉투는 저쪽 선반에 있습니다."

다카라다 씨의 여유롭고 정중한 응대에 마음이 따뜻해졌다. 재촉하듯 용건만 주고받는 서비스는 바쁜 일상을 지내는 도시인의 지혜가 빚어낸 것이겠지만, 자판기를 상대하는 듯한 무미건조한 응대가 나는 여전히 낯설었다.

다카라다 씨가 안내한 매대에는 다양한 편지지와 봉투가 빼곡히 꽂혀 있었다. 전통 수제 종이로 만들어 고급스러운 것, 압화를 넣어 멋스러운 것, 하늘색 배경에 적갈색 가로선이 날렵하게 그어진 것 등 다채로운 구성에 보기만 해도 눈이 즐거웠다.

편지지 옆에는 같은 디자인의 편지봉투가 진열되어 있었다. 세로쓰기 편지지에는 길쭉한 봉투가, 가로쓰기 편지지에는 서양식 봉투가 세트로 놓여 있었다. 얼핏 봐도 200종은 넘을 듯했다.

"이쪽 상품 말고도 계절 일러스트가 곁들여진 상품도 준비되어 있습니다. 그리팅 카드도 엽서 코너에 있고요."

"종류가 엄청 많네요. 감동적일 정도로요."

"감사합니다. 장소가 제한적이라 제 욕심만큼 진열하지는 못해도 일본 전통 종이를 사용한 제품과 수입품 구성 면에서는 도쿄 내에서도 손꼽히는 수준이라 자부하고 있습니다. 저희 매장에 찾으시는 상품이 없다면 긴자, 니혼바시, 도쿄역 주변에 있는 대형 문구점을 소개해드릴 수도 있습니다. 다른 매장의 상품 구성도 대강 파악하고 있으니 찾으시는 물건을 말씀해주시면 동종업계 친분으로 제가 연락을 넣겠습니다."

"아니요, 아닙니다. 이 중에서 고르기도 힘들 것 같은데 다른 가게까지 가다니요. 저한테는 과분합니다. 흐음⋯⋯."

다카라다 씨는 여전히 미소를 머금고서 편지지 하나를 꺼내 들었다.

"'소식'이라는 편지지입니다. 세로 열 줄짜리로, 옅은 백색 바탕에 줄도 흐릿하게 그어져 있어 용도를 가리지 않지요. 참고로 저희 문구점에서 자체 제작한 상품입니다."

"그렇군요."

다카라다 씨는 두 단 위에서 다른 편지지를 꺼냈다.

"이건 '날개옷'이라고 합니다. 마찬가지로 저희 문구점 자체 제작 상품이지요. 일본 전통 종이를 만드는 장인분께서 실용품도 만들고 싶다고 말씀하신 게 계기가 되어 나온 상품인데, 워낙 소량만 제작되는지라 고급 전통 종이를 사용하고 줄도 투명하게 비치는 기법을 써서 넣었습니다. 이 편지지도 어떤 용도에든 무난하게 사용할 수 있습니다. 그리고⋯⋯ 아, 너무 제 취향의 상품만 소개해서 송구합니다."

다카라다 씨는 30대 중반으로 보이는데 말투가 신기할 만큼 정중했다.

"둘 다 깨끗하고 고급스러워서 정말 근사하네요. 이걸 어쩐다……."

그렇다. 나는 우유부단한 사람이다.

"편지지를 선택하는 방법은 크게 두 가지입니다. 한 가지는 보내는 사람의 취향껏 선택하는 것입니다. 일반적인 방법이지요. 다른 한 가지는 받는 사람이 좋아할 만한 디자인을 고르는 것입니다. 앞서 추천해드린 두 상품은 정석 중의 정석이라 실패하지는 않겠지만 확실히 보는 재미가 덜합니다. 그러니 받으시는 분을 상상하며 선택하는 방법도 한번 고려해보시면 어떨까요?"

"그런 방법이 있군요."

적확한 조언이었으나 내게는 장벽이 높았다. 기껏해야 연하장 정도나 써봤을 뿐, 여태 편지다운 편지는 써본 적이 없었다.

"기지마 씨 소개라면, 혹시 선물과 함께 보낼 예정이신가요?"

머뭇대는 내게 다카라다 씨가 도움의 손길을 내밀었다.

"네. 사실은 얼마 전에 첫 월급을 받아서 할머니께 선물을 드리고 싶었거든요. 무작정 나오긴 했는데 뭘 사면 좋을지 몰라 백화점을 방황하고 있었더니, 점원 기지마 씨가 말을 걸어주셨어요."

다카라다 씨가 불쑥 웃음을 터뜨렸다.

"'잠깐, 잠깐! 거기 젊은이, 괜찮아요?' 아니었나요?"

"앗! 맞아요. 기지마 씨가 '젊은이, 괜찮아요? 잔뜩 지쳐서 땀을 뻘뻘 흘리네. 마침 교쿠로*를 우린 참이에요' 하고 종이컵을 건네주셨어요. 제가 당황해서 머뭇대는 사이 안쪽에서 의자를 꺼내오시곤 '잠깐 앉아서 쉬었다 가요'라고 하셔서 얼떨결에 쇼케이스 옆에 앉게 되었습니다."

다카라다 씨는 유쾌하다는 듯이 고개를 끄덕였다.

"기지마 씨는 지쳐 있거나 곤경에 처한 사람을 보면 그냥 지나치지 못하는 분이시지요."

"그렇군요. 그런데 그 차가 얼마나 맛있던지, 한 치의 과장도 없이 그렇게 달콤하고 맛있는 차는 처음 마셔봤습니다. 저도 모르게 후우 하고 한숨을 쉬었더니 또 한 잔 따라주시면서 '무슨 걱정 있어요? 긴자까지 와서 한숨을 다 쉬고, 무슨 일이에요?' 하고 물으시더라고요."

---

* 차광막을 씌워 키운 녹찻잎을 증기로 찐 후 수분을 제거해서 만든 고급 녹차.

정말 신기했다. 만난 지 얼마 되지 않았는데 다카라다 씨에게는 자연스럽게 말이 나왔다. 기지마 씨에게도 그랬다. 오늘은 친절한 사람을 만나는 날인가 보다.

"그런데 기지마 씨는 연세가 어떻게 되세요?"

"글쎄요. 여성에게 나이를 묻는 건 실례인지라 저도 정확하게는 모릅니다. 다만, 제가 어렸을 때부터 마쓰키야 백화점에서 근무하셨으니 꽤 지긋하지 않으실까요. 몇 년 전에 정년퇴직하시고 지금은 계약직으로 직원 교육이나 주요 거래처 상대를 전담하고 계십니다. 아, 마쓰키야 백화점 사장에게 '군'이라는 호칭을 붙이는 몇 안 되는 사람 중 한 분이시지요."

"그렇게 대단한 분이 저한테 말을 걸어주셨군요."

다카라다 씨는 고개를 살며시 저으며 웃었다.

"대단한 분이라고 하면 '어머나, 내가 꼭 무서운 아줌마 같잖아!'라면서 화내실 겁니다. 실제로는 본인과 본인이 맡은 업무에 한해서만 엄격하지, 다른 사람한테는 무척 자상하세요. 누구에게나요. 저도 기지마 씨처럼 되고 싶습니다. 손님을 상대하는 경영자로서, 아니 한 사람의 인간으로서요."

다카라다 씨는 자기 자신에게 이르듯 고개를 주억이더니 문득 아차 싶은 표정으로 머리를 긁적였다.

"죄송합니다. 이야기가 샛길로 빠졌습니다."

"아닙니다! 기지마 씨가 베풀어주신 친절에 대해 누군가에게 얘기하고 싶었어요. 들어주셔서 감사해요."

3월 말 도쿄에 온 이후로 다른 이와 일상을 나누기는 처음이었다. 그전에는 나쓰코 씨에게 하루 동안 있었던 일을 두서없이 주절주절 늘어놓았다.

신입사원 연수 때 식사 자리에서 '자동문이 열리지 않아서 당황했던 이야기'를 했더니 한 동기가 "그래서 결론이 뭐야?" 하고 물었다. 결국, 우물쭈물하다 냉소를 받은 그 자리에 나를 감싸주는 사람은 아무도 없었다. 그 뒤로 다른 사람에게 무언가를 이야기하는 것이 두려워졌다.

다카라다 씨는 인품이 배어 나오는 따스한 미소를 머금고 고개를 끄덕이며 다음 말을 기다렸다.

"차를 얻어 마시자 조금 진정이 돼서, 첫 월급으로 할머니께 드릴 선물을 사려고 하는데 무엇을 사야 할지 모르겠다고 솔직하게 털어놓았습니다. 그 뒤에 기지마 씨가 이런저런 제안을 해주셔서 차를 선물하기로 했고요."

"찻잎이 새로 나오는 계절인 데다 받으시는 분은 차를 마실 때마다 선물하신 닛타 님의 마음을 떠올릴 테니 훌륭한 선택을 하셨네요."

다카라다 씨는 "새 찻잎이라…… 나도 사러 가야겠네" 하고 작게 혼잣말을 덧붙였다.

"사실 차는 미처 떠올리지 못했기 때문에 추천해주신 기지마 씨에게 감사할 따름이에요. 그렇게 선물을 정하고 나자 기지마 씨가 편지를 써서 함께 보내라고 하시더군요. 저는 할머니께 휴대폰으로 '백화점에서 차를 사서 보냈어요'라고 메시지를 보낼 참이었거든요. 그런데 '짧아도 되니까 편지를 써봐요' 하고 권하셨어요."

다카라다 씨는 흐음 하고 고개를 끄덕였다.

"그래서 저희 문구점을 소개해주셨군요."

"네. 백화점에도 문구 매장이 있지만 상품 종류가 그리 많지 않다면서 시호도라는 문구 용품 전문점에 가보라며 지도를 그려주셨어요."

다카라다 씨는 빙긋 웃으며 "감사한 일이네요" 하고 답했다.

"이런 연유로 편지지와 봉투가 필요합니다."

"알겠습니다. 그렇다면 이 상품은 어떠신가요? 저희 문구점 오리지널 상품만 소개해드려 면목 없으나, 이 편지지는 줄 폭이 넓어서 여유 있게 쓸 수 있고 방금 말씀하신 용도에 딱 맞지 않을까 싶습니다."

그렇게 말하며 내민 편지지에는 연두색 선이 여덟 줄 정도 그어져 있었다. 봉투에는 우편번호 칸이 같은 색으로 새겨져 있고 우표 붙이는 위치에는 나뭇가지에 돋아난 새싹이 그려져 있었다.

"이 색은 '새싹 색'이라 불립니다. 같은 디자인에 열두 가지 색상으로 구성된 '달마다'라는 편지지 시리즈 중 하나인데, 아래쪽으로 갈수록 줄이 흐려지는 것이 특징이지요."

다카라다 씨는 내가 손에 든 편지지 묶음의 커버를 넘겼다. 가는 붓으로 그은 것처럼 줄이 아래로 갈수록 옅어지고 가늘어졌다. 끝 쪽에는 거의 아무것도 그어져 있지 않은 듯 보였다.

"이건 화가인 손님께서 자그마한 그림을 넣기에 적당한 편지지를 마련해달라고 요청하셔서 제작한 상품입니다. 참고로 이 줄과 우표 위치에 들어간 그림은 그 화가 손님이 그려주셨고, 열두 가지 색을 고른 것도 그분입니다. 465종이나 되는 일본 전통 색상 중에서 열두 색을 고르기란 쉽지 않았겠지요. 색의 조화까지 고려하면 더욱 어렵지 않았을까요. 사실 한참 윗대에서 시작한 상품이라 그 화가 손님이 어떤 분인지 저는 모른답니다."

다카라다 씨가 '달마다'의 다른 색들을 보여주었다. 팥죽색, 자주색, 연분홍색, 파란빛이 도는 연보라색, 주황색, 다홍색, 검붉은색, 적갈색, 노란빛을 띠는 연분홍색, 은회색 그리고 금색.

"죄송하지만, 이 제품은 금박을 사용해서 가격이 다릅니다.

금값이 계속 오르고 기술자도 점점 줄고 있으니, 조만간 금박 가공 방식을 포기해야 할지도 모르겠습니다."

전부 눈에 편안한 색이었다. 고운 색감을 보고 있자니 눈이 맑아졌다.

선반에 진열된 봉투는 다섯 장씩 띠지로 묶여 있었다. 우표 위치에 그려진 그림은 색마다 달랐는데 모두 하나같이 사랑스러웠다. 팥죽색에는 작은 팥 세 알이, 노란빛을 띠는 연분홍색에는 아침 해가, 금색에는 후지산이 그려져 있었다.

그림을 살펴보는 내 눈길을 알아챘는지 다카라다 씨가 말을 건넸다.

"이 일러스트가 가려지는 게 아깝다고 일부러 우표를 옆에 붙이는 손님도 계십니다. 우편배달을 해주시는 분께서 '우표는 올바른 위치에 붙이라고 꼭 말해주세요' 하고 몇 번이나 당부하셨을 정도지요."

"우표를 옆에 붙이는 마음을 알 것 같네요. 아, 저는 차랑 같이 보낼 거라서 우표는 안 붙여도 되지만요. 이 새싹 색 편지지와 봉투로 하겠습니다."

"알겠습니다, 감사합니다. 그럼 이쪽으로."

다카라다 씨는 상품을 받아 들고 나를 카운터로 안내했다.

"실례지만 혹시 필기류를 가지고 계시는지요."

다카라다 씨의 물음에 나는 살짝 끄덕이며 대답했다.

"사실 그것도 여쭤보려 했어요. 여기에 어울리는 잉크가 필요해서요."

나는 배낭에 손을 넣어 가늘고 긴 상자를 꺼냈다. 검은 바탕에 하얀 로고가 박힌 슬리브에 싸인 선물용 상자로, 안에는 만년필이 들어 있었다.

다카라다 씨는 카운터 안쪽으로 들어가더니 내가 고른 편지지와 봉투를 옆에 놓고 "잠시만 기다려주십시오" 하고 양해를 구한 뒤 서랍에서 하얀 장갑을 꺼냈다. 이어서 기다란 쟁반 같은 판을 꺼내 카운터에 올리고 두 손에 장갑을 꼈다. 판의 윗면은 펠트로 되어 있어서 무언가 귀한 물건을 다룰 때 쓰는 작업대 같았다.

"삼가 살펴보겠습니다."

다카라다 씨는 내가 내민 상자를 두 손으로 공손하게 받아들며 말했다. 상자를 작업대에 살며시 놓은 다음 카운터 구석에 있는 의자를 가져와 걸터앉았다.

"죄송합니다. 서서 작업하면 손이 미끄러졌을 때 제품이 파손될 우려가 있기에 손님 앞에서 실례를 무릅쓰고 앉아서 진행하겠습니다. 괜찮으시면 저쪽 의자를 이용해주십시오."

다카라다 씨는 시선으로 카운터 옆에 있는 의자를 가리켰다.

나는 그 의자를 가져와 정면에 앉았다.

"몽블랑이군요. 최신 물건은 아닌 듯합니다."

"네. 맞습니다."

다카라다 씨는 슬리브에서 상자를 조심스레 빼냈다. 상자 윗면에는 '화이트 스타'라 불리는 하얀 별 모양의 몽블랑 마크가 박혀 있었다. 상자를 열자 사용설명서와 보증서가 있고 그 아래 만년필이 놓여 있었다. 천이 깔린 받침대 위에서 펜 뚜껑의 클립과 링이 황금색으로 빛났다.

"제가 만년필에 문외한이라서 그러는데, 이건 고급품인가요? 유명한 작가도 사용한다고 어디서 들은 것 같아서요."

"네. 넓은 범위로는 그렇습니다. 몽블랑 마이스터스튁 클래식이라는 모델이지요. 축이 가는 편이라 상의 안주머니에 꽂아도 불편하지 않고 서양인보다 손이 작은 일본인에게 잘 맞는 상품입니다."

"그렇군요."

내 물건에 대해 다른 사람이 설명하는 걸 듣고 있자니 기분이 묘했다.

"문필을 생업으로 하는 작가들은 축이 조금 더 두꺼운 펜을 선호한다고 합니다. 같은 마이스터스튁이라도 '르그랑 146'이라는 모델이 그렇지요."

다카라다 씨는 카운터 옆 진열장에서 만년필을 한 자루 꺼냈다. 내 만년필과 실루엣은 비슷했지만 전체적으로 조금 더 컸다. 특히 축의 두께가 확연히 달랐다.

"닛타 님이 소유하신 클래식 모델은 축 지름이 12밀리미터인데, 르그랑 146은 13.3밀리미터입니다. 이 정도 두께가 오랜 시간 집필하기에는 더 적합하다고 합니다."

나는 다카라다 씨가 내민 르그랑 146을 받아 들었다.

"확실히 두껍군요. 제 만년필도 평소 쓰는 볼펜이나 샤프에 비하면 두껍다고 느꼈는데 이건 비교도 안 되네요."

"아무래도 그렇지요."

다카라다 씨는 다른 펜을 하나 꺼냈다.

"가장 두꺼운 모델은 지름이 15.2밀리미터입니다. 마이스터스튁 149로, 이것도 문필가들이 선호하는 모델 중 하나인데 국제협약이나 기업 간 계약을 체결할 때 흔히 사용되지요. 일상에서 쓰기에는 너무 거창한 듯해도, '이때다!' 싶은 순간에 어울리는 위엄이 있습니다."

다카라다 씨가 내민 마이스터스튁 149 만년필은 유성 매직 정도의 두께였다. 호기심 어린 눈으로 만년필을 구경하는 사이, 다카라다 씨는 내가 맡긴 만년필의 뚜껑을 열었다. 펜의 본체를 비틀어 중간쯤에서 두 부분으로 분리하더니 안에서 가늘고 긴 부품을 꺼냈다.

"펜 끝과 컨버터가 아주 깨끗합니다. 한 번도 사용하지 않으셨나 보군요."

"네. 한 번도 쓰지 않았어요."

다카라다 씨는 고개를 끄덕이더니 선물용 상자에 동봉된 잉크 카트리지를 조명에 비추고 흔들며 찬찬히 살펴보았다.

"이 잉크는 사용할 수 있을지 확실치가 않습니다. 보증서 날짜를 보겠습니다. 아, 12년 전이네요."

"네. 열 살 때 할머니께 선물 받았거든요."

다카라다 씨는 약간 놀란 듯했다.

"열 살이면 초등학교 4학년인가요? 외람된 말씀이지만, 초등학생에게 선물하는 필기구치고는 너무 고급이 아닌가 싶습니다."

"그쵸? 받기는 했는데 학교에 가져가지도 못하고 그냥 서랍에 넣어뒀다가 얼마 전까지 존재 자체를 까맣게 잊고 있었어요."

"미사용품이고, 보기에도 완전히 새것 같으니 잉크만 교체하면 문제없이 사용할 수 있을 겁니다. 이 컨버터를 사용하시려면 병에 든 잉크가 좋겠지만 외출이 잦은 편이시면 카트리지가 실용적일 수 있습니다. 어떠신가요?"

"관리하기 편한 건 어느 쪽인가요?"

"익숙해지면 둘 다 어렵지 않습니다. 그래도 굳이 따지자면 카트리지가 조금 더 편할 수 있습니다."

"그럼 카트리지로 하겠습니다."

"네, 잠시만 기다려주십시오."

다카라다 씨는 카운터에서 나와 필기구 매대로 보이는 선반에서 작은 상자를 몇 개 꺼내왔다.

"요즘에는 몽블랑 전용 잉크로도 멋스러운 색이 다양하게 나옵니다. 그래도 편지를 쓰는 데 사용하기에는 무난한 색이 좋지 않을까 싶습니다. 오른쪽부터 '미스터리 블랙', '미드나이트 블루', '로열 블루'고, 왼쪽으로 갈수록 푸른빛이 많이 납니다. 녹색이나 보라색도 나쁘지 않지만 아무래도 용도가 제한적이겠지요."

"어느 색이 가장 무난한가요?"

"한 가지를 콕 집어 말하기는 어렵지만, 원래 동봉되어 있던 잉크는 미드나이트 블루입니다. 예전에는 블루블랙이라 불렀지요."

다카라다 씨가 조명에 비추고 흔들었던 잉크 카트리지에는 영어로 블루블랙이라 쓰여 있었다.

"그럼 이것도 같이 주세요."

"알겠습니다."

전부 합쳐서 2000엔이 조금 넘었다. 백화점에서 산 차도 배송료를 포함해 몇천 엔밖에 되지 않았다. 선물과 만년필 잉크를 사기로 마음먹고서 긴자로 올 때는 어느 정도 지출을 각오했는데 놀라울 만큼 적은 금액으로 전부 해결했다. 이 또한 친절한 사람들을 만난 덕분이리라.

거스름돈을 챙기며 다카라다 씨가 물었다.

"편지는 차 상자에 넣어 보낼 생각이지요? 그럼 어딘가에서 편지를 쓴 다음에 마쓰키야 백화점으로 가시겠군요."

"네, 그렇게 하려고요. 6시까지 기지마 씨께 편지를 전달하면 차 상자에 넣어서 오늘 출발하는 편에 보낼 수 있다고 하셔서요."

"그럼, 괜찮으시면 문구점 2층에서 쓰시겠어요? 평소에는 종이 공예나 캘리그라피, 도장 공예 등 워크숍을 여는 공간으로 대여해드리는데 오늘은 별다른 예약이 없습니다. 차분하게 편지를 쓰기에 적당한 책상과 의자도 있습니다."

갑작스러운 제안이 조금은 당황스러우면서도 반가웠다.

"앗, 그래도 될까요? 근처에 조용한 카페가 있는지 여쭤보려 했거든요."

다카라다 씨는 빙긋 웃으며 대답했다.

"편하게 사용해주세요. 물론 이 근처에도 괜찮은 카페가 있습니다. '호즈에'라는 곳인데 사실 저도 자주 가는 곳입니다. 커피와 홍차뿐만 아니라 가벼운 식사를 하기에도 손색없습니다. 목을 좀 축이고 싶다거나 출출하다 하시면 소개해드리겠습니다. 하지만 할머님께 드릴 중요한 편지를 쓰기에는 다소 적합지 않습니다. 아무래도 카페 테이블과 의자는 편안하게 차를 즐기는 데 최적화된 구조니까요."

"어쩐지 죄송하네요."

나는 고개를 꾸벅 숙였다. 솔직하게 '고맙습니다'라고 말하면 되는데도.

다카라다 씨는 황급히 손을 내저으며 "그러지 마세요. 손님한테 그런 인사를 받으면 제가 면목이 없습니다" 하고는 거스름돈을 내밀었다.

"거스름돈과 영수증입니다."

가죽 트레이에 놓인 1000엔짜리 신권 지폐와 새 동전에 나도 모르게 감탄이 새어 나왔다.

"우와, 동전이 원래는 이렇게 예쁘게 생겼군요."

"네, 특히 5엔짜리는 얼마나 곱게 반짝거리는지 펜던트로 목에 걸고 다니고 싶을 정도입니다. 5엔 동전은 구리 60퍼센트, 아연 40퍼센트인 황동이라더군요."

"거스름돈을 매번 새 돈으로 내주시나요?"

다카라다 씨는 차분하고 덤덤한 말투로 "네" 하고 답했다.

"수고스럽기도 하고 수수료도 들지만 놀라고 웃어주시는 손님들 모습이 좋아서 신권을 준비해놓습니다. 그런데 요즘에는 현금 결제를 하는 분이 많지 않아서 내놓을 기회가 별로 없습니다."

그렇게 말하는 다카라다 씨의 표정에 슬쩍 아쉬움이 번졌다.

"다른 동전과 섞이는 게 아까워서 지갑에 넣기가 싫어지네요. 지폐도 두 번이나 접히니 아쉽고요."

내 지갑은 두 번 접히는 형태로 안쪽에 동전을 넣는 지퍼가 달려 있다. 학창 시절에는 지갑도 없이 바지 뒷주머니에 대충 돈을 쑤셔 넣고 다녔지만, 사회인이 된 후로는 정장 안주머니에 깊숙이 손을 넣어 돈을 꺼내기가 번거로워 지갑을 들고 다닌다.

"그럼 임시로 이렇게 할까요?"

다카라다 씨는 동전을 지퍼백에, 지폐는 엽서용 종이봉투에 넣어주었다.

"번거롭게 해서 죄송합니다."

또 '죄송하다'는 말을 내뱉고 말았다. 이쯤 되면 입버릇이 아닐까. 나는 습관 같은 사과의 말을 건네며 배낭에서 해외 추리소설을 한 권 꺼내 책장 사이에 지폐를 끼우고 배낭 안쪽에 동전을 챙겼다.

"《죽음을 문신한 소녀》네요. 그 책 참 재미있죠?"

곁눈으로 힐끗 봤을 뿐인데 다카라다 씨는 자연스레 제목을 읊었다.

"이 책을 읽으셨나요?"

"네. 가름끈 위치로 보건대 한참 더 재밌어지겠네요."

내심 기뻤다. 지금까지 주변에 취향이 비슷한 사람이 없었다. 온라인 커뮤니티나 SNS에서 하드보일드 소설이나 해외 추리소설 마니아 모임을 찾기도 했지만 그곳에서도 난 늘 구경만 할 뿐 글을 쓰지는 않았다. 생판 모르는 누군가에게 내 이야기를 하는 것이 어쩐지 불편했다. 하지만 친구들은 이해가 안 간다는 표정을 지었다. 요즘은 나처럼 느끼는 사람이 드문 편인 듯했다. 오히려 친구나 가까운 지인에게 속마음을 털어놨다가 냉담한 반응이 돌아올까 겁이 나서 아예 모르는 상대에게 말하는 게 편하다는 사람도 있었다. 그런 얘기를 들을 때마다 '그럼 지금 이 사람은 나를 어떻게 생각하는 거지?', '방금 나한테 한 말은 진심이 아니라 가식인가?' 하는 의심을 지울 수 없었다.

"자, 2층으로 모시겠습니다."

멍하니 상념에 잠겨 있다가 다카라다 씨의 목소리에 정신을 차렸다.

다카라다 씨는 카운터에서 나와 탁상용 초인종과 함께 팻말을 올려두었다. '다른 층에 있습니다. 용무가 있으신 분은 종을 눌러주세요'라고 쓰인 팻말이었다. 이어서 정중한 말투로 "이쪽으로 오시죠" 하고 문구점 안쪽으로 손을 뻗었다.

아까 구경했던 편지지 매대를 지나자 막다른 곳에 계단이 있었다. 그 앞에는 '금일 워크숍은 종료되었습니다'라고 쓰인 간판이 서 있었다.

간판 옆을 지나 계단을 오르자 한 평 남짓 되는 널찍한 층계참이 나왔다. 층계참 한쪽에는 작은 커피 테이블과 의자가 놓여 있었다. 매장을 한눈에 담으며 여유롭게 커피를 마시기에 딱 좋아 보였다.

"오랜 단골 중에는 여기서 차 마시는 시간을 즐기는 분도 계십니다."

"상상만 해도 기분이 좋아지네요."

다카라다 씨는 부드럽게 미소 지으며 "이제 조금만 더 가시면 됩니다" 하고 등산이라도 하는 양 나를 격려했다. 덕분에 내 얼굴에도 미소가 번졌다.

2층은 1층보다 창문이 크게 나 있어 조명을 켜지 않았는데도 봄 햇살이 실내를 환하게 밝혔다. 면적은 1층과 같을 텐데 매대가 없어서인지 훨씬 넓어 보였다. 창문 오른쪽으로는 세

평 남짓 바닥을 높여 다다미를 깔아놓은 좌식 공간이 마련되어 있었다.

방 한가운데는 금속바퀴가 달린 작업대 같은 책상 여섯 개가 직사각형 형태로 서로 마주 보며 놓여 있고 책상마다 의자가 두 개씩 있었다. 왼쪽 벽면에는 바닥부터 천장까지 다양한 크기의 서랍이 빼곡했다.

"저쪽 책상을 사용하시겠어요?"

다카라다 씨의 손끝이 가리키는 곳에 듬직해 보이는 목제 책상과 같은 재질의 의자가 나를 기다리고 있었다. 블라인드 틈새로 들어온 햇살이 빈 책상 위에서 빛났다.

다카라다 씨를 따라 책상으로 다가갔다. 꽤 오래 사용한 듯 여기저기 작은 흠집이 보였고 오른쪽에는 잉크병을 쏟았는지 검은 얼룩이 있었다. 다카라다 씨는 의자를 빼며 "앉으시지요" 하고 권했다.

나는 천천히 의자에 앉았다. 앉는 면은 가죽으로 되어 있었는데, 편안하게 느껴질 정도로 적당히 딱딱했다. 책상에 두 팔꿈치를 올려보았다. 매끄럽게 빛나는 목재의 미묘한 결이 팔을 통해 전해졌다.

다카라다 씨는 왼쪽 서랍의 가운데 단을 열었다. 안에는 책이 열 권 정도 들어 있었다.

"사전은 여기 있습니다. 편지 쓰는 법이나 요령이 담긴 책도 보실 수 있고요."

그 말에 나는 가슴을 쓸어내렸다. 뭔가를 참고하지 않고는 도저히 쓰지 못할 것 같았다.

"감사합니다. 얼른 쓰겠습니다."

나는 바닥에 내려놓은 배낭에서 방금 산 편지지와 봉투, 잉크 카트리지 그리고 만년필이 든 상자를 꺼내며 대답했다.

"서두르지 마세요. 6시까지 기지마 씨께 편지를 전해드리면 된다고 하셨지요? 아직 시간은 충분합니다. 정성껏 천천히 쓰십시오. 편지에는 쓰는 사람의 표정이 나타납니다. 특히 만년필로 쓴 글씨에는 웃는 얼굴, 우는 얼굴, 화난 얼굴, 기쁜 얼굴, 다정한 얼굴까지 어떤 기분으로 쓰는지가 그대로 드러나지요."

"아…… 그렇군요."

한 번도 생각해본 적은 없었지만 확실히 손글씨에는 저마다 특색이 있다. 휴대폰으로 메시지를 주고받는 데 익숙해져서 최근에는 다른 사람의 손글씨를 볼 기회가 거의 없었다.

다카라다 씨는 "잠시만 기다려주십시오" 하고 벽면 서랍에서 무언가를 꺼내왔다. 아무래도 서랍은 재고를 보관하는 용도인 듯했다.

"편하게 사용해주세요. 시호도 문구점을 찾아주신 것에 대한 감사의 뜻으로, 그리고 하드보일드 추리소설 애독자를 만난 기념으로 드리고자 합니다. 저희 문구점에서 만든 캠퍼스 노트입니다."

"네? 제가 받아도 될까요?"

다카라다 씨는 "그럼요"라며 고개를 끄덕였다. 옅은 회색 표지에 'NOTE'라고 작게 쓰여 있고 표제와 이름을 쓸 수 있도록 가느다란 선이 그어진 노트였다. 뒤표지는 검은색을 바탕으로 크림색 라벨이 붙어 있고, 두께는 보통 노트의 곱절은 되어 보였다.

"쓰기 아깝네요."

나는 혼잣말처럼 중얼거리며 노트를 펼쳤다. 얇지도 두껍지도 않은 종이의 감촉이 기분 좋았다.

"우선 머릿속에 떠오른 말을 그냥 다 적어보세요. 문장으로 다듬는 건 그다음 단계로 미뤄도 됩니다. 잘못 쓰거나 고치고 싶은 부분이 있으면 한 줄을 그어서 지우면 되고요. 나중에 '역시 이 말을 하고 싶다'라는 생각이 들 때 알아볼 수 있도록 조금 보이게 두는 편이 좋아요. 자기만 보는 노트니까 너무 정성 들여 쓸 필요도 없습니다. 머리에 떠오른 말을 마구 적어보세요. 도움이 될지도 모르니 한번 해보세요."

"우선 다 적는다고요……."

"이것저것 쓰다 보면 만년필도 손에 익겠지요. 아, 아직 카트리지를 끼우지 않았군요. 한번 끼워보세요. 잉크가 잘 나오면 좋겠네요."

다카라다 씨의 조언에 따라 카트리지와 만년필을 상자에서 꺼냈다.

"그런데 어떻게 끼우는 건가요?"

"우선 뚜껑을 벗깁니다. 몽블랑 뚜껑은 홈이 있으니까 돌려서 열어주세요. 몸통과 펜촉 부분을 비틀어서 분리하면 됩니다. 네, 그렇게요. 그리고 카트리지 끝의 더 얇은 쪽이 펜촉을 향하도록 끼워보세요. 조금 빡빡하겠지만 안쪽까지 깊이 다 들어가도록 끼워주세요."

다카라다 씨의 설명대로 손을 움직였다. 살짝 걸리는 느낌이 들었지만 힘을 주자 안으로 쑥 들어갔다.

"참고로, 예비 카트리지를 몸통 쪽에 보관할 수 있습니다."

다른 카트리지 하나를 몸통에 넣고 펜촉 부분과 다시 연결한 뒤 뚜껑을 반대쪽 끝에 걸쳤다.

"이 부분으로 동그라미 같은 걸 그려보면서 잉크가 자연스럽게 나오도록 연습해보세요."

다카라다 씨가 책상 서랍에서 메모 패드를 꺼내 한 장을 뜯어서 내게 건넸다. 나는 메모지에 만년필로 원을 그려봤다. 금색 테두리를 두른 펜촉이 종이 위에서 부드럽게 미끄러졌다. 잉크가 펜촉을 따라 시원스럽게 원을 그렸다.

"우와!"

놀라웠다. 필기감이 연필이나 볼펜과는 전혀 달랐다. 기분이 좋아져서 빙글빙글 나선을 그려보기도 하고 '아이우에오'나 '도쿄'처럼 아무 말이나 적어보았다.

"어떠신가요?"

"만년필을 처음 써봐서 잘 표현할 수는 없지만 뭐랄까, 엄청 낯설고 신선한 느낌입니다. 힘을 많이 주지 않아도 강약이 뚜렷하게 나오고, 정확히 설명하기는 힘든데 아무튼 글자가 술술 써져요."

다카라다 씨는 마치 자기가 칭찬을 받은 것처럼 흡족한 표정으로 연신 고개를 끄덕였다.

"종이에 누르듯이 쓰는 연필이나 볼펜과는 달리 만년필은 모세관 현상을 활용한 필기구라서 펜촉이 종이에 닿기만 해도 잉크가 나옵니다. 닿는 면이 넓으면 두껍고 강하게, 좁으면 가늘고 약하게, 미세한 조절이 자유롭지요. 먹을 흠뻑 머금은 붓과 비슷합니다."

"그렇군요. 전혀 몰랐습니다."

"죄송합니다. 제가 말이 너무 많았네요. 이제 슬슬 펜촉이 잉크에 익숙해졌을 겁니다. 노트에 한번 써보세요."

다카라다 씨는 계단 옆에 있는 문을 가리키며 말을 이었다.

"화장실은 저쪽입니다. 편하게 이용하십시오. 저는 1층에 있겠습니다. 나중에 차를 가져오겠습니다. 아, 물론 찻집이 아니라 맛은 보장할 수 없지만 제가 대접하고 싶어서 드리는 것이니 값은 받지 않겠습니다."

마지막으로 "그럼" 하고 한마디를 남기고 다카라다 씨는 1층으로 내려갔다.


다카라다 씨의 모습이 사라지자 나는 자세를 가다듬고 노트를 바라보았다. 새하얀 종이에 옅은 회색 줄이 그어진 노트였다. 줄 간격은 1센티미터쯤 될까. 뒤표지에는 'A4·UL괘선'이라고 쓰여 있었다. A괘선, B괘선은 들어봤어도 UL괘선은 처음이다. 그렇지만 대강 떠오른 내용을 쓰기에는 딱 알맞은 폭으로 보였다.

노트 오른쪽 위에 오늘 날짜를 만년필로 써넣었다. 종이 위를 미끄러지는 느낌이 정말 기분 좋았다.

이어서 '초안: 할머니께 드리는 편지'라고 적었다. 적고 보니 어쩐지 어색하게 멋 부린 느낌이 든다. 다카라다 씨가 가르쳐 준 대로 '할머니' 부분에 한 줄을 그어 지우고 그 위에 '나쓰코 씨'라고 적었다.

내가 태어났을 때 할머니는 쉰 살이었다. 아직 '할머니'라고 불리고 싶지 않아서였을까? 아니, 내가 '할머니'라 부르면 부모의 존재를 의식하게 될까 봐 걱정했는지도 모른다. 진의는 모르지만 아무튼 할머니는 자신을 '나쓰코 씨'라 부르라고 엄격하게 가르쳤다.

그러면서도 "사실 나쓰코라는 이름이 마음에 들진 않아"라며 불평하곤 했다. 네 자매 중 첫째가 봄 춘 자를 쓴 '하루코春子'여서 둘째 딸인 할머니는 여름 하 자를 쓴 '나쓰코夏子'가 되었다고 한다.

"언니가 3월생이니까 하루코인 건 알겠는데 그렇다고 해서 내가 나쓰코일 필요가 있냐는 거야. 나는 12월생인데 말이지. 셋째 아키코秋子는 4월생이고 막내 후유코冬子는 7월생이라 걔들도 투덜댔지. 근데 뭐 별수 있나. 이름은 내가 정하는 게 아니니까."

나쓰코 씨는 이런 이야기를 여러 번 들려주었다.

"린凜이라는 네 이름은 내가 지었단다. 언제나 늠름하고 당찬 사람이길 바라는 마음을 담았지."

나쓰코 씨가 내 이름에 대해 언급했던 건 초등학교 4학년 여름방학 때였다.

가을에 열리는 학교 축제에서 '절반 성인식'을 한다면서 이름의 유래를 보호자에게 물어보라는 숙제를 내줬다. 이제 와 생각해보건대 가정마다 여러 사정이 있을 수 있으니 조금 더 세심한 배려가 필요한 과제가 아니었을까. 그 무렵 나는 엄마가 혼자 나를 키울 자신이 없어서 나쓰코 씨에게 맡겼다는 사실을 어렴풋이 알고 있었다. 자세한 사정을 알고 싶기도 하고 또 한편으로는 알고 싶지 않아서 열 살 나름대로 꽤 복잡한 심경이었다. 나는 그 숙제가 도통 마음에 들지 않았다.

그러나 나쓰코 씨는 개의치 않고 내게 모든 걸 이야기해주었다.

외동딸이 출산 직전에 커다란 배를 끌어안고 집에 온 것. 아버지는 이미 다른 아내와 아이가 있는 사람이었는데 이혼하고 엄마와 살겠다는 약속을 결국은 저버린 것. 꽤 난산이어서 엄마가 힘들게 나를 낳은 것. 내가 한 살이 되었을 때 엄마가 옆동네 회사에 취직한 것. 얼마 지나지 않아서 다른 남자와 결혼했는데 그 사람이 나를 데려오는 걸 반대한 것. 세 살이 될 때까지 한 달에 한 번꼴로 나를 보러왔던 엄마가 남편의 전근 때문에 이사하면서 관계가 소원해진 것.

나쓰코 씨는 여기까지 말하고 내게 물었다.

"엄마가 보고 싶니?"

"별로요."

이렇게 애매한 대답밖에 할 수 없었다.

"너도 벌써 열 살이구나. 시간 참 빠르지. 바로 전까지 요만했는데 벌써……. 네가 열 살이면 나도 환갑 할머니라는 뜻이네."

나쓰코 씨는 씁쓸하게 웃었다.

"그런데 절반 성인식이라니, 학교에서 세련된 행사를 하는구나."

"그래요? 진짜 성인식도 아니고 여태 불가능했던 일이 가능해지는 것도 아닌데요, 뭐. 귀찮은 숙제만 내주고 하나도 안 좋아요."

"축하할 일이 하나 더 늘어서 좋은데 왜. 네가 스무 살이 돼서 진짜 성인식을 할 때면 나는 일흔이잖니. 그때까지 살아 있을지 모르겠다."

"무슨 그런 불길한 소리를 하세요. 엄청 정정하실 거예요."

"그러면 다행이고……."

나쓰코 씨는 잠시 골똘히 생각에 잠겼다가 느닷없이 "그래!"라며 고개를 끄덕였다.

"우리 둘이 축하 파티를 하자!"

"뭘 축하해요?"

"뭐냐니, 네가 절반 어른이 된 것과 내 환갑을 축하하는 거지. 좋았어! 내일은 가게 문 닫고서 전철 타고 놀러 가자."

갑작스러운 제안이었다. 그때까지 단둘이 어딘가에 놀러 간 적이 없었다. 나쓰코 씨는 우리 집 1층에서 약국을 운영했는데 웬만해서는 약국 문을 닫지 않았다.

"구멍가게나 다름없지만 그래도 동네에 하나밖에 없는 약국이니까. 아프고 다치고 하는 데는 휴일이 없잖니."

오본*과 쇼가쓰**에 각 이틀 정도만 쉬고 주말과 공휴일에도 약국을 열었다. 그러나 그 짧은 휴일이나 한밤중에도 문을 두드리는 손님이 있으면 맞이했기 때문에 실질적으로 연중무휴였다. 나도 유치원이나 학교에서 돌아오면 약국 앞 벤치에 앉아서 손님이 오기를 멍하니 기다렸다. 약국 앞을 오가는 사람이나 자전거, 배달 자동차 등을 보고 있으면 전혀 지루하지 않았다.

나쓰코 씨가 놀러 가자고 했을 때 실감이 나지 않을 만큼 우리의 외출은 무척 드문 일이었다.

이튿날, 아침을 먹고 나쓰코 씨는 "이걸로 입으렴"이라며 새

---

* 양력 8월 15일 전후로 기념하는 일본 명절. 보통 나흘간 연휴이다.
** 양력 1월 1일. 일본의 설. 1일부터 3일까지 공휴일이다.

폴로셔츠를 건넸다. 가슴 부근에 내가 좋아하는 축구팀 로고가 자수로 놓인 셔츠였다. 어느 틈에 준비했는지 모르겠지만, 그 셔츠를 입고 잔뜩 들떴던 기억이 난다.

"너는 버스나 전철을 타본 적이 별로 없으니까 이걸 먹어두는 게 좋겠다."

나쓰코 씨가 준비해준 덕에 난생처음 멀미약도 먹었다.

역까지 30분 정도 버스를 탄 뒤 전철로 다시 한 시간을 이동했다. 백화점이 있는 어느 거리에 도착하니 거의 점심때였다.

"우선 배를 채워볼까."

나쓰코 씨는 백화점 꼭대기 층에 있는 커다란 식당을 가리키며 말했다. 10층 높이쯤 되는 건물이었던 것 같다. 전망 좋은 식당에서 요리가 나올 때까지 우리는 전경을 바라보느라 여념이 없었다. "저기가 현청이란다", "오늘은 날씨가 맑아서 멀리까지 잘 보이네" 하고 나쓰코 씨는 기분 좋게 말했다.

"음식 나왔습니다."

목소리에 이끌려 테이블로 시선을 옮기니 커다란 햄버그스테이크와 새우튀김이 담긴 접시가 놓여 있었다.

"햄버그도 그렇고 새우튀김도 그렇고 집에서 만들려면 만들 수야 있지만 밖에서 먹는 맛하고는 아무래도 다르지. 외식 메뉴로는 양식만 한 게 없어."

나쓰코 씨는 타르타르 소스를 듬뿍 뿌린 새우튀김을 먹음직스럽게 베어 물었다.

식사를 마치고 우리는 에스컬레이터로 한 층씩 내려오면서 매장을 둘러보았다. 세세한 부분은 기억나지 않지만 그곳은 분명 시골 백화점이었다. 침구, 가구, 여행 용품, 조리 도구, 식기, 가전, 완구, 옷, 화장품까지 온갖 물건을 다 갖추고 있어서 '백화점百貨店'이라는 이름을 쓰기에 모자람이 없었다. 나쓰코 씨와 나는 "우와" 하고 감탄하거나 "이런 걸 사는 사람이 있나?" 하고 웃으면서 마냥 즐거워했다.

중간에 문구 매장이 있었다. 진열장에는 한눈에도 비싸 보이는 만년필이나 볼펜이 진열되어 있었는데 어쩐지 다가가기 부담스러운 분위기가 어린 내게도 전해졌다. 옆쪽은 시계와 보석 매장이라 나쓰코 씨면 모를까 내 흥미를 끄는 물건은 없었다.

나쓰코 씨는 만년필 매장 가장 안쪽으로 들어가 진열장을 가만히 바라보다가 "역시 몽블랑이지" 하고 중얼거렸다.

"몽블랑이 뭔데요? 케이크예요?"

"아무것도 아니야. 가자."

나쓰코 씨는 내 질문에는 답하지 않고 만년필 매장을 나섰다.

그 후 완구 매장에 도착하자 나쓰코 씨는 돌연 나를 혼자 두고 자리를 떴다.

"화장품을 보고 올 테니까 여기서 잠깐 기다릴래? 15분도 안 걸릴 거야."

그날의 기억은 여기서 툭 끝나버렸다. 아마 30분도 지나지 않아서 나쓰코 씨가 돌아왔고 바로 귀갓길에 오른 것 같은데 확실히 기억나지 않는다.

그것이 나와 나쓰코 씨의 유일한 외출이었다.

10월 초, 학교 축제 프로그램의 일환으로 절반 성인식이 열렸다. 어떤 행사였는지는 가물가물하지만 나쓰코 씨가 약국을 닫고 보러 왔다는 점만은 확실하다.

그날 저녁 나쓰코 씨는 팥밥을 지어주었다. 웬일로 주스까지 놓여 있었다. 우리는 식탁에 마주 앉아 건배했다.

"네가 스무 살이 되면 꼭 술로 건배하자."

"그렇게 굳은 결의까지 필요해요?"

내가 웃자 나쓰코 씨는 "축하 선물이야"라며 작은 상자를 내밀었다. 여름방학에 함께 갔던 백화점의 포장지였다.

"이게 뭐예요?"

"열어보렴."

리본을 풀고 포장지를 조심스레 벗기자 부드러운 슬리브에 끼워져 얼핏 봐도 고급스러운 상자가 나왔다. 하얀 별 모양 마크가 박힌 상자 뚜껑을 열자 광택 나는 천 위에 만년필이 있었다.

"이거, 백화점에서 봤던 거죠?"

"그래. 몽블랑 만년필이야."

꺼내보니 몸통 부분에 'R·N'이라고 작게 새겨져 있었다.

"닛타 린, 네 이름을 이니셜로 넣어달라고 했어. 몰랐는데 그런 서비스가 있다더구나. 직원이 선물하는 사람 이니셜을 넣어서 'N to R'이라고 새기라고 하는 걸 내가 부끄러워서 됐다고 했다."

나쓰코 씨는 멋쩍게 웃었다.

"이거 비싸지 않아요?"

"싸지는 않지. 근데 잘만 쓰면 평생 가는 물건이니까. '펜은 현대 남성에게 칼과 같은 것'이라고 이케나미 쇼타로가 그랬나? 아무튼 유명한 역사 소설가도 그렇게 말하니 너한테 좋은 펜 하나는 꼭 선물하고 싶었단다."

"감사합니다. 소중히 쓸게요. 근데 학교에서는 못 쓰겠다."

"좋아하는 사람이 생기면 그걸로 연애편지 쓰면 되겠네. 썩지도 않으니까 그때까지는 잘 챙겨두고. 자, 이제 팥밥 먹을까?"

문득 바라본 나쓰코 씨의 눈에는 당장이라도 쏟아질 것처럼 눈물이 그렁그렁 맺혀 있었다. 평소 같으면 "우세요?"라면서 장난쳤을 텐데 그때는 그 눈물을 못 본 척해야 할 것만 같았다.

눈앞의 노트에는 '백화점, 햄버그스테이크와 새우튀김, 절반 성인식, 팥밥, 몽블랑 만년필'이 적혀 있었다. 그 단어들을 큰 원으로 감쌌다.

창밖에서 나는 말소리에 이끌려 시선을 돌렸다. 중학생쯤 되었을까, 교복 입은 소년들이 축구공을 차면서 지나가고 있었다. 긴자에 어울리지 않는 일행인 듯해서 잠시 고개를 갸웃했으나 휴대폰으로 찾아보니 신바시역 근처에 중학교가 있었다. 학교가 끝나고 집에 가는 모양이다.

나는 중학생 때도 별다른 반항기 없이 얌전하게 지나간 편이었다. 할머니인 나쓰코 씨가 고생하며 나를 기른다는, 신세를 지고 있다는 사실에 부채감 같은 것이 마음 한구석에 있었는지도 모른다.

딱 한 번, 중학교 2학년 때 학부모 면담이 끝나고 돌아오는 길에 말다툼을 하다가 "엄마도 아니면서"라고 말한 적이 있다. 그때 슬퍼 보이던 나쓰코 씨의 표정을 지금도 잊을 수 없다. 가까운 사이에도 지켜야 할 예의가 있고, 가까운 사이이기에 더

더욱 해서는 안 될 말이었다. 그런데 나쓰코 씨는 딱히 그 말을 나무라지 않고 한 귀로 흘려 넘기듯 아무런 대꾸도 하지 않았다. 그런 어른스러운 대응에 나는 마음이 시렸다.

운 좋게 고등학교도 대학교도 집에서 다닐 수 있는 거리였지만, 그럼에도 편도 두 시간은 각오해야 했기에 통학이 쉽진 않았다. 더구나 고등학생 때는 동아리 활동으로, 대학생 때는 아르바이트와 연구실 실험으로 늘 시간에 쫓겨 살았다. 하숙을 고민하기도 했지만, 학비는 장학금을 받아서 어떻게든 마련한다 해도 하숙비를 부탁하면서까지 나와 살고 싶지는 않았다. 나쓰코 씨도 딱히 나가라고 말한 적은 없었다. 오히려 이른 아침에 일어나 함께 밥을 먹고 도시락을 챙겨주었다.

"친구들한테 '늙은이 도시락'이라는 소리를 듣게 할 순 없지!"

혼자서 뜬금없는 결의를 다지고는 책, 잡지, 인터넷을 뒤져가며 눈과 입이 즐거워지는 도시락을 매일같이 싸주었다.

"덕분에 나도 점심을 든든하게 먹으니까 일석이조야."

웃으며 말했지만 분명 힘들었을 것이다.

나쓰코 씨의 닭튀김과 미니 햄버그스테이크, 밀푀유커틀릿은 특히 일품이라 친구들이 하나만 달라고 졸라대곤 했다. 감자샐러드, 당근채볶음, 우엉조림, 연근조림 같은 반찬도 맛있어서 늘 점심시간이 기다려졌다.

　푸짐한 반찬 외에도 커다란 주먹밥이 두 개 들어 있었다. 하나는 매실절임, 또 하나는 다시마절임 주먹밥이었는데 매실절임에는 구운 김이, 다시마절임에는 다시마채가 겉을 둘러 맛을 더했다. 크기는 평범한 주먹밥의 두 배만 해서 먹고 나면 동아리 활동이 끝날 때까지도 속이 든든했다.

　혼자 지내게 되고 처음으로 편의점에서 주먹밥을 샀을 때 그 가벼움에 얼마나 놀랐는지 모른다. 도시에는 과식을 우려하는 사람이 많아서일까? 나는 다섯 개를 먹어도 부족하지만 비싸서 세 개 정도로 타협하고 있다. 그래서인지 요즘은 나쓰코 씨가 만들어준 주먹밥을 한입 가득 먹는 꿈을 자주 꾼다.

　취직하고 도쿄로 혼자 나와 살면서 나는 할 줄 아는 것이 아무것도 없는 나 자신이 얼마나 한심한지 새삼 깨달았다. 이사 한 달 전부터 나쓰코 씨한테 집안일 특훈을 받아서 청소와 세탁은 어떻게든 할 수 있게 되었지만 요리는 도저히 손을 쓸 수가 없었다.

　전기밥솥 사용법만 간신히 익혀서 인스턴트 된장국과 마트 반찬으로 끼니를 해결하고 있다. 반찬을 살 수 있는 편의점과 슈퍼가 집 주변에 많아서 이곳저곳 다녀봤지만 사 먹는 반찬 맛에는 아무래도 적응이 되지 않았다. 주린 배는 채워져도 안

도감과 편안함을 얻을 수가 없었다. 도쿄로 온 후로 뭔가를 먹고 마음이 채워진 적은 한 번도 없다.

오늘 낮에는 큰마음을 먹고 노포 양식당에서 치킨라이스와 새우튀김을 먹었다. 콩소메수프와 미니 샐러드가 딸린 메뉴였다. 높은 가격에 조금 움찔했지만 나 자신에게 주는 선물인 셈 치기로 했다. 흠잡을 데 없이 훌륭한 맛이 나쓰코 씨와 백화점 식당에서 먹었던 햄버그스테이크와 새우튀김을 떠올리게 했다.

나쓰코 씨랑 같이 먹으면 좋았을 텐데. 오늘 점심, 나쓰코 씨는 무엇을 드셨을까.


고개를 들자 책상 끄트머리에 찻잔과 얇고 길쭉한 대나무 바구니에 놓인 새하얀 물수건 그리고 나무 접시에 놓인 도라야키*가 있었다. '쉴 때 드세요'라고 적힌 쪽지가 함께였다.

언제 놓고 간 걸까. 학창 시절을 함께 보낸 친구도, 알게 된지 얼마 안 된 회사 동기도 "닛타는 집중하면 주변이 안 보이나봐"라며 웃곤 했다. 스스로도 그런 부분이 어른스럽지 못하다고는 생각한다. 처음 방문한 문구점에서 책상을 빌려 쓰는 처지에 이런 대접을 받고도 알아채지 못하다니 너무 뻔뻔해서 부

* 팥소가 든 둥글고 납작한 빵.

52

끄러울 정도다.

앞에 펼쳐진 노트에는 학부모 면담, 첫 다툼, 당근채볶음 같은 단어들이 쓰여 있었다. 군데군데 글자가 번지고 갈라졌다. 아까부터 눈물이 흐르는 걸 알고 있었다. 섣불리 손을 대면 눈물이 더 쏟아질까 봐 두려워서 모른 척했을 뿐이다.

물수건은 적당히 차가웠고 찻잔에서는 뽀얀 김이 피어올랐다. 다녀간 지 그리 오래되진 않은 모양이다. 물수건을 양손으로 펼쳐 얼굴을 덮었다. 부은 눈에 닿는 서늘한 감촉이 기분 좋았다.


도쿄에 올라오기 전날, 나쓰코 씨가 "이제 한동안 집밥은 못 먹겠네"라며 내가 좋아하는 음식을 잔뜩 차려주었다. 그리고 절반 성인식 이후 또 한 번 팥밥이 식탁에 올랐다.

나쓰코 씨의 고희와 내 성인식은 일정이 맞지 않아서 특별히 축하하는 자리 없이 그냥 지나갔다. 정확히 말하면, 내가 아르바이트와 연구실 일을 우선하여 시간을 내지 않은 것뿐이지만……

나는 식탁을 가득 채운 요리를 하나씩 맛보았다. 나쓰코 씨는 그런 나를 흐뭇하게 보고만 있었다.

"안 드세요?"

"응. 나중에 먹으마."

건배하고 남은 맥주를 마시면서 나쓰코 씨는 고개를 끄덕였다.

"무슨 일 있어요? 기운 없어 보이시네."

"그래? 너무 열심히 만들어서 조금 지쳤나?"

나쓰코 씨가 옅은 미소를 지었다.

"얘야."

"네?"

"아, 아니다. 도쿄 생활이 기대되는구나. 그렇지?"

나쓰코 씨는 "도쿄라니, 나도 가보고 싶네" 하고 혼잣말처럼 중얼거렸다.

"놀러 오시면 되죠."

나쓰코 씨는 고개를 저었다.

"나도 놀러 가본 적은 있지. 벌써 몇십 년 전 얘기지만."

"뭐예요……."

대화가 어색하게 끝나고 벽기둥에 걸린 낡은 괘종시계가 삐걱대는 소리만 낮게 울렸다.

몇 분이나 지났을까, 나는 젓가락을 내려놓고 나쓰코 씨를 바라봤다.

"나쓰코 씨, 있잖아요."

"응?"

"사실은 계속 마음에 걸렸는데요. 제가 중학생 때 했던 말이요. 너무 심했어요. 죄송해요. '엄마도 아니면서'라고 했던 거요. 계속 사과하고 싶었어요."

나쓰코 씨는 살짝 놀란 표정을 지었다가 이내 빙긋 웃었다.

"그런 걸 여태 마음에 담아뒀어?"

"죄송해요."

나쓰코 씨는 부드럽게 고개를 젓고 나를 바라봤다.

"솔직히 그때는 조금 슬펐는데 생각해보니까 네 엄마한테 훨씬 심한 말을 많이 들어서 그 정도는 별것도 아니더라고. 오히려 조금 기뻤지."

"기뻤다고요?"

"그래. 너는 늘 나를 배려했으니까. 더 제멋대로 굴어도 되는데."

"그게 뭐예요."

더는 아무 말도 할 수 없었다. 사실 하고 싶은 말이 하나 더 있었지만 타이밍을 놓치고 말았다.

"사실은 나도 너한테 사과할 일이 있단다."

나쓰코 씨는 컵을 내려놓고 자세를 고쳐 앉았다.

"절반 성인식 얘기가 나올 적에 말이야. 네 엄마가 너를 데려가고 싶다고 했어."

"네?"

"남편이 해외로 발령 나서 따라갈까 말까 고민 중인데, 남편 혼자 보내고 자기는 일본에 남아서 너와 같이 살아도 괜찮겠다고 하더구나. 해외로 나가면 적어도 10년은 못 오니까 너와 지낼 기회가 다시는 없을지도 모른다면서."

처음 듣는 이야기였다.

"제멋대로 구는 게 화났지만 그래도 일단은 네 엄마니까 어떻게 해야 하나 나도 고민을 많이 했지. 네 엄마가 너하고 이야기해보고 싶다고 했는데 네가 민감한 나이라 냉정하게 판단할 수 없을 거라고 내가 반대했어. 그러고는 제안을 하나 했단다."

"무슨 제안이요?"

나의 질문에 나쓰코 씨는 질문으로 답했다.

"열 살 여름, 백화점에 갔던 날 기억나니?"

나는 "네" 하고 짧게 답했다.

"그때 완구 매장에 너 혼자 두고 내가 잠깐 자리를 비웠잖니."

"아, 화장품 보러 갔다가 금방 오신다고 잠깐 기다리라고 하셨죠."

"그때 네 엄마가 바로 앞에 있었단다."

아무 말도 나오지 않았다.

"그 애가 너한테 말을 걸었을 때 네가 엄마인 걸 알아보면 널 보내주기로 약속했지."

나쓰코 씨의 두 눈에서 눈물이 흘러넘쳤다.

"그해에 나는 환갑이었는데 동창생이 갑작스럽게 세상을 떠난 거야. 네가 독립할 때까지 내가 건강하게 살아 있을 수 있을까 별안간 불안해졌지. 근데 너하고 같이 살고 싶은 마음이 너무 커서 그 애가 그렇게 말했을 때는 정말 어째야 할지 모르겠더구나. 그래서 내가 먼저 그런 제안을 꺼내고도 정작 결과를 보기가 두려워서 도망치듯 자리를 피한 거야. 그때 그 만년필을 주문했단다."

무의식중에 나온 말인지 나쓰코 씨는 자기 딸을 '그 애'라고 칭했다. 나쓰코 씨는 티슈로 눈가를 닦고 말을 이었다.

"20분 정도 지나서 완구 매장으로 다시 와보니까 네가 조립식 장난감 선반을 뚫어지게 보고 있더라. 나중에 그 애한테 들었는데 결국 말을 걸지 못했다면서, 7년이나 안 보고 지낸 게 실수였다고 후회하더구나."

"아⋯⋯."

"내가 미안하다. 모자가 제대로 대화할 자리를 마련했어야 했는데, 그랬다면 네가 다른 인생을 살았을지도 모르는데⋯⋯

정말 미안하다."

"아니에요. 괜찮아요."

이런 대답이 고작이었다.

"잘 먹었습니다."

나는 나쓰코 씨를 남겨두고 방으로 들어갔다.

이미 짐 대부분을 도쿄로 보낸 후라 방 안이 휑했다.

문득 만년필이 떠올라 책상 서랍을 뒤졌다. 안쪽 구석에 박혀 있던 몽블랑 상자를 꺼내 가방에 넣고 그날 밤은 일찍 잠자리에 들었다.

아래층에서 나쓰코 씨가 설거지하는 소리를 들으며 나는 잠이 들었다.


할 말을 편지지에 깨끗하게 옮겨 적고 나자 4시 반이 지나 있었다.

편지의 시작은 '나쓰코 씨, 잘 지내시나요? 저는 잘 지냅니다'로 했다.

이어서 금요일에 첫 월급을 받았다고 적었다. 직장 선배가 첫 월급으로 고마운 사람에게 선물을 해보라고 조언해서 긴자까지 선물을 사러 온 일, 처음 와본 긴자의 엄청난 인파에 깜짝 놀란 일, 가게도 상품도 너무 많아서 무얼 고를지 몰라 고민한

일, 백화점에서 기지마 씨라는 베테랑 직원이 말을 걸어준 일, 기지마 씨가 내준 차가 무척 맛있어서 나쓰코 씨에게 차를 선물하기로 한 일, 기지마 씨가 편지를 함께 보내라며 지도를 그려준 일, 시호도 문구점에 편지지를 사러 왔다가 다카라다 겐이라는, 유서 깊은 문구점에 딱 어울리는 이름의 주인을 만난 일, 다카라다 씨의 공손한 응대와 따뜻한 호의로 문구점 2층 책상에서 편지를 쓰고 있는 오늘 하루의 일을 적었다.

"일기가 따로 없네."

혼잣말을 중얼거리고 피식 웃었다. 그리고 편지 끝에 '도쿄에도 친절한 사람이 많아요. 걱정하지 마세요'라고 덧붙였다.

다 썼다는 안도감이 밀려와 의자에 앉은 채로 커다랗게 기지개를 켰다. 팔을 내리다가 책상 위에 있던 만년필 상자를 떨어뜨렸다.

서둘러 의자에서 일어나 쪼그려 앉았다. 상자 안쪽에 천이 깔려 있던 받침대가 빠져 있고 그 바로 옆에 작게 접은 종이가 떨어져 있었다. 전부 주워 들고 다시 의자에 앉아 종이를 펼쳤다.

나쓰코 씨의 독특한 글씨체가 눈에 들어왔다.


린에게

지금 너한테는 이 말을 전할 수가 없어서

잠시 이곳에 숨겨둔다.

린, 네가 태어나서 나는 정말 행복했단다.

우리가 언제까지 함께일 수 있을까?

나는 린보다 50살이나 많으니 이따금 생각하게 되는구나.

앞으로도 계속 네 곁에서 네 모든 순간을 함께하고 싶은데

이런 소망이 이루어질지 모르겠다.

네가 어떤 어른이 될지, 어떤 일을 하게 될지,

어떤 사람과 사랑을 하게 될지 지켜보고 싶은데 말이다.

나쁜 사람에게 속지는 않을까 걱정도 되고.

넌 다정한 사람이니까.

하지만 이런 참견이 네겐 달갑지 않으리란 것도 잘 안단다.

린, 나는 네가 날개를 크게 펼쳤으면 좋겠어.

그리고 언제나 늠름하고 당찬 사람이기를 바란다.

네가 어른이 될 때까지, 조금만 더 곁에 있을게.

나쓰코


시간이 얼마나 흘렀을까. 눈물이 멈추지 않았다. 다섯 번쯤 읽은 다음 겨우 고개를 들었다. 이쯤에서 멈추지 않으면 계속 읽게 될 것 같았다. 물수건으로 얼굴을 닦고 나쓰코 씨가 쓴 편지를 정성스레 다시 접어서 만년필 상자에 챙겼다. 그리고 아

까 옮겨 쓴 편지를 찢어버렸다.

의자에서 일어나 붉게 물들기 시작하는 긴자의 하늘을 바라보았다. 심호흡을 세 번 정도 하고 나서 마음을 진정시킨 후에 만년필을 고쳐 쥐고 새하얀 편지지를 바라보았다.

초안은 전부 무시하고 마음이 가는 대로 펜을 움직였다. 지금까지 수많은 기회가 있었는데도 건네지 못한 감사의 마음을 이번에는 오롯이 마주하고 글로 적었다. 말로는 전하지 못할 마음도 글로는 적을 수 있었다. 이 몽블랑 만년필에 나쓰코 씨가 마법을 걸어놓은 것일지도 모른다.

어느새 편지지 일곱 장이 글자로 빼곡하게 채워졌다. 마지막은 이렇게 적었다.


사회인으로서 부끄럽지만

할 수만 있다면 지금 당장 나쓰코 씨한테 달려가고 싶어요.

그리고 지쳐 쓰러질 때까지 펑펑 울고 나서

나쓰코 씨가 해준 요리를 잔뜩 먹고 싶어요.

하지만 내가 회사를 내팽개치고 돌아가면

나쓰코 씨는 분명 화내시겠죠.

그러니 여기서 조금 더 힘내볼게요.

쓸쓸해도 조금만 더 참아주세요.

오본에는 휴가를 내서 가겠습니다. 그때까지 기다려주세요.

또 편지 쓰겠습니다.

나쓰코 씨한테 받은 이 몽블랑 만년필로요.

그럼 이만 줄입니다.


후우 하고 크게 숨을 내뱉은 순간 뒤에서 목소리가 들렸다.

"다 쓰셨나요?"

"네. 방금 다 썼습니다. 차랑 도라야키 잘 먹었습니다. 정말
맛있었어요."

다카라다 씨는 "아닙니다" 하고 손을 내저었다.

"그런데 봉투에 받는 사람 이름을 어떻게 쓰면 될까요? 차랑
같이 보내는 거라 주소는 없어도 될 것 같은데……."

"그럼 받으시는 분 성함만 적고 뒷면에 보내시는 분 성함을
적으시면 어떨까요?"

다카라다 씨는 서랍에서 책을 한 권 꺼내 펼친 다음 내 앞에
놓았다.

"여기 예시를 참고하시지요."

나는 책을 보면서 앞면에 '닛타 나쓰코 님'이라 적고 뒷면에
'린'이라고 썼다.

"후우."

무심코 한숨이 새어 나왔다. 다카라다 씨는 빙긋 웃으면서 문구점 이름이 박힌 서류 봉투를 내밀었다.

"기지마 씨한테 전달할 때까지 더러워지지 않도록 여기 넣어서 가져가세요."

예전의 나라면 '미안합니다'라고 말했을 텐데, 정신을 차려보니 일어서서 "감사합니다" 하고 고개를 숙이고 있었다. 내 모습에 스스로 깜짝 놀랐다.

"아닙니다. 도움이 되었다니 제가 기쁩니다. 이제 마쓰키야 백화점에 가셔야지요. 조금만 더 힘을 내십시오."

배낭에 짐을 챙기고 있는데 다카라다 씨가 매듭 장식을 한 봉투를 내밀었다.

"닛타 님, 수고스러우시겠지만 이것을 기지마 씨한테 전해주실 수 있을까요?"

"이건 뭔가요?"

"작은 성의를 담은 감사장입니다."

매듭 한쪽에 '기지마 님', 반대쪽 매듭에 '겐'이라고 쓰여 있었다. 역시 긴자 사람은 다르구나.

"잘 전달하겠습니다."

서류 봉투에 부탁받은 편지를 함께 넣자 중대한 임무를 맡은 것 같은 비장한 기분이 들었다.

문구점까지 오는 길도 헤매진 않았지만 돌아가는 길은 한결 가뿐하여 갈 때 걸렸던 시간의 반도 안 돼서 마쓰키야 백화점에 도착했다. 에스컬레이터를 타고 지하로 내려가자 기지마 씨가 기다리고 있었다는 듯이 서 있었다.

　"어서 와요."

　"제가 너무 늦었죠?"

　마치 나쓰코 씨와의 대화 같아서 웃음이 나왔다.

　"이 편지를 차와 함께 보내주시겠어요?"

　나는 배낭에서 나쓰코 씨에게 보내는 편지를 꺼내 기지마 씨에게 건넸다. 기지마 씨는 두 손으로 편지를 받으며 절을 하듯이 고개를 깊숙이 숙였다.

　"틀림없이 전달하겠습니다."

　기지마 씨의 진지한 얼굴이 우아했다. 나도 모르게 넋을 놓고 바라보다가 문득 다카라다 씨가 맡긴 감사장을 떠올렸다.

　"그리고 시호도 문구점에서 이걸 받아왔습니다."

　매듭 장식이 있는 봉투를 내밀자 기지마 씨는 약간 놀란 듯하더니 "겐이 이제 제법 멋을 낼 줄 아네"라며 친근한 말투로 내뱉고는 바로 매듭을 풀었다.

　"뭐라고 쓰여 있나요?"

"어머나, 연애편지일 수도 있는데 그런 걸 물으면 곤란하지요. 하하. '좋은 손님을 소개해주셔서 감사합니다. 새로운 엽서가 많이 들어왔으니 조만간 들러주세요. 진심으로 기다리고 있겠습니다'라는군요. 조금 더 애교 있는 말은 못 하는지 원. 그래도 겐치고는 잘 썼네."

밝게 웃는 기지마 씨에게 나는 자세를 가다듬고 고개를 숙였다.

"여러 가지로 도와주셔서 감사합니다."

기지마 씨는 잠시 멈칫했지만 곧바로 등을 곧게 펴고 고개를 숙이며 기품 있게 답했다.

"저야말로 감사드립니다."

고맙다는 말을 그 자리에서 입 밖으로 꺼냈다. 다른 사람에게는 별일 아닐지 몰라도 내게는 가장 큰 수확이다.

비 오는 긴자는 신판화新版画* 소재로 쓰일 만큼 경치가 근사하다. 그러나 아케이드나 지하도가 없어서 아무래도 비 오는

* 일본 전통 판화 기술에 서양 인쇄술을 조합하여 자연주의적 빛을 묘사하기 시작한 19세기 예술 운동.

날은 긴자를 찾는 사람들의 발길이 뜸하다.

개점 준비를 마친 시호도 문구점 주인 다카라다 겐은 입구 옆에 우산꽂이를 내놓았다. 비에 젖은 버드나무 초록 잎은 싱그러움을 더하고, 오래된 우체통의 빨간색도 한층 선명해 보인다. 겐은 한적한 거리를 잠시 바라보다가 문구점 안으로 들어왔다. 양쪽으로 열어둔 문을 닫으려는 순간, 젊은 손님이 찾아왔다. 겐은 문을 잡고 "어서 오세요" 하며 부드럽게 말을 건넸다.

"혹시 저를 기억하시나요?"

젊은 손님은 장난기 가득한 웃음을 띠며 비닐우산을 곱게 접어 우산꽂이에 넣었다.

"물론이지요. 닛타 님, 어서 오세요."

"이름까지 기억하고 계시네요."

놀라움을 숨기지 못하는 닛타를 보며 겐이 말했다.

"진지하게 편지를 쓰시던 모습을 잊을 리가 있나요."

닛타는 쑥스러운 듯이 머리를 긁적였다.

"그때는 정말 감사했습니다. 그 뒤에 할머니한테 답장이 왔는데 제 편지를 받고 얼마나 기뻐하셨는지 글씨만 봐도 알겠더라고요. 마음에 있던 응어리가 편지로 다 풀어진 것 같습니다."

"참 잘됐네요."

"그리고 요새는 회사에서도 만년필을 쓰는데, 뭔가 망설여질 때면 몽블랑 만년필이 저를 응원해주는 느낌이 들어요. 원래는 속으로만 끙끙대고 해야 할 말도 꺼내지 못했는데 요즘엔 조금이지만 의견을 말할 수 있게 됐습니다."

"오호, 그렇군요!"

젠의 입에서 탄성이 흘러나왔다.

"할머니한테 근황을 전할 편지를 쓰려고 다시 왔어요. 전에 샀던 편지지와 봉투가 조금 남긴 했는데 다른 것도 사볼까 해서요. 추천해주실 수 있나요? 그리고 혹시 오늘도 2층 책상을 빌릴 수 있는지요."

"물론이죠."

젠은 명랑하게 대답하더니 닛타를 데리고 문구점 안쪽으로 사라졌다.

얄궂은 비가 내리는 긴자 한구석, 시호도 문구점에서 근사한 하루의 시작을 알리는 온기가 맴돌았다.

# 시스템 다이어리

직장에서도 꽤 빠른 속도로 마셨는데 결국 2차까지 따라나서고 말았다. 손님을 택시에 태워 보냈을 때는 새벽 3시가 넘어 있었다.

집에 도착해서 샤워한 후 곧장 책상에 앉았어야 했는데 소파에 잠깐 걸터앉은 것이 실수였다. 정신을 차리고 보니 레이스 커튼 사이로 아침 해가 보였다. 얼마나 잤을까.

서둘러 주방으로 가 아무렇게나 내버려뒀던 노트북을 열었다. 아니나 다를까 새 메일이 잔뜩 쌓여 있었다. 대부분 '홀 레이아웃 건', '로고 디자인 선정 진행', '남성 스태프 채용 관련'처럼 내 의견이나 확인이 필요한 사안이었다.

메일 더미에서 읽지 않은 메일 하나가 눈에 날아와 박혔다.

'내일까지는 꼭 부탁드립니다.'

제목과 발신인만 봐도 무슨 내용인지 짐작이 갔다.

나도 얼른 어떻게든 해결하고 싶다. 그런데 어떻게 해야 좋을지 잘 모르겠다. 답답한 마음에 의미 없는 짓인 줄 알면서도 인터넷 검색을 해봤지만 역시나 전부 일반적인 상황에 대한 조언뿐이라 내겐 도움이 되지 않았다.

일단 필요한 물품이 수중에 없다. 예전 호스티스는 부지런히 편지를 써야 했다지만 요즘에는 스마트폰만 있어도 충분하다. 집이나 직장으로 편지를 보내봐야 불편해할 뿐 기뻐하는 손님은 거의 없다.

"그걸 먼저 사야겠네."

무심코 혼잣말이 새어 나왔다. 나는 뭐든지 형태부터 갖추는 타입이다. 취미든 일이든 도구나 복장을 제대로 갖추지 않으면 시작할 기분이 나지 않는다. 이런 점은 후미 마담의 영향을 크게 받았다.

마음을 정하니 기분이 조금은 가벼워졌다. 커피메이커에 원두를 세팅하고 식빵을 토스터에 넣었다. 프라이팬에 베이컨과 달걀을 올리고 양상추를 한입 크기로 찢었다. 여기에 오렌지 주스를 더하면 훌륭한 아침 식사가 완성된다.

후미 마담의 조언에 따라 몇 년째 구독 중인 전국구 신문 다섯 종과 스포츠 신문 두 종을 훑어보며 아침을 먹었다. 다 먹고 나서는 수수한 바지 정장으로 갈아입고 재빨리 가볍게 화장을 했다. 쇼핑 후 짐이 많아질 것을 고려하여 커다란 토트백에 지갑과 스마트폰, 애용하는 파일로팩스 시스템 다이어리만 간단히 챙겼다.

현관 옆 전신거울을 보며 매무시를 가다듬고 굽 낮은 구두를 골라 신었다. 요즘에는 출퇴근할 때 외에는 최대한 전철이나 버스 같은 대중교통을 이용하려고 애쓴다. 바빠서 따로 운동하러 갈 시간을 내기 어렵기에 짧은 거리라도 걸으면 귀한 운동이 된다.


집에서 긴자까지 택시를 타면 30분도 걸리지 않지만 전철로 가면 역까지 걷고 두 번이나 갈아타야 해서 50분은 족히 걸린다. 게다가 오늘 목적지는 7초메, 8초메처럼 익숙한 동네가 아니어서 전철을 내린 후에도 휴대폰 지도에 의지해 골목을 더듬어 가야 했다. 이내 둥근 우체통이 눈에 들어왔다.

'정기 휴일'

유리문 안쪽에 걸린 나무팻말에 검정 글자로 똑똑히 쓰여 있었다. 손에 들고 있던 휴대폰으로 가게 홈페이지를 다시 들여

다보니 '정기 휴일: 매주 수요일'이라고 적혀 있었다. 게다가 영업시간은 '오전 10시부터 오후 7시까지'였다. 수요일 오전 9시를 조금 넘은 시각, 깜깜한 문구점 안에는 아무도 없었다.

"아, 실수했네."

성급하게 행동하는 나쁜 버릇이 또 나왔다.

"어떤 일로 오셨나요?"

불쑥 뒤에서 들려온 목소리에 몸을 움찔하며 돌아보자 회색 폴로셔츠에 베이지 치노 팬츠를 입은 30대 중반 남자가 서 있었다. 깜짝 놀란 내 모습에 오히려 본인이 더 놀랐는지 남자는 엉거주춤한 자세로 입을 반쯤 벌렸다.

"앗, 놀라셨다면 죄송합니다. 문구점에 왔는데 쉬는 날이어서 난감해하고 있었어요."

"죄송합니다. 오늘은 정기 휴일입니다."

남자는 진심으로 미안하다는 듯 고개를 깊게 숙였다.

"네? 혹시 여기 문구점 분이세요?"

실례인 줄 알면서도 묻지 않을 수 없었다.

"네, 그렇습니다만……."

"쉬시는데 정말 죄송합니다. 오늘 꼭 사직원을 써야 하는데 적절한 편지지와 봉투를 사고 싶어서요. 휴일에 정말 죄송하지만 어떻게 방법이 없을까요?"

남자는 살짝 고개를 기울이며 생각에 잠기는 듯하다가 고개를 끄덕였다.

"네. 이쪽으로 오시지요. 일부러 저희 문구점을 찾아주신 데다 깊은 사정이 있으신 것 같으니 준비해드리겠습니다."

그러고는 앞장서 걷기 시작했다.

그 뒤를 따라 건물 뒤편으로 돌아가보니 문구점 분위기와는 사뭇 다른 낡은 목제 문이 나왔다. 문 옆에는 '시호도 직원용 출입구'라고 쓴 작은 간판과 '다카라다'라고 쓴 팻말이 걸려 있었다. 이 사람이 다카라다 씨인 모양이다.

다카라다 씨를 따라 미닫이문으로 들어가자 문간에는 양쪽으로 열리는 미닫이문이 하나 더 있었다. 다카라다 씨는 오른쪽 문을 열고 "이쪽입니다" 하고 권했다. 안쪽은 문구점이었다.

"실례합니다."

내가 매장에 들어서자 다카라다 씨는 뒷짐 지는 자세로 미닫이문을 닫았다. 아무도 없는 문구점은 적막해서 진열된 상품도 전부 잠들어 있는 듯했다. 이른 시간이어서인지 거리 쪽에서 들어오는 햇볕도 적어서 조명 꺼진 문구점에는 쓸쓸한 어둠이 감돌았다.

"자, 여기로 오시죠."

다카라다 씨가 손을 펼쳐 가리키는 곳으로 걸음을 옮겼다.

다양한 상품이 진열된 선반을 지나자 어스름한 계단 끝에 희미하게 빛나는 2층이 보였다.

"죄송합니다. 번거로우시겠지만 2층에서 상품을 보여드리겠습니다. 1층에 있으면 밖에서 보시고 영업 중이라고 착각하시는 분이 계실 수 있어서요."

다카라다 씨는 "이쪽입니다" 하고 안내했다.

한 층 올라왔을 뿐인데 2층은 무척 밝았다. 블라인드가 전부 열려 있어서 확 트인 느낌이 강했다. 오른쪽으로는 좌식 공간이 있고 반대쪽 벽에는 장과 서랍이 빼곡했는데 문득 대만에서 본 한약방의 약 선반이 떠올랐다.

중앙에는 옆으로 길쭉한 작업대 여섯 개가 세 개씩 마주 보며 놓여 있었다. 회사 회의실 같은 사무 공간에 놓이는 책상과 비슷한데 폭과 너비가 한층 컸다. 상판은 묵직해 보이는 두꺼운 합판이고 다리도 두툼했다. 카트에 달려 있을 것 같은 고무 재질 바퀴에 스토퍼 금속 부품도 큼지막해서 전체적으로 연극의 무대장치 같은 인상을 풍겼다.

왼쪽 창가에는 커다란 책상이 있었다. 세월의 흐름이 느껴지는 운치가 있어서 새하얀 실내에서 혼자만 색다른 빛을 뿜어내는 듯했다.

"이쪽으로 오시죠."

다카라다 씨는 중앙 작업대에 있는 의자를 빼며 말했다.

"감사합니다."

권하는 대로 자리에 앉았다. 발밑에 토트백을 내려놓고 시스템 다이어리와 크로스 볼펜을 꺼내 책상에 올렸다. 딱히 메모할 생각이 없어도 그저 습관처럼 책상 앞에 앉으면 무의식적으로 나오는 행동이었다.

"목소리가 좋으시네요. '감사합니다'의 억양이 참 듣기 좋습니다. 연습을 많이 하셨겠지요."

다카라다 씨는 그렇게 말하더니 "잠시만 기다려주십시오" 하고 벽 쪽 서랍으로 향했다. 잠시 후 서랍에서 편지지와 봉투를 몇 종류 꺼내 와 내 앞에 내려놓았다.

"단정해서 어떤 용도든 무난하게 어울리는 편지지입니다. 너무 밋밋해 보일 수도 있지만 사직원을 쓰시기에는 적절하지 않을까 싶습니다. 그런데 굉장히 실례되는 질문이지만 '사직서'가 아니라 '사직원'인가요?"

"네? 아, 사직원과 사직서가 다른 건가요?"

다카라다 씨는 작게 끄덕이며 대답했다.

"사직원은 사직 의사를 밝히는 데 목적이 있습니다. 그에 반해 사직서는 비공식적인 면담이 끝난 후에 정식으로 서면을 제출하는 것이지요."

"그렇군요."

"혹시 퇴직 의사를 아직 상사분께 전하지 않으셨나요? 일반적으로는 구두로 퇴직 의사를 전하기 때문에 사직원을 쓰는 일은 드문 편입니다."

나는 말문이 막혔다.

"말을 꺼내기가 너무 힘들어서요. 그래서 우선 사직원을 건네볼까 했습니다."

다카라다 씨는 흐음 하고 생각에 잠긴 채 한동안 말이 없었다.

"주제넘은 말씀이지만, 아무래도 사정이 있으신 듯한데 이야기를 조금 들려주시지 않겠습니까? 이것도 인연이라면 인연이니 저도 나름대로 방법을 찾아보고 싶습니다."

"그래도 될까요? 폐가 되지는 않을까요?"

다카라다 씨는 고개를 저으며 말했다.

"어차피 저는 집과 직장이 같은걸요. 오늘은 딱히 정해진 일정도 없습니다. 오후에 상품 정리라도 할까 고민할 정도였으니 전혀 개의치 마십시오."

다카라다 씨는 상품을 원래 있던 서랍에 도로 넣고 자리로 돌아왔다.

"죄, 죄송합니다."

급히 일어나 고개를 숙이자 다카라다 씨는 당황하며 손을 내저었다.

"그러지 마세요. 손님한테 그런 인사를 받으면 제가 큰일 납니다."

다카라다 씨는 그렇게 나를 달래고는 말을 이었다.

"말씀을 듣기 전에 차를 준비해 와도 될까요?"

"차요? 물론이죠. 편하게 하세요. 제가 신세를 지는 건데요."

다카라다 씨는 안심한 듯 표정을 누그러뜨렸다.

"그럼 준비하겠습니다. 금방 올 테니 잠시만 기다려주세요."

그러고는 계단 쪽으로 사라졌다.

무심결에 한숨이 새어 나왔다. 꼿꼿하게 펴고 있던 등에 힘이 빠져서 등받이에 몸을 기댔다. 잠을 제대로 못 잔 탓인지 집중력을 유지하기가 힘들었다.

나는 다이어리를 한 손에 들고 'To Do' 인덱스에 손가락을 걸쳐 펼쳤다. 거기에는 '인감 증명서', '주민표*', '개점 안내장 초안'에 이어 '사직원'이라고 쓰여 있었다. 마지막 세 글자 앞에는 빨간 별이 달려 있고 물결로 강조 표시가 되어 있었다. 그 항목을 보니 한숨이 절로 나왔다.

멍하니 앉아 있는데 문 열리는 소리가 났다. 황급히 등을 폈

---

* 주소, 이름, 생년월일 등이 기재된 문서. 한국의 주민등록등본에 해당한다.

다. 이런 모습을 후미 마담에게 보였다면 분명 꾸중을 들었으리라.

"다른 사람이 보든 안 보든, 그런 건 중요하지 않아. 자신을 늘 객관적으로 바라보는 '또 하나의 나'를 마음속에 만들어둬야 해. 누가 뭐래도 자신을 속일 수는 없으니까."

후미 마담의 목소리가 들려오는 듯했다. 내가 생각해도 나는 아직 한참 부족하다. 어쩌면 난 무모한 선택을 한 게 아닐까.

"오래 기다리셨습니다."

다카라다 씨는 기다란 쟁반을 들고 와 책상에 내려놓았다. 그러고는 주머니에서 명함집을 꺼내더니 명함 한 장을 내게 내밀었다.

"인사가 늦어서 죄송합니다. 시호도 문구점 주인 다카라다 겐이라고 합니다. 잘 부탁드립니다."

뜻밖에 정중한 인사를 받아 나는 적잖이 당황했다. 급히 가방에 손을 넣어봤지만 나올 때 정신없이 소지품만 간단히 챙겼으니 명함집이 있을 리 없었다. 아차 싶었으나 태연한 척하며 다이어리 카드 포켓에서 예비용 명함을 한 장 꺼냈다.

"유미라고 합니다. 클럽 후미에서 일해요."

"클럽이라 하시면 고급 술집 말씀이신가요?"

"네. 그렇습니다."

"말끝을 올리는 '클럽'이 아니라 내리는 '클럽'이죠?"*

상상도 못 한 질문에 나도 모르게 웃고 말았다.

다카라다 씨는 "말씀을 끊어서 죄송합니다" 하고 공손하게 사과했다.

"괜찮아요. 제가 근무하는 클럽 후미는 긴자 클럽 중에서도 유명한 곳이랍니다. 후미 마담이 도쿄 올림픽이 처음 열린 해에 문을 열었으니 반세기가 넘는 역사를 자랑하지요."

겐 씨는 "오호" 하며 감탄을 숨기지 않았다.

"긴자에 오래 살면서 부끄럽게도 클럽과는 전혀 연이 없었지만 그런 저도 클럽 후미는 들어본 적이 있습니다. 긴자를 소개하는 잡지나 클럽 특집 방송에 자주 나오지요?"

다카라다 씨는 내 대답을 기다리며 찻주전자에 찻잎을 넣었다.

"네. 후미 마담은 긴자의, 이른바 유흥업소 종사자에 대한 인식을 높이기 위해서라면 취재에 응하는 편이에요. 하지만 가게 안에 카메라를 들인 적은 한 번도 없고 취재는 늘 사무소 응접실에서 진행하지요."

---

* 일본어로 클럽을 뜻하는 '쿠라브クラブ'는 억양에 따라 의미하는 바가 달라진다. 말끝을 올리면 시끄러운 음악에 맞춰 춤을 추는 곳을, 내리면 호스트나 호스티스가 손님을 상대하는 고급 술집을 가리킨다.

다카라다 씨는 밋밋한 다기 컵과 받침 딸린 찻잔에 주전자를 기울였다. 컵과 찻잔을 번갈아 오가며 균일한 농도가 되도록 천천히 차를 나누어 따랐다. 살짝 떨어진 곳에 앉아 있는데도 차의 내음이 향긋하게 풍겨왔다. 차 한 잔이 넓은 공간을 놀라울 만큼 풍부한 향으로 채웠다.

"자, 드시지요."

다카라다 씨가 찻잔을 두 손으로 받쳐 내밀었다. 나도 모르게 "감사히 먹겠습니다" 하고 깊숙이 고개를 숙이고 보니 어쩐지 다도 모임 같다는 생각이 들었다. 다소 예의에 어긋나지만 곧바로 뚜껑을 열어 내려놓고 찻잔을 들었다.

잔을 턱 언저리까지 들어 올리자 그윽한 향이 코를 간지럽혔다. 아니, 코를 직격했다는 표현이 더 정확하겠다. 후 하고 불고서 차를 살짝 한 입 머금었다. 입술 사이로 홀짝 들이마신 차를 혀로 한 바퀴 빙글 돌리고 목으로 넘기자 달콤하면서 강한 감칠맛이 느껴졌다. 코로 빠져나가는 향기가 기분 좋았다.

"아…… 맛있다."

무심결에 감탄이 새어 나왔다.

"다행입니다."

다카라다 씨가 미소 지으며 말을 덧붙였다.

"괜찮으시면 이야기를 들려주시겠습니까?"

나는 고개를 끄덕였다.

후미 마담을 처음 만난 건 도쿄에 온 지 얼마 되지 않았을 무렵이었다. 고등학교 선배의 소개로 긴자에 있는 꽃집에서 아르바이트를 시작한 참이었다. 클럽이나 술집, 고급 요릿집, 레스토랑 등 주로 음식점에 생화를 배달했는데 긴자는 골목이 많아 전표에 적힌 주소를 찾는 일이 만만치가 않았다. 당시 내 휴대폰으로는 지도 앱 같은 걸 쓸 수도 없었다.

그날도 좀처럼 배송지를 찾지 못해 가게에서 빌린 휴대용 지도와 전표를 손에 들고 끙끙대고 있었다. 꽃집을 나선 지 30분이 훌쩍 지났고 고객이 지정한 배송 시각은 점점 다가와 초조했다. 4월 하순으로 그리 덥지 않은 날인데도 이마에 땀이 송골송골 맺혔다.

"무슨 일 있니?"

그때 누군가 말을 걸어왔다.

"여기, 여기에 가고 싶은데요. 어딘지 아시나요? 튀김집 같아요."

나는 무턱대고 전표를 내밀었다. 한눈에도 고급 티가 나는 정장을 걸친 데다 은은하게 좋은 향이 나는 여성이라 문득 나의 땀 냄새가 신경 쓰였다.

"어머나, 우연이네. 나도 지금 여기 가는 길이야. 괜찮으면 같이 갈까? 바로 요 근처거든."

그러더니 "이쪽이야" 손짓하고 앞서 걷기 시작했다.

"너는 꽃집에서 일하니? 아르바이트?"

그 사람이 나를 돌아보며 물었다.

"네? 네. 지난주부터 일하기 시작했어요."

"그래? 어느 정도 길을 익힐 때까지는 힘들겠네. 그치만 운동도 되고, 꽃을 잔뜩 보면서 안목도 기를 수 있고, 배송지 고객들한테 이것저것 배우는 것도 있을 테니 좋은 아르바이트구나. 열심히 하렴. 자, 여기야. 진짜 금방이지?"

정말 3분도 채 걸리지 않았다.

"잘 전해드려."

"먼저 들어가세요. 저는 배송 예정 시각까지 아직 여유가 있거든요. 한참을 헤매고 있었는데 덕분에 금방 도착했어요. 아, 감사 인사를 못 했네요. 감사합니다."

내가 꾸벅 고개를 숙이자 그 사람은 쾌활하게 웃으며 고개를 저었다.

"별거 아닌데 뭐. 그래도 도움이 됐다니 기쁘네. 넌 예의도 바르고 다른 사람을 배려할 줄도 알고 솔직하구나. 요즘 보기 힘든 친구네. 그럼 또 보자!"

그 사람은 튀김집에 들어가지 않고 발걸음을 돌렸다.

"저, 여기 들르지 않아도 괜찮으세요?"

"응. 갑자기 볼일이 생각나서 나중에 들를게. 안녕."

그 말만 남기고 왔던 길을 돌아서 갔다. 마침 밖으로 나온 튀김집 주인이 내게 물었다.

"꽃집에서 왔구나. 고생이 많네. 그런데 누구랑 얘기하고 있지 않았니?"

"저분하고요. 제가 길을 헤매고 있으니까 일부러 여기까지 데려다주셨어요."

주인은 내가 가리키는 방향을 따라 시선을 돌리더니 멀어지는 뒷모습에 대고 크게 인사했다.

"안녕하세요!"

그 사람은 놀란 듯이 돌아보고는 가볍게 고개를 숙였다가 손을 흔들어 답했다.

"저분은 누구신가요?"

"그것도 모르고 길 안내를 받았어? 하긴, 자네처럼 젊은 아가씨는 모를 수도 있겠네. 저분은 후미 마담이야. 긴자 고급 클럽의 얼굴이라 할 수 있지."


그날 나는 퇴근하면서 새빨간 장미 한 송이를 포장했다. 꽃집 직원은 보통 꽃잎이 완전히 벌어져 팔지 못한 꽃을 사 가는 일이 많았지만 그때만큼은 제값을 다 주고 가장 상태가 좋아 보이는 새빨간 장미를 샀다. 한 송이에 1000엔이나 했다.

장미 한 송이를 들고 클럽 후미의 문을 두드렸다. 오후 5시, 영업장은 아직 한산했으나 청바지에 운동화 차림의 화장기 없는 열여덟 소녀와는 전혀 어울리지 않는 장소였다. 그때를 떠올릴 때마다 식은땀이 절로 난다. 그만큼 대책 없는 일이었지만 어떻게든 고맙다는 인사를 꼭 하고 싶었다.

그날 클럽 문을 열어줬던 검은 정장 차림의 아저씨는 나중에 알고 보니 총지배인이었다. 후미 마담을 만나러 왔다고 하자 조금 놀란 듯했지만 곧바로 나를 안쪽 카운터로 안내한 뒤 후미 마담을 불러주었다.

다시 만난 후미 마담은 낮에 봤던 모습과는 사뭇 달랐다. 기모노 차림에 머리도 단정하게 세팅되어 있었다.

"어머, 꽃집 아가씨네. 어쩐 일이야?"

"오늘 정말 큰 도움을 받아서 감사 인사를 하러 왔는데……."

카운터 한쪽에는 커다란 꽃병에 생화가 가득 꽂혀 있고 더 안쪽에는 근사한 꽃꽂이 장식이 있었다. 장미 한 송이가 부끄러워서 건넬 용기가 나지 않았다.

"손에 든 걸 보여주렴."

모든 것을 꿰뚫어 보는 듯한 후미 마담의 한마디에 나는 머뭇대며 장미를 내밀었다.

"나한테 주는 거니? 세상에, 내가 받아도 되는 거야?"

"이것뿐이라 죄송합니다. 튀김집 사장님한테 여기 주소를 받았는데 이렇게 대단한 곳인 줄 미처 모르고……. 낮에는 정말 감사했습니다."

내가 내민 장미 한 송이를 후미 마담은 두 손으로 받으며 고개를 깊이 숙였다.

"별말씀을. 나야말로 예쁜 장미까지 준비해줘서 고맙지. 잠깐 앉았다 가렴."

그러자 총지배인이 의자를 빼주었다.

"아, 아니에요. 바쁘실 텐데 저는 바로 가보겠습니다."

"무슨 소리! 여기는 클럽이야. 발을 들인 분께 아무것도 내지 않고 보내는 경우는 없어. 근데 너는 몇 살이니?"

내가 열여덟이라 대답하자 후미 마담은 "아쉽네. 샴페인을 딸 핑계가 사라졌군" 하고 웃었다.

"이분께 특제 과일 주스 한 잔 부탁해요. 이 장미는 크리스털 꽃병에 꽂아주시고요."

후미 마담은 바텐더에게 음료를 부탁하고는 꽃을 건넸다.

바텐더가 공손하게 장미를 받아 꽃병에 정성스레 꽂는 모습을 둘이서 말없이 바라보았다. 그사이에 다른 직원이 내 앞에 주스 잔을, 후미 마담 앞에 플루트 잔을 놓았다. 총지배인이 그 잔에 샴페인을 따르며 말했다.

"귀한 만남을 축하하며 제가 후미 마담에게 드리는 선물입니다."

"어머, 통도 크셔라. 잘 마실게요."

바텐더는 그 말에 부응하듯 나와 후미 마담 사이에 장미 꽃병을 살며시 내려놓았다.

"새빨간 장미 한 송이가 어떤 의미인지 아니?"

나는 말없이 고개를 저었다.

"바로 '첫눈에 반했다'는 뜻이야."

그때 내 얼굴은 새빨갛게 달아올랐을 것이다. 정말로, 그 말 그대로 나는 후미 마담에게 첫눈에 반했다.

"자, 건배하자. 그러고 보니 아직 제대로 통성명을 안 했네."

후미 마담은 총지배인이 슬쩍 내민 명함을 받아 내게 내밀었다.

"마담 후미라고 합니다. 잘 부탁해요."

나는 두 손으로 명함을 받고서 "가와이 유리입니다" 하고 이름을 댔다.

"유리구나. 유리가 장미 한 송이를 주다니, 동화에 나올 법한 이야기네.* 근데 백합 한 송이가 아니라 다행이다."

"꽃집에서 일하면서 부끄러운 말이지만 꽃말을 전혀 몰라요. 백합 한 송이는 무슨 의미인가요?"

한발 물러서 이야기를 듣고 있던 총지배인이 대답했다.

"제 기억이 맞는다면 '죽은 자에게 바친다'였던 것 같은데요."

내가 당황해서 "정말요?" 하고 묻자 후미 마담은 그런 나를 흐뭇하게 바라보며 말했다.

"입이 거친 사람들이 나한테 요물이니 귀신이니 하긴 하는데, 아직은 저세상 못 가지!"

장난기 가득한 말투에 웃음이 나왔다.

"너 스무 살 되면 여기서 아르바이트할래? 대답은 바로 안 해도 돼. 잘 생각해보고 스무 살이 됐을 때 그 명함에 적힌 사무소로 오렴. 솔직하면서 애교도 있고 참 좋은 애구나."

그러더니 총지배인을 보며 "이 친구 잘 기억해둬요" 하고 말을 건넸다.

"알겠습니다."

총지배인은 고개를 숙였다.

---

* 일본어 '유리ゆり'에는 백합이라는 뜻도 있다.

그리하여 내가 클럽 후미에서 일하게 된 게 대학교 3학년 골든위크*가 끝난 후였으니 이제 얼추 10년이 된다. 일반적으로 클럽 호스티스는 열여덟 살부터 채용이 가능하지만 클럽 후미는 스무 살 이상만 채용했다. 그래서 나도 2년을 기다렸다가 일을 시작했다.

"술을 파는 곳이니 손님이 권하면 미성년자여도 안 마시기가 힘들어. 물론 술이 약해도 되고 억지로 마실 필요는 없지만 손님이 위법 행위를 하게 둘 수는 없지 않겠니."

이것이 후미 마담의 철칙이었다.

후미 마담은 흡연자도 채용하지 않았다. 호스티스는 물론이고 남성 스태프도 예외는 없었다.

"애연가 손님에게는 문제가 되지 않지만 비흡연자 손님을 담배 냄새 풍기는 호스티스가 모시게 할 수는 없으니까."

타당한 이유지만 한때는 직원 채용에 적잖이 애를 먹었다고 한다. 물론 채용 후에도 담배를 피우기 시작하면 냄새에 민감한 후미 마담은 금세 알아챘다. 그때는 담배와 직장 둘 중 하나를 택하라며 결코 여지를 주지 않았다. 이런 이유로 클럽 후미를 떠난 호스티스와 스태프가 실제로 몇 명인가 있었다.

---

* 4월 말에서 5월 초까지 공휴일이 집중된 주간.

법률로 정해지기 한참 전부터 클럽 후미는 실내 금연이 원칙으로 흡연실이 따로 마련되어 있었다. 흡연을 희망하는 손님이 있으면 번거로워도 꼭 흡연실을 이용하도록 안내했다. 그런 조건에서도 언제나 손님들로 북적였으니, 클럽 후미는 얼마나 신기한 곳인가.

그런데 단골 중에는 건강을 챙기는 사람이 많아서 흡연자가 적었다. 게다가 흡연자 중에서도 향을 즐기는 잎담배나 파이프를 선호하는 사람이 상당수였는데 그런 분들은 일단 흡연실에 들어가면 한 시간이 기본이었다. 흡연실 안에서는 애연가끼리 통하는 얘기가 있는지 늘 분위기가 무르익었다. 그런 모습을 보면 비싼 돈을 내고 왜 클럽에 왔는지 고개를 갸웃하게 된다.

이야기가 잠시 샛길로 빠졌지만 이 밖에도 학생인 아르바이트 직원에게는 여러 제약이 있었다.

"학생의 본분은 공부니까 여기서는 아르바이트답게만 일해주면 만족해. 그걸로도 부족하지 않게 벌 수 있을 거야. 괜한 사치를 부리거나 수상한 남자한테 바치지 않는 한 충분하겠지."

후미 마담은 아르바이트와 정규직 호스티스를 엄격하게 구별했다. 지금도 마찬가지지만, 아르바이트생 호스티스는 동반 출근도 애프터도 금지다.

"저…… 죄송하지만 동반 출근과 애프터가 무엇인가요?"

다카라다 씨가 조심스레 물었다.

"네? 아, 그렇군요. 모르시겠네요. 동반 출근은 출근 전에 손님과 저녁 식사를 하고 함께 출근하는 것입니다. 식사를 얻어먹는다고 해도 근무 시간 외에 손님을 상대하는 일이니 영업 활동의 일환이지요. 애프터는 일이 끝나고 함께 술을 마시러 가는 걸 말해요. 이것도 근무 시간 외 영업 활동입니다."

"클럽 밖에서도 손님을 상대해야 하니 힘들겠네요."


동반 출근을 하려면 6시에는 레스토랑이나 요정에 가야 한다. 준비하는 시간까지 고려하면 적어도 4시까지는 긴자에 나와야 하는데 그러면 오후 수업에 영향이 갈 수밖에 없다.

애프터는 근무 시간이 끝난 후부터니 일러도 2시까지는 어울려야 한다. 그때 귀가해서 이것저것 하면 새벽녘에야 침대에 누우니 아무래도 1교시 수업에는 맞추기가 힘들다.

그런 일이 반복되면 자연스레 학교와 멀어져 중퇴에 이르기 쉽다. 후미 마담은 그 점을 염려했다.

"이왕 학교에 들어갔으니 제대로 졸업해야지. 지금은 왜 공부를 해야 하는지 모르겠다고 푸념할지 몰라도 나중에 졸업증서를 받아두길 잘했다고 생각하는 날이 반드시 올 거야."

그러면서 아르바이트 호스티스를 배려하여 출근 시간도 탄력적으로 조정해주고 시험이나 세미나, 연구실 합숙 등이 있으면 거리낌 없이 일을 쉬도록 해주었다.

참고로 후미 마담은 직원이 성적표 복사본을 제출하면 성적에 따라 사비로 용돈을 주는데 S 하나에 3000엔, A는 1000엔, B와 C는 제로다. 불합격인 D는 마이너스 500엔, F는 마이너스 1000엔이다. 받는 금액은 대체로 1만 엔부터 2만 엔 사이이니 후미 마담에게는 대수롭지 않은 금액일지 몰라도 아르바이트하는 학생에게는 추가 수입인 셈이라 강력한 동기부여가 된다.

근무 시간에 관해서는 아르바이트와 정직원을 확실하게 구분했지만 직원 교육 면에서는 일절 타협이 없었다. 공부 모임은 베테랑이든 신입이든 전원 참석해야 했다.

"공부 모임이요? 강사를 불러서 강연을 듣나요?"

다카라다 씨가 깜짝 놀라며 물었다.

"네. 매달 한 번꼴로요. 각 분야의 전문가를 강사로 모시는데 다들 수업을 재밌게 짜오셔서 지루할 틈이 없어요. 수업이 기다려질 정도로요. 네? 내용이요? 정치나 경제일 때도 있고 그때그때 화제가 되는 과학 분야일 때도 있어요. 아, 역사가 주제일 때도 많네요. 마담과 총지배인이 상의해서 1년 치 커리큘럼을 짠다고 들었어요."

"우와, 정말 대단하네요."

다카라다 씨가 턱에 손을 대고 감탄했다.

"그렇죠. 손님이 기분 좋게 이야기할 수 있도록 배경지식을 갖춰야 한다며 준비해주시는 거죠. 강사분이 가고 나면 후미 마담은 저희한테 꼭 당부하세요. '지금 배운 내용을 머릿속 서랍에 잘 넣어두되 손님 앞에서 함부로 꺼내지 마라. 대화 상대로서 이야기를 무르익게 만드는 데 공부의 목적이 있다. 가령 손님이 네 지식과 다르게 이야기하더라도 절대 부정해서는 안된다' 하고요."

"클럽에 가기가 더욱 두려워졌습니다."

다카라다 씨가 긴 한숨을 쉬었다.

"하지만 일류 호스티스는 다들 듣는 데 능숙하니 편하게 말씀하셔도 됩니다. 어쨌거나 후미 마담은 공부하는 사람을 응원해주세요."

정말로 그랬다. 후미 마담은 노력하는 사람을 인정해주었다. 아무리 사소한 일이어도 그런 모습을 허투루 보는 법이 없었다.

클럽 후미에서 일하기 시작한 지 2주 남짓 됐을 때 처음 공부 모임에 참석했다. 그날 주제는 '슈퍼컴퓨터'였다. 나는 문과

쪽 사람인지라 무슨 말인지 전혀 알아들을 수 없었지만 그저 열심히 강의 내용을 노트에 적었다. 처음 듣는 용어가 많아서 히라가나와 가타카나로만 간신히 받아 적은 형편없는 필기로, 도저히 남들에게 보여줄 수 없는 수준이었다. 궁금한 용어 몇 개만이라도 나중에 찾아볼 생각이었다.

그런데 강의가 끝나고 후미 마담이 내게 다가왔다.

"필기까지 하고 기특하네."

나는 출근길 백엔숍에서 산 노트와 볼펜을 들고 있었다.

"공부 모임은 매달 있으니까 필기하는 습관을 들이면 좋지. 노트를 펴고 '열심히 듣고 있습니다!' 하는 진지한 태도를 보이면 강사님도 분명 눈여겨볼걸."

후미 마담의 칭찬에 기분이 좋아졌다.

"그런데 그 노트랑 펜은 좀 아니다. 일류 호스티스는 일류만 써야지. 물론 일류라는 게 반드시 고가일 필요는 없으니까 그건 착각하면 안 돼. 아무리 비싸도 저급한 물건은 일류가 아니야."

그러더니 "열심히 하렴" 하고 자리를 떴다. 후미 마담의 칭찬은 기뻤지만 그 뒤에 이어진 말은 내겐 너무 심오했다.

그날은 퇴근길에 조금 멀리 돌아서 백화점 앞을 서성였다. 쇼윈도의 휘황찬란한 디스플레이를 보면 일류가 무엇인지 감을 잡을 수 있지 않을까 기대했으나 결국 아무런 수확 없이 발길을 돌렸다.

다음날 출근해서 사물함을 열어보니 리본 달린 상자 하나가 들어 있었다. 포장을 풀자 쪽지와 노트가 나왔다.

유리에게
어제 수업 열심히 들은 상이야. 앞으로도 잘 부탁해.

후미

가죽 표지의 근사한 노트 안쪽에 '파일로팩스 노트 클래식'이라고 쓰여 있었다. 노트와 함께 금장 볼펜도 있었는데 동봉된 보증서에는 '크로스 볼펜 클래식 센추리 14 금장 1502'라고 적혀 있고 펜 클립 옆에는 'Yuri'라는 글자가 필기체로 작게 새겨져 있었다.

누군가에게 상을 받아보기는 처음이었다. 예상치 못한 선물에 당황하면서도 기쁨을 주체할 수가 없었다.

그날 손님을 배웅하고 돌아오는 엘리베이터 안에서 후미 마담과 둘이 있을 기회가 생겨 감사 인사를 전하자 후미 마담은 싱긋 웃었다.

"별말씀을."

짧은 대답을 건네며 내 어깨를 톡 두드렸다.

퇴근해서 집에 오자마자 전날 백엔숍 노트에 적은 내용을 옮겨 적었다. 크로스 볼펜은 그 묵직함 덕분인지 펜 끝의 볼이 기분 좋게 굴러가 글자가 술술 써졌다. 그날 이후로 공부 모임 때마다 파일로팩스 노트와 크로스 볼펜으로 필기하여 지금은 같은 모델 노트를 벌써 다섯 권째 쓰고 있다.

"아하, 그래서 시스템 다이어리도 파일로팩스를 애용하시는 군요."

다소 떨어져 앉아 있는데도 다카라다 씨는 내 다이어리가 어떤 브랜드 제품인지 한눈에 알아봤다. 역시 전통 있는 문구점 주인은 다르다.

"네. 이것도 후미 마담에게 선물 받은 거예요."

"후미 마담이라는 분이 무척 궁금해지네요. 필기구 선물이라는 게 사실 쉽지가 않습니다. 디자인, 색, 크기 같은 심미적인 부분도 취향이 제각각이고 펜이나 종이는 쓰는 느낌이 상품마다 매우 다르거든요. 받는 사람에 대해 웬만큼 잘 알지 못하면 취향에 맞춰서 고르기가 어렵습니다."

"그렇군요……. 후미 마담은 선물하는 걸 참 좋아하세요. 저 말고도 호스티스나 스태프한테 이런저런 선물을 자주 하시죠.

생일이나 입사 기념일처럼 특별한 날엔 물론이고 '왜 오늘?' 싶은 날에도 주세요. 유난히 풀 죽어 있거나 들떠 있을 때도요."

다카라다 씨는 "정말 대단하십니다. 어머니 같은 분이네요" 하고 중얼거렸다.

그렇다. 후미 마담은 직원 모두의 어머니다.


클럽 후미에서 기획하는 공부 모임 외에도 후미 마담은 호스티스나 스태프가 뭐든 배운다고 하면 응원해줬다. 총지배인을 포함해서 지배인, 홀 매니저 등 몇 명은 소믈리에 자격을 취득했고 바텐더도 전문 바에서 통할 만한 실력을 갖추어 국제대회에서 입상한 적도 있다. 참고로 클럽 후미는 카운터 안쪽은 바텐더, 바깥쪽은 홀 스태프로 역할이 나뉘어 있다.

소믈리에 자격이나 바텐더 기술처럼 가게 영업과 직결되는 직무 능력은 물론이고 그 외의 분야에서도 직원의 공부를 지원했다. 카운터 안쪽에서 일하는 사람에게는 조리사나 영양사, 바깥쪽 사람에게는 부기*, 노무관리사 같은 자격을 따도록 독려했다. 때에 따라서는 전문학교나 통신교육 학비를 장학금 명목으로 보조해주었다.

* 일본의 부기 자격은 한국의 재경관리, 회계관리, 전산회계운용과 자격과 유사하다.

"내 욕심 같아서는 계속 우리 가게에서 일해주면 좋겠지만, 결혼하고 식구가 늘면 일하는 방식을 바꿔야 하는 상황이 올 수도 있지 않겠니. 아무래도 밤에 하는 일은 가족들과 생활이 어긋나기 쉬워. 낮에 일하는 직장으로 옮기고 싶을 때 클럽 후미에서 일한 경력만으로 다른 일을 찾기는 어렵겠지. 그래서 기술이나 지식을 보증하는 자격이 필요한 거야. 게다가 자격시험은 기초부터 꼼꼼하게 익혀야 하니까 잘못 굳어진 자기 방식을 고치는 데도 유용하지."

그리고 이런 말을 하기도 했다.

"공부하려고 마음먹으면 놀 시간이 없잖아. 쓸데없이 도박이나 이상한 취미에 빠지지 않으니 얼마나 좋아."

그러면서 웃는 후미 마담을 볼 때면 어디까지 진심이고 어디서부터 쑥스러움을 감추려는 농담인지 알 수 없었다.

아무튼 후미 마담은 정이 많은 사람이라 직원을 살뜰하게 챙겼다. 직원의 형제가 대학 수험을 앞뒀다고 하면 일부러 유시마 텐진**까지 가서 부적을 사다 주고, 누가 머리가 아프다고 하면 구급상자를 들고 달려왔다. 정말 모두의 '어머니' 같은 존재였다.

** 학문의 신으로 알려진 스가와라노 미치자네 공을 모신 신사.

내게도 후미 마담은 도쿄에 있는 어머니다. 학교에서 있던 일, 교우 관계, 연애 상담까지 뭐든 털어놓았고 늘 따뜻한 위로를 받았다. 시골에서 올라와 세상 물정이라곤 전혀 몰랐던 스무 살 무렵 후미 마담과 만나지 않았더라면 지금의 나는 없었을 것이다.

"사람과 사람의 만남만큼 인생에 큰 영향을 주는 사건은 없지요."

다카라다 씨가 부드럽게 말했다.

"맞아요."

나는 짧은 대답 후에 이야기를 이어갔다.

후미 마담에게 보살핌을 받으며 순조롭게 대학 생활을 마치고 취업 활동을 펼칠 시기가 찾아왔다. 나는 졸업과 동시에 정규직원으로 클럽 후미에서 일하고자 했지만 후미 마담의 반응은 냉담했다.

"평범한 사회인으로 살아봐. 업종은 뭐든 상관없어. 가능한 한 건실한 회사에 취직해. 회사에 여유가 있을수록 직원 교육에 시간과 돈을 투자하니까 상장기업이 좋겠지. 그리고 적어도 3년은 근무해봐. 그래도 돌아오고 싶다면 그때 채용하마."

졸업하면 당연히 정규직으로 근무하게 되리라 믿었던 터라 실망도 컸다. 하지만 전부 후미 마담의 다정함에서 비롯된 말임을 알았다.

"회사나 거래처에 좋은 사람 있으면 결혼해. 다시 안 와도 되니까. 아니, 결혼해서 돌아오지 않는 게 더 좋은 소식이겠지."

후미 마담은 그렇게 덧붙이며 쓸쓸한 표정을 지었다.

결국 내가 직장으로 선택한 곳은 금속가공기 회사였다. 합격 소식을 전하자 후미 마담은 기업 계간지를 가져다가 5분 정도 꼼꼼하게 훑어보고는 고개를 끄덕였다.

"괜찮겠다. 엄청 뛰어나지는 않아도 영업 실적이 안정적이고 임원 이름을 긴자에서 들어본 적도 없으니 안심해도 되겠어."

요즘에는 롯폰기 카바레 클럽이나 아자부 쪽 회원제 라운지를 찾는 사람도 많기에 긴자에서 소문이 돌지 않는다고 해서 유흥과 거리가 먼 사람이라 단정할 수는 없지만 굳이 말하지는 않았다.

3월의 어느 날, 졸업식 직후에 후미 마담이 사무소로 나를 불렀다. 후미 마담은 클럽 외에도 와인바, 이탈리안 레스토랑, 카페 등 여러 점포를 운영하는 주식회사 레터박스의 대표이기도 했다. 레터박스 사무소는 7초메와 8초메 경계 언저리의 오래된 건물에 있었는데 소박하지만 깔끔했다. 약속 시간 5분

전에 들어가자 후미 마담은 첫 만남 때처럼 세련된 정장 차림으로 안경을 쓰고 있어서 클럽에서와는 완전히 다른 사람 같았다.

내 얼굴을 보자마자 노시*에 색 끈을 두른, '취업 축하'라고 쓰인 봉투와 선물 상자를 건넸다.

"작지만 축하 선물이야."

나중에 보니 봉투에는 20만 엔이나 들어 있었다. 아르바이트생에게 축하금으로 건네기엔 너무 큰 액수였다.

"좋은 구두를 세 켤레 정도 사서 잘 손질해 신으렴. 누가 언제 네 발을 봐도 부끄럽지 않도록. 지금까지 손님의 발을 수도 없이 봐온 내가 하는 말이니 새겨들어. 잘 손질된 신발을 신는 사람 중에 삼류는 없단다."

봉투와 함께 받은 상자를 열어보니 파일로팩스 시스템 다이어리가 들어 있었다.

"문과계 신입사원은 보통 영업부터 시작해. 웬만한 특기가 없는 한 대부분 그렇지. 그런데 영업이란 결국 고객의 마음을 여느냐 마느냐가 관건이야. 유리는 열심히 하는 것만큼은 누구에게도 지지 않으니 걱정 없다만."

---

* 색종이를 접어 만든 일본 전통 장식. 주로 축하할 일이 있을 때 선물 등에 붙이는 식으로 사용된다.

A5 사이즈의 검은 가죽 표지 오른쪽 아래에 'Yuri'라는 글자가 금박으로 새겨져 있었다.

"나도 영업하는 사람을 이래저래 많이 만나지만, 초일류 프로부터 삼류 아마추어까지 얼마나 천차만별인지 몰라. 얼핏 한 번 보면 첫인상은 대부분 결정돼. 나머지는 명함 교환이나 업무 협상 전 잡담의 수준으로 정해지고 그 후에는 수첩과 펜을 보고 내 판단을 확인하지. 어떤 필기구로 메모하는지 보면 신뢰할 수 있는 사람인지 아닌지 알 수 있거든. 최악은 자기가 가져온 자료나 카탈로그 여백에 적는 사람, 그런 사람은 약속을 지키는 법이 없어."

내 회사 생활까지 세심하게 신경 써준 선물이라 생각하자 눈시울이 뜨거워졌다. 곧 매끈한 가죽 표지에 눈물이 떨어졌다.

"얼룩 생길라. 얘도 참! 가죽이라 튼튼하긴 해도 물에는 약해. 아, 그리고 속지는 큰 문구점이나 인터넷에서 쉽게 구할 수 있어. 알차게 쓰고 얼른 출세해."

후미 마담은 따뜻하게 웃으며 나를 배웅했다.

예상대로 나는 입사 후 영업팀에 발령받아 오타구 지역을 담당하며 중소기업 공장을 돌게 되었다. 거래처는 자사 부품이 NASA에 들어간다거나 스마트폰 발전에 핵심적인 역할을 하고 있다고 자부하는 등 자긍심이 엄청난 곳이 많아서 갖가지

까다로운 요구가 잦았지만 그만큼 재미도 있었다.

신기하게도 그렇게 완고한 신념을 가진 회사일수록 직원이 사장님을 '아버지', 경리를 담당하는 사모님을 '어머니'라 부르는 데가 많았다.

중소기업이라 해도 100명 넘는 직원을 둔 회사도 있었는데 그런 곳들은 아버지라 불리는 사장님이 가장 먼저 출근하여 공장 앞을 쓸면서 직원 한 사람 한 사람을 반갑게 맞고 어머니인 사모님이 따뜻한 차를 내주며 직원을 진짜 가족처럼 대했다. 그런 점이 클럽 후미와 비슷했기에 나는 단골 거래처 방문이 힘들기는커녕 즐거웠다.

자사 상품에 관해서도 연수에서 배운 지식뿐이고 거래처에 대해서도 모르는 것투성이였으므로 어디를 가든 파일로팩스 다이어리를 놓지 않고 열심히 메모했다. 거래처별로 인덱스를 나눠 방문 기록을 남기며 회의에서 나눈 약속들을 성실하게 지키려고 애썼다.

그러던 어느 날, 계약을 따내기가 쉽지 않은 거래처의 사모님, 즉 사장의 부인이 내가 내민 카탈로그를 받아 들면서 진지하게 말했다.

"유리 씨는 정말 대단해요."

순간 머릿속에 수많은 물음표가 한꺼번에 떠올랐다. 당황스러워하는 내 얼굴이 재밌는지 사모님은 웃음을 터뜨렸다.

"뭐가 대단한지 모르겠다는 표정이네요. 사실은요, '다음에 올 때 카탈로그를 갖다 주세요'라고 하면 정말 가져오는 사람이 열 명 중 한 명도 안 되거든요. 홈페이지에서 파일을 내려받아서 볼 수도 있으니 이해는 되지만요. 근데 내 부탁을 기억해 준다는 게 기쁘고 고맙네요."

그러더니 "자, 여기요"라며 처음으로 차를 내주었다.

"유리 씨는 늘 커다란 수첩에 열심히 뭘 쓰잖아요. 우리 사장은 '저건 염마장*이야. 우리가 바보 같은 소리만 한다고 적고 있을걸' 하고 농담하지만, 우리 얘기를 하나라도 놓칠세라 메모하는 모습을 보면 사실 얼마나 흐뭇한지 몰라요."

좀처럼 영업 실적이 오르지 않을 때였는데 사모님이 건넨 말에 가슴이 벅차올라 눈물이 왈칵 쏟아졌다.


"선물이 실제로 상대에게 도움이 되다니, 정말 흔치 않은 일입니다."

다카라다 씨가 진지한 목소리로 말했다.

"후미 마담에게 이 이야기를 했더니 '그건 유리가 열심히 해

---

*  생전에 지은 죄를 적어둔다는 염라대왕의 장부.

서지 도구랑은 관계없어'라고 하시더군요. 괜히 쑥스러워서 그러셨을지도 모르죠."

"회사에 들어가서도 후미 마담과 계속 연락을 하셨나요?"

"네. 후미 마담이 먼저 연락하실 때가 많았어요. 독립한 딸을 걱정하는 어머니처럼요."


돌이켜보니 후미 마담은 정말 메시지나 전화를 자주 주었다.

"밥은 잘 챙겨 먹니?"

"갑자기 쌀쌀해졌다. 감기 걸리지는 않았고?"

몇 마디 되지 않았지만 여전히 나를 아껴주는 마음이 전해져서 고마웠다.

가끔은 한마디가 더해지기도 했다.

"손님한테 받았는데 너무 많아서 조금 보낸다."

그러면서 제철 과일이나 주스, 젤리 등을 보내왔다.

혼자 살면 아무래도 과일을 챙겨 먹기가 쉽지 않은데, 그런 나에게 후미 마담이 보내는 먹거리 꾸러미가 얼마나 요긴했는지 모른다. 분명 어디서 받은 물건이 아니라 나를 위해 일부러 사서 보냈을 것이다.

물론 정말 손님한테 받은 것을 나눠 받을 때도 있었다. 특히 생선이 그랬다. 낚시를 좋아하는 손님이 운 좋은 날에는 전갱이나 보리멸을 큰 스티로폼 가득 가져오곤 했기 때문이다.

그럴 땐 전직 요리사인 바텐더가 열심히 손질하여 굽거나 튀겨서 손님 테이블에 서비스로 내거나 직원들이 나누어 가져 갔다.

그래도 너무 많을 때는 내게도 연락이 왔다.

"유리, 잠깐 가게에 들를래?"

그럴 때마다 맛있는 생선 요리를 대접받았다. 내가 도착할 시간에 딱 맞춰 튀겨주는 전갱이와 보리멸 튀김은 눈물이 날 만큼 맛있었다. 따뜻한 밥과 된장국도 늘 준비되어 있었는데 한번은 오랜 단골이 "엄마를 보러온 딸 같네" 하고 웃을 정도였다.

입사 후 3년이 순식간에 지났다. 3년째 되는 해 1월 후미 마담과 약속을 잡고 사무소로 찾아갔다.

응접실에서 기다리는 동안 나는 파일로팩스 다이어리를 꺼내 미리 준비한 예상 질문과 답변을 눈으로 훑었다. 너무 여러 번 봐서 거의 외울 수준이었다.

응접실에 들어선 후미 마담의 시선이 내 무릎 위 파일로팩스 다이어리에 닿았다.

"잠깐 보여줄래? 괜찮아. 안은 보지 않을게."

나는 다이어리를 덮어 내밀었다. 후미 마담은 두 손으로 받아 들더니 손바닥으로 표지를 천천히 쓰다듬었다. 소중하게 다뤘다고는 해도 곳곳에 작은 흠집이 나 있었다. 후미 마담은 그 흠집 하나하나에 수고했다고 속삭이듯 손가락 끝으로 가죽 표지를 부드럽게 어루만졌다.

"자. 잘 봤다. 3년간 유리가 얼마나 열심히 살았는지 알겠어."

두 손으로 다이어리를 내게 돌려주며 덧붙였다.

"크로스 볼펜도 아직 쓰고 있구나."

둘 다 아무 말 없이 한동안 가만히 앉아 있었다. 아주 잠깐, 아마 3분도 되지 않았을 그 시간이 내게는 무척 길게 느껴졌다.

"정말 돌아오고 싶어? 바로 실전에 투입할 수 있는 인력인데다 잠재력도 큰 유리가 돌아오겠다는 건 경영자로서는 거절할 이유가 전혀 없고 매력적인 제안이지만……. 3년이 긴 것 같아도 순식간이지? 일하다가 괜찮은 사람은 못 찾았어?"

"후미 마담보다 멋진 사람이 어디 있겠어요."

나의 대답을 듣고 후미 마담은 큰 한숨을 내뱉더니 "그럼 잘 부탁한다"라며 손을 내밀었다.

그때 잡은 손의 감촉이 지금도 내 안에 선명하게 남아 있다.


"이야기를 들을수록 후미 마담이라는 분을 뵙고 싶어지네요."

때때로 맞장구를 치고 궁금한 부분만 살짝 짚어가며 듣는 역할에 충실하던 다카라다 씨가 조그맣게 중얼거렸다. 평소라면 '언제든 오세요!' 하고 말했겠지만 나는 조용히 시선만 떨구었다.

"그렇군요. 그래서 사직원이라 하셨군요."

다카라다 씨의 말에 나는 고개를 끄덕이며 말을 이었다.


클럽 후미에 복귀하고 순조롭게 성과를 내며 매출에도 어느 정도 공헌하게 되었다. 매일이 즐거워서 언제까지나 클럽 후미에 있고 싶었다. 물론 실수도 수없이 저질러 후미 마담에게 혼나기도 많이 혼났다.

하지만 아무리 혼나도 힘들지는 않았다. 후미 마담의 한마디 한마디에서 나에 대한 애정이 전해져 왔기 때문이다. 학교 선생님이나 회사 상사에게 꾸중을 들을 때와는 어딘가 달랐다. 표현하기는 어렵지만 '갑자기 차도에 뛰어들면 위험하잖니!' 하고 혼나는 어린아이의 마음과 비슷하지 않을까. 걱정하기에 무심코 혼내고 마는 후미 마담의 마음이 느껴졌다.

후미 마담은 클럽 직원에게만 엄한 것이 아니라 선을 넘는 손님에게도 가차 없었다.

한번은 이런 일이 있었다. 내가 정규직원으로 일하기 시작한 지 얼마 되지 않았을 때였다. 그 손님은 내가 회사 생활을 하느라 가게에 없던 때 다니기 시작한 분으로, 휴대폰 앱을 개발하는 회사를 운영했다. 씀씀이가 커서 올 때마다 매출을 적잖이 올려줬지만 취기가 돌면 입이 거칠어졌다. 그날은 거래처와의 회식으로 와인바에서 마신 후 혼자 클럽 후미에 왔다고 했다. 이미 상당히 취한 상태였기에 후미 마담이 좋은 말로 타일러 보내려 했으나 그런 후미 마담을 무시하듯 처음 자리를 함께한 나를 놀리기 시작했다. 어느 학교를 나왔냐, 어느 회사를 다녔냐 꼬치꼬치 캐물으며 질문 공세를 퍼부었다.

후미 마담이 나를 배려하여 다른 베테랑 직원으로 교대하려 했지만 그 손님은 "됐어. 얘가 재밌어"라며 나를 놓아주지 않았다.

"내세울 것도 없으면서 긴자에서 호스티스 하기가 부끄럽지도 않나?"

이런 말을 아무렇지 않게 내뱉었다.

"무슨 말씀이세요. 우리 클럽에는 미인밖에 없는데요."

후미 마담이 나를 감싸며 한 말이 기분 나빴는지 그 사람은 빠른 속도로 술잔을 비워갔다.

그런데 다른 손님을 배웅하러 후미 마담이 잠시 자리를 비웠을 때였다.

"네 부모는 딸이 이런 데서 일하는 거 알아? 아직 회사에 다니는 줄 알면서 완전히 속고 있는 거 아니냐고."

뜬금없이 시비를 걸어왔다. 부모님은 내가 중학교 때 이혼했는데, 나는 양쪽 모두와 사이가 좋아서 도쿄에 온 후로도 꾸준히 연락을 주고받고 있었다. 내가 아르바이트로 클럽 후미에서 일하기 시작했을 때나 회사를 그만두고 클럽으로 복귀했을 때도 당연히 소식을 전했다. 그래서 나는 그 손님에게도 "부모님이 알고 계셔서 괜찮습니다" 하고 태연하게 대꾸했다.

"딸을 긴자 술집에서 일하게 하는 부모는 대체 어떤 인간들이야? 그 돈으로 부모는 뭘 하는데? 어이가 없구만."

이 말에 내 얼굴색도 변했을 것이다. 지금이라면 "그러게요. 제가 효도한다니까요" 하고 웃어넘겼을 테지만 그때는 복귀한 지 얼마 되지 않아 그런 여유가 없었다.

"그 표정은 뭐야?"

그 순간 손님은 들고 있던 술잔으로 내 얼굴에 술을 뿌렸다. 동석했던 다른 호스티스가 비명을 지르고 남성 스태프가 급히 달려왔다. 뒤이어 홀 지배인이 다가와 직원이 뭔가 결례를 범했는지 물었다.

"얼굴을 잔뜩 구기고 나를 노려보길래 정신 교육 좀 시켜줬을 뿐이야!"

역정 내는 손님 앞에서 지배인도 입을 다물어버린 그때 후미 마담이 돌아왔다.

"저희 직원 때문에 불편하셨다면 죄송합니다."

후미 마담이 깊이 고개를 숙이자 손님은 그제야 불만이 좀 가셨는지 소파에 자세를 고쳐 앉았다.

"하지만 손님, 음료를 얼굴에 끼얹는 행위는 폭행입니다. 처벌이 가능한 엄연한 범죄인데 모르셨나 보군요."

"그냥 손이 미, 미끄러진 건데 무슨……."

"나이도 드실 만큼 드신 분이 꼴사납게 변명하지 마세요. 자기 잘못을 솔직하게 인정하시라고요."

날카롭게 몰아세우는 후미 마담의 말에 손님은 취기도 날아간 듯 완전히 얼어버렸다.

후미 마담은 후우 하고 숨을 한번 내쉬더니 평소의 차분한 목소리로 말을 이었다.

"이곳 직원은 제게 가족입니다. 소중한 식구에게 예의를 갖추지 않는 분은 손님이 아닙니다. 이제 돌아가주시지요. 그리고 다시는 오지 마세요. 오늘은 계산하실 필요 없습니다."

그러더니 스태프에게 "밖까지 모셔다드리세요" 하고 지시했다. 그 손님은 스태프 두 사람에게 연행되듯 끌려 나갔다.

후미 마담은 다른 테이블을 하나씩 돌면서 사과하고 과일 안주와 음료를 서비스로 냈다. 나는 수건으로 젖은 얼굴과 몸을 닦고서 후미 마담이 시키는 대로 함께 인사를 다녔다. 어떤 테이블이든 손님들은 다정한 위로의 말을 건네주었다.

"아이고, 고생했네. 잘 참았어."

그러자 후미 마담이 옆에서 한마디 했다.

"여기까지 들렸어요?"

"좀 크게 떠들어대야 말이지."

"들으셨으면 도와주셔야죠."

"안 그래도 내가 나서려던 참에 그 사람이 술을 확 끼얹었더라고. 내가 소매를 걷어붙였는데 때마침 후미 마담이 등장했지 뭐야. 나설 타이밍을 놓쳤네."

"아이참, 거짓말도 잘하셔. 양복 재킷까지 그대로 입고 있으면서 어떻게 소매를 걷으셨어요?"

손님들과 후미 마담이 주고받는 소소한 농담이 더없이 고마웠다.

평소 후미 마담은 단골과 애프터에 가지만 그날은 퇴근 후 나를 집으로 초대했다. 쓰쿠다지마에 있는 근사한 고층 맨션이었다. 후미 마담은 목욕물을 받고서 "먼저 씻으렴" 하고 나를 배려했다. 그날 욕조에 몸을 담그고 창밖으로 바라봤던 예쁜 야경이 아직도 눈에 선하다.

씻고 나오자 후미 마담은 "같이 먹자"라며 나를 식탁 앞으로 불렀다. 오차즈케*가 준비되어 있었다. 누카즈케**와 다시마 절임 그리고 큼직한 매실절임이 올라간 밥에 호지차***를 듬뿍 부었다. 오차즈케의 맛이 몸과 마음에 스며들었다.

열심히 먹다가 문득 고개를 드니 후미 마담이 눈물을 떨구고 있었다.

"지켜주지 못해서 미안하다. 그런 사람을 가게에 들인 내 잘못이야. 정말 미안해."

그러면서 고개를 숙였다. 나는 의자에서 벌떡 일어나 후미 마담을 꼭 끌어안았다. 그렇게 우리는 한참 동안 서로를 안고 울었다.

한바탕 울고 난 후 후미 마담의 품에서 고개를 들자 옷에 큼지막하게 새겨진 'Don't worry!'라는 문구가 눈에 들어왔다.

"우와, 이 옷 설마 직접 사셨어요? 아무리 집에서 입는 거래도 너무 촌스럽잖아요."

나는 그만 웃음을 터뜨렸다.

"나만 보는데 뭐 어떠니?"

---

\* 밥에 차를 부어 고명과 함께 먹는 요리.
\*\* 소금을 섞어서 삭힌 쌀겨에 오이, 당근 등의 채소를 넣고 절인 음식.
\*\*\* 녹찻잎을 높은 온도에서 볶아서 만든 차로 고소한 맛과 풍부한 향이 특징이다.

"가게에서는 그렇게 완벽하신 분이요?"

그 뒤 후미 마담의 생일 선물로는 늘 세련된 파자마를 준비한다. 언제 어디서나 멋진 후미 마담이길 바라니까.


그런 일도 겪으며 후미 마담에게 도움이 되고 싶고 클럽 후미가 발전하길 바라는 마음에 내 나름대로 최선을 다했다. 젊어서 체력도 있겠다, 동반이며 애프터며 전혀 힘들지 않았다. 오로지 일만 보며 달려온 5년이었다.

노력한 보람이 있었는지 긴자에서는 호스티스로서 어느 정도 이름을 알렸다. 원래 스카우트가 많은 업계라서 몇 년 전부터 한 클럽을 책임지는 마담으로 일해보지 않겠냐는 제의가 제법 들어왔다. 그러나 고용 조건이나 여러 면에서 클럽 후미를 그만두면서까지 가고 싶은 곳은 없었다. 그럴 때마다 나는 후미 마담과 함께 갈 운명이라는 생각만 굳어졌다.

그런데 반년 전쯤 클럽을 콘셉트부터 함께 기획하고 싶다는 제안이 들어왔다. 의심스러울 만큼 조건이 좋았다. 나중에 여러 루트로 알아보니 제안한 사람은 긴자와 신바시에서 음식점을 여러 곳 운영하는 사업가였다.

고민을 거듭하다가 한 달 전 신바시에 있다는 사무실로 그 사업가를 찾아갔다. 사업가는 스물다섯 살에 미혼이고 작은 카페에서 시작해 레스토랑, 바, 선술집 등 업태가 다른 점포를 잇달아 열어 지금은 신바시부터 긴자, 니혼바시, 야에스를 중심으로 약 50점포를 운영하고 있었다. 곧 주식회사로 상장할 계획인데 그 시점에 맞춰 긴자 빌딩 한 채를 매입해 1층부터 최상층까지 각기 다른 콘셉트의 가게를 한 번에 오픈할 생각이라고 했다.

1층은 말차, 팥, 와산본* 등 일본 식재료를 사용한 서양과자점, 2층은 정통 영국식 홍차를 즐기는 카페, 3층과 4층은 와규와 일본 근해의 해산물을 활용한 철판구이집, 5층은 초밥집. 철판구이집과 초밥집은 함께 운영하며 철판구이 코스 요리에 초밥을 포함하거나 철판에서 구운 소고기로 초밥을 만드는 등 다양하게 시도할 예정이라 했다. 그리고 6층과 7층이 클럽이었다.

사무실에서 이야기를 듣고 그길로 실내 공사 중인 빌딩 현장을 찾았다. 내진보강도 겸해서 규모가 제법 큰 공사인지라 철골, 철근, 콘크리트 벽이 드러난 상태였지만 입지도 넓이도 흠잡을 데가 없어 여기라면 내가 마음껏 능력을 발휘할 수 있을 듯했다.

* 일본 전통 방식으로 생산하는 설탕.

조건이 지나치게 좋아서 오히려 불안했다. 공사 현장에서 사무실로 돌아오는 차 안에서 불쑥 묻고 말았다.

"왜 저를 택하셨나요?"

"클럽 후미에 다니는 여러 사람한테 후미 마담이 당신을 전폭적으로 신뢰한다는 이야기를 들었어요. 긴자의 밤거리를 대표하는 클럽 후미의 오너 마담이 인정하는 사람이라는 것, 그게 가장 큰 이유입니다."

"후미 마담이 저를······."

상장을 앞둘 정도로 벌이가 좋은 경영자가 타기에는 수수한 국산차 뒷자리에 나란히 앉아서 대화를 이어갔다.

"유리 씨, 당신밖에 없어요. 같이 해봅시다."

진지한 눈빛으로 내민 손을 나는 마주 잡았다.


"그런 사정이 있었군요."

다카라다 씨는 손을 턱에 얹고 생각에 잠겼다.

"후미 마담에게 어떻게 말을 꺼내야 좋을지 몰라서 우선은 편지를 써보려고 합니다."

"말을 꺼내기 어려운 상황이라는 점은 충분히 이해하지만 갑자기 편지로 퇴직 의사를 전하는 건 아니라고 생각합니다."

"저도 직접 말하려고 했어요. 몇 번이나 마음을 먹고 앞에 섰는데, 후미 마담의 얼굴을 보면 도저히 입이 떨어지질 않아요."

"그래도 일단 직접 만나야 하지 않을까요? 이야기를 들을수록 선택지는 하나뿐이라는 생각이 듭니다."

다카라다 씨는 책상 위에 놓인 다기를 긴 쟁반에 챙기기 시작했다.

"조금 더 생각해보시면 어떨까요? 느닷없이 사직원을 받았을 때 후미 마담이 어떤 심정일지 헤아려주십시오. 더군다나 오랫동안 아껴온 사람에게 그런 사직원을 받는다면 충격이 더 크겠지요. 전하기 어려운 내용일수록 얼굴을 보고 말해야 합니다."

반론의 여지가 없었다. 방금까지 온화했던 다카라다 씨의 표정이 단호해 보이기 시작했다.

"저는 그 사직원이 갑작스러운 배신으로 느껴질까 봐, 그 점이 걱정입니다. 직원들을 주의 깊게 살피시는 분이니 어쩌면 벌써 눈치채셨을지도 모르고요. 게다가 아끼는 직원에게 그런 의심을 품는 것이 미안해서 오히려 자기 자신을 탓하고 계실 수도 있지 않을까요? 그런 분에게 별안간 사직원을 내밀다니 가혹한 처사입니다."

저절로 나오는 한숨을 숨기지도 못하고 나는 천장을 올려다봤다. 다시 자세를 고치고 자리에서 일어나 다카라다 씨에게 깊이 고개를 숙였다.

"제가 억지를 부리고 있다는 건 잘 압니다. 하지만 부탁드립니다. 은인에게 꼭 전해야 하는 사직원을 작성하고 싶습니다. 도와주세요. 사직원을 전할지 말지는 우선 만나서 얼굴을 보고 결정하겠습니다. 사무실 책상에 두고 오거나 총지배인에게 맡기는 식으로 비겁하게 굴지는 않겠습니다. 그러니…… 그러니 도와주세요. 제 결의가 흔들리지 않도록 잡아주는 부적처럼 가지고 있겠습니다."

바로 자리를 떠버리면 어쩌나 걱정했지만 다카라다 씨는 앉은 채로 아무 말도 하지 않았다. 한참이 지나서야 "앉으시지요" 하고 나지막이 말했다.

"클럽 후미를 그만두고 새롭게 시작하겠다는 마음은 이미 굳히신 겁니까?"

"……네."

"그렇다면 전화로 지금 전하는 방법도 있지 않을까요?"

대체 얼마나 완고한 사람인가? 나도 모르게 말투가 날카로워졌다.

"잘 설명하긴 힘들지만 평범하게 회사를 그만두는 상황과는 달라요. 그러니까…… 이해를 좀 해주세요."

다카라다 씨는 팔짱을 끼고 잠시 눈을 감았다가 번뜩 뜨고는 말을 이었다.

"어쩔 수 없군요. 내키지는 않으나 이미 한배를 탔으니 돕겠습니다. 필요한 물건을 준비해 올 테니 잠시만 기다려주십시오."

그러고는 내 앞의 찻잔을 쟁반에 올리고 자리를 떴다. 후우 하고 한숨을 내쉬며 시계를 보니 벌써 한 시간 이상 지나 있었다.

3분도 채 지나지 않아서 다카라다 씨가 하얀 무지 편지지와 봉투를 들고 왔다.

"이쪽으로 앉으시지요."

그러면서 창가 쪽 커다란 책상 앞에 섰다. 내가 파일로팩스 다이어리와 크로스 볼펜 그리고 토트백을 들고 책상으로 다가가자 다카라다 씨는 편지지와 봉투를 책상에 올리고 의자를 빼며 앉으라고 권했다.

"사직원에 사용하기에는 깔끔한 기본 편지지가 좋을 듯합니다. 앞서 '은인에게 꼭 전해야 하는 사직원'이라 말씀하셨는데, 그런 사직원 쓰는 법은 아무도 가르쳐줄 수가 없습니다. 스스로 고민하면서 솔직한 마음을 적는 수밖에요. 그러면 받는 사람한테도 진심이 전해질 겁니다. 상대가 후미 마담이라면 더욱 그렇겠지요."

"저 혼자 쓸 수 있다면 그냥 가까운 데서 사서 진즉에 썼을 거예요……."

"정 그러시다면 지극히 평범한 사직원을 건네고 다시 이야기 나누는 자리를 마련하는 수밖에 없겠군요. 형식상 제출하는 사직원은 몇 글자 되지 않습니다. 봉투도 한 통이면 될 테지요. 일부러 세트를 구매하시면 송구하니 제가 개인적으로 가지고 있는 물건을 사용하시면 어떨까요? 그리고……."

다카라다 씨는 잠시 말을 멈추고 책상 서랍에서 책 한 권을 꺼내 쓱쓱 넘기더니 펼친 채로 편지지 옆에 내려놓으며 말을 이었다.

"예문은 이 페이지를 참고하시면 됩니다. 가지고 계신 볼펜으로 쓰셔도 무방합니다."

"가, 감사합니다."

조금 전까지의 모습이 무색할 정도로 준비가 막힘없이 진행되었다.

새하얀 편지지와 봉투를 앞에 두고 이제 예문을 참고해서 쓰기만 하면 되는데 도통 손이 움직이지 않았다.

"여기까지 도와주셨는데 염치없는 말씀이지만, 도저히 잘 쓸 자신이 없습니다. 대필을 부탁드릴 수는 없을까요?"

다카라다 씨는 살며시 고개를 저었다.

"이런 형식적인 편지는 잘 쓰고 못 쓰고도 없습니다. 정성스럽게 쓰기만 하면 됩니다. 예문을 보시고 천천히 써보세요."

"네……."

낙제점을 맞아 보충수업을 받는 학생이 된 기분이다.

"옆에서 지켜보면 쓰시기 부담스러울 테니 저는 잠시 쇼핑할 겸 밖에 다녀오겠습니다. 한 시간만 가게를 잘 지켜주십시오."

"네?"

"전화나 택배는 개의치 마십시오. 아, 화장실은 저쪽입니다. 그럼, 다녀오겠습니다."


덩그러니 혼자 남겨진 나는 책상에 놓인 편지지, 봉투, 크로스 볼펜, 파일로팩스 다이어리를 가만히 바라보다가 문득 여름 바람이 느껴져 창밖으로 시선을 돌렸다.

"적란운이네."

시선을 위로 올리자 빌딩 사이로 새파란 하늘과 새하얀 구름이 보였다.

"저렇게 예쁜 적란운을 언제 봤더라."

내가 흘린 혼잣말은 아무도 없는 문구점 2층 천장에 닿아 실링 팬 날개에 부서져 흩어졌다.

마지막으로 커다란 적란운을 본 건 작년 오본 휴가 때였다. 오본에는 손님 대부분이 휴가를 떠나 클럽 후미도 영업을 쉰다. 이때마다 후미 마담은 호스티스와 혼자 사는 스태프를 데리고 1박 2일 여행길에 나섰다. 목적지는 주로 간토 근교의 바다나 산인데 작년에는 지바의 바다로 갔다.

호스티스는 대체로 피부가 타는 걸 꺼리지만 후미 마담이 "바다에 왔으면 당연히 수박 깨기를 해야지!"라며 고집을 부리는 통에 스태프가 큰 수박을 사 오고 지역특산물 판매점에서 목검까지 준비해 왔다. 그리하여 호텔 수영장 옆에 비닐 시트를 깔고 본격적인 수박 깨기 대회가 열렸다.

그런데 말을 꺼낸 장본인인 후미 마담이 "그래도 살갗이 타면 안 되지"라며 긴소매와 긴바지, 큰 밀짚모자에 선글라스, 마스크와 장갑까지 완전무장 상태로 나타나서 "수상한 사람이다!" 하고 놀림을 받았다. 여행 내내 후미 마담은 기분이 좋아 보였고 다른 직원들도 모두 즐거운 표정이었다. 분명 내 얼굴도 그랬을 것이다.

다이어리를 펼쳐서 사진이 들어 있는 포켓을 열었다. 직원 여행 회식 때 후미 마담을 중심으로 다 같이 찍은 기념사진. 수족관에서 돌고래를 만지며 기뻐하는 후미 마담의 사진. 몇 년 전 개점 기념일에 커다란 꽃 앞에서 후미 마담과 내가 함께 찍은 사진. 다이어리 포켓에 눈물이 뚝뚝 떨어졌다.

멍하니 하늘만 보다가 결국 한 글자도 쓰지 못했다. 시계를 보자 어느덧 한 시간이 지나 있었다. 타임리프라도 한 것처럼 체감하는 시간과 실제의 흐름이 완전히 달랐다.

그때 "다녀왔습니다" 하고 다카라다 씨의 목소리가 계단 아래서 들려왔다. 나는 서둘러 볼펜을 쥐고 편지지를 보는 척했다.

이내 계단을 오르는 발소리가 들렸다. 그런데 한 사람의 발소리가 아니었다.

"유리."

반사적으로 벌떡 일어나보니 내 앞에는 후미 마담이 서 있고 그 옆에서 다카라다 씨가 벌 받는 학생처럼 눈썹 끝을 늘어뜨리고 있었다.

"어떻게…… 어떻게…… 오셨어요?"

겨우 멈췄던 눈물이 다시 왈칵 쏟아졌다. 손등으로 눈을 눌러봤지만 전혀 그칠 것 같지 않았다.

"여기 사장님이 연락을 주셔서 날아왔지. 문구점 손님 중에 클럽에 다닐 만한 분한테 전화를 돌리면서 내 연락처를 물으셨대. 사장님이 너무 고생하셨지 뭐니."

나는 다카라다 씨를 쏘아보았다. 다카라다 씨는 말없이 고개를 떨궜다.

"유리. 잠자코 있어서 미안하지만, 네가 야마토 엔터프라이즈 이치키 사장한테 제안받은 거 알고 있었어."

후미 마담은 다가오더니 나를 의자에 앉혔다. 다카라다 씨가 작업대에 딸린 의자를 가져와 후미 마담에게 권했다.

"이치키 사장이 너한테 말하기 한 달 전쯤 나를 만나러 왔단다. 낮에 사무소로 찾아왔는데, 만나자마자 '유리 씨를 제게 양보해주십시오'라고 하지 않겠니. 단도직입도 그런 단도직입이 없더라니까. 근데 만난 순간 나도 이 사람은 믿을 만하겠다는 확신이 들었어. 야마토 엔터프라이즈의 평판은 익히 들어서 알고 있었거든."

나는 말문이 막혔다. 이치키 사장은 물론이고 후미 마담도 이에 대해 여태 일언반구도 없었다.

"그런데 나도 경영자 아니니. 경쟁 상대한테 소중한 인재를 순순히 빼앗길 수야 없지. 그래서 '저희 직원은 전부 자기 의지로 근무하고 있으니 본인이 그만두겠다면 저는 말릴 수 없습니다. 애초에 유리는 양보하고 말고 할 물건이 아닙니다' 하고 말해줬지. 그랬더니 이치키 사장이 진지한 표정으로 '지당하신 말씀입니다. 실례했습니다' 하고 일어서서 고개를 숙이더구나. 잘못을 솔직하게 인정하는 게 의외로 어렵거든. 그 모습을 보니까 더 마음에 들더라. 그런 일이 있고 난 뒤에 이치키 사장이 너에게 직접 제안을 한 거야."

어느샌가 다카라다 씨는 자리를 비켜줬는지 모습이 보이지 않았다.

"근데 왜 더 일찍 말해주지 않았니? 매일 너를 볼 때마다 오늘은 말하려나 기다렸는데. 그러는 사이 네 안색은 점점 안 좋아지고, 얼마나 걱정했는지 알아? 유리, 내가 반대할 줄 알았어? 이 바보, 네가 천재일우의 기회를 만났는데 내가 그럴 리가 있니? 이제 자세하게 이야기 좀 해봐. 내가 도울 일은 없고?"

아무 말도 할 수 없었다. 가방에서 꺼낸 손수건으로 얼굴을 덮고서 눈물만 흘렸다.

"얘도 참, 계속 울면 눈이 통통 붓잖니. 이따 출근 안 할 거야?"

나는 간신히 고개만 끄덕였다.


한 시간쯤 이야기를 나눴을까. 후미 마담과 1층으로 내려가자 다카라다 씨는 엽서 선반에 상품을 바꿔 넣고 있었다.

"말씀 다 나누셨나요?"

"네. 세세한 부분은 차차 상의하기로 했고 유리가 제 가게를 졸업하는 건 결정되었어요. 이번에는 큰 신세를 졌습니다. 알려주서 정말 감사해요. 이 은혜는 평생 잊지 않겠습니다. 꼭한번 가게에 들러주세요."

깊게 고개를 숙이는 후미 마담에게 다카라다 씨도 말없이고개 숙여 답했다.

"저한테는 말도 없이 후미 마담을 불러오시고 정말이지 깜짝 놀랐지만, 감사합니다. 귀한 휴일을 망가뜨리고 매출에도전혀 도움이 못 돼서 죄송합니다. 새로 시작하는 곳에서 구체적인 사안들이 결정되면 다시 상담하러 올게요. 그때도 잘 부탁드립니다."

"오늘 제 행동은 부디 용서해주십시오."

자세를 가다듬고 고개를 숙이는 다카라다 씨의 정중한 몸짓하나하나에서 긴자의 품격이 느껴졌다.

시호도 문구점 직원 출입구에서 다카라다 겐이 모습을 드러냈다. 오늘은 수요일, 문구점 정기 휴일이라 겐은 치노 팬츠,후드티, 바람막이 재킷 차림이었다. 9시 반, 일찍 자고 일찍 일어나는 겐치고는 늦은 아침이었다.

평소에는 노* 무대에 오르는 연기자처럼 몸가짐이 유려하건 만 오늘 아침 겐의 걸음걸이는 고장 난 장난감 병정처럼 어색 했다. 문구점에서 5분 거리에 있는 찻집 호즈에가 몇 킬로미터 나 떨어진 듯 아득하고 찻집 문을 열 때는 성문인가 싶을 정도 로 무겁게 느껴졌다.

겐이 자리에 앉자 찻집 호즈에 주인의 외동딸이자 겐의 소 꿉친구 료코가 물수건과 시원한 물을 들고 왔다. 겐은 물잔을 단숨에 비우고 물수건을 펼쳐 얼굴에 댔다.

"익사체 얼굴 같다."

"익사체를 본 적 있다는 말투네."

"봤을 리가 있니? 그만큼 못 봐줄 정도라는 뜻이지."

료코가 차갑게 대꾸하더니 한마디 덧붙였다.

"모닝 세트로 할 거야?"

"응, 토스트만 줘. 영국 스타일로 얇게 바싹 구운 거. 음료 는 밀크티. 그리고 찬물을 여러 잔 마시고 싶으니까 피처로 줄 래?"

료코는 쌀쌀맞게 "네"라고 답하고는 카운터로 돌아갔다.

곧이어 마스터가 찬물을 담은 피처를 들고 겐에게 다가왔다.

* 일본 전통 가면 음악극.

"클럽 첫 방문은 어떠셨나?"

"말도 마세요. 먼저 클럽 야마토로 갔는데 거기서 얼마나 마셨는지 모르겠어요. 샴페인으로 건배한 다음 레드와인이랑 브랜디였나 아무튼 계속 이것저것 내주셔서 먹었어요. 나중에 클럽 후미에서 데리러 오셔서 그쪽으로 옮겼는데, 정신을 차려보니 제 방 침대에 쓰러져 있더라고요. 집까지 어떻게 왔는지도 모르겠고…… 인간한테도 귀소본능이 있나 봐요."

"부럽네. 나도 좀 데려가지 그랬어."

겐은 새로 따른 찬물을 반쯤 마시고 크게 한숨을 내쉬었다.

"두 클럽 다 계산을 못 하게 하셨는데 얼마나 나왔을까요?"

마스터는 천천히 고개를 가로저었다.

"그런 걸 따지는 건 멋이 없지. 정 알고 싶으면 다시 한번 가봐. 아, 그때는 부디 료코는 모르게 해주게. 아침 일찍 오신 손님이 '어젯밤 7초메에서 겐을 봤는데 예쁜 아가씨들한테 둘러싸여서 헤벌쭉하던걸. 어쩐 일이래. 그 고지식한 청년도 클럽에 눈을 뜬 건가?' 하고 괜한 소리를 했거든. 그 덕에 아침부터 료코 심기가 상당히 불편해."

"네? 왜요? 료코가 기분이 상했어요?"

마스터는 코를 찡긋하며 고개를 절레절레 저었다.

겐은 카운터로 돌아가는 마스터의 뒷모습을 멀뚱히 바라보다가 문득 아까 입구 쪽에서 습관처럼 집어 온 신문을 떠올렸다. 신문을 펼쳤지만 글자가 눈에 들어오지 않아 이내 창밖으로 시선을 돌렸다. 멍하니 시선을 던진 거리에는 사람들이 발걸음을 재촉하며 오가고 있었다. 두툼한 코트, 다채로운 색의 목도리가 드문드문 눈에 띄었다.

가을에서 겨울로 넘어가는 어느 날, 눈부시게 청명한 하늘 아래 긴자 한구석에 있는 시호도 문구점에는 '정기 휴일'이라는 팻말이 걸려 있다. 고요하게 잠든 문구점에 평온함이 감돌았다.

캠퍼스 노트

두 잔은 족히 들어 있던 찻주전자가 텅 비었다.

긴자에 있는 찻집 호즈에는 화요일 오후여서인지 한산했다. 창가 2인석 테이블에 앉아 밖을 바라보니 지나가는 사람은 다들 바빠 보이는데 나만 혼자 멍하니 있었다.

이곳 호즈에는 부모님이 젊은 시절 데이트 장소로 자주 애용하던 찻집이다. 여기 사장님 가족과도 전부 아는 사이라 가족끼리 긴자에 나오면 어김없이 들르곤 했다. 하지만 그마저도 초등학생 때까지의 일이고, 생각해보니 오늘은 무려 6년 만의 방문이었다.

그런데도 료코 씨는 나를 알아보고 "나나미, 맞지?" 하고 말을 걸어주었다.

"깜짝이야! 고등학교 때 루미랑 정말 붕어빵이네. 그 교복 입고 오지 마! 근데 그 교복 나나미 거야?"

그렇다. 나는 부모님이 졸업한 고등학교에 다닌다. 그러고 보니 료코 씨도 우리 학교 졸업생이었다. 료코 씨는 내 교복을 감회에 젖은 표정으로 아련하게 바라보았다.

"그 심심한 교복 오랜만에 보네. 그렇구나, 모교의 교복은 바뀌지 않았구나. 내가 다닐 때도 흔치 않았는데 요즘엔 거의 천연기념물 아니니? 몇십 년이나 같은 디자인이라니. 남학생도 깃 올라오는 교복 그대로야? 정말? 안 바뀌고? 어쩐지 좀 기분 좋은데."

그런 대화를 나눈 것이 약 한 시간 전쯤. 내가 한가로이 차를 즐기는 사이, 늦은 점심을 먹으러 온 손님이 한동안 이어져 다른 자리들은 거의 다 바뀌었다. 나폴리탄스파게티, 카레라이스, 샌드위치에 핫도그 등 인기 메뉴 주문이 줄줄이 들어와 료코 씨는 정신없이 바빴다.

나는 밀크티를 음미하며 가방에서 꺼낸 노트 열 권을 꺼내 차례대로 보다가 한숨을 내쉬었다. 그러다 어느덧 2시가 지나 슬슬 나갈 채비를 하려던 참이었다.

"이건 서비스야. 저녁때까지 한가하니까 더 있다가 천천히

가."

료코 씨는 그렇게 말하며 커다란 컵을 내 앞에 내려놓았다.

"단맛을 더한 스페셜 카페라테야. 네 부모님이 엄청 좋아했지."

료코 씨는 새하얀 블라우스에 검은 나비넥타이와 조끼, 꼭 맞는 스커트에 굽 낮은 펌프스를 맞춰 신었다. 짧은 커트 머리에 화장은 진하지 않았지만 또렷한 이목구비가 한눈에 미인임을 알아보게 했다. 엄마가 "료코는 우리 학교에서 제일 예쁜 애라 축제 때는 다른 학교 남학생들이 몰려와서 구경하고 난리였어"라고 말한 적도 있다.

"아, 감사합니다."

서둘러 일어나 고개를 숙였다.

"됐어, 됐어. 손님한테 그런 거 시키면 벌 받아."

료코 씨는 웃으며 말하고는 빈 컵과 주전자를 쟁반에 챙겨 맞은편에 앉았다.

"있잖아, 아까부터 한숨만 푹푹 쉬면서 뭐 보니?"

료코 씨의 시선은 내가 테이블에 펼쳐놓은 노트에 멈춰 있었다.

"아, 동아리에서 쓰는 연습 기록 노트예요. 이제 은퇴해서 필요 없는 물건이지만요."

"손으로 쓴 거야? 동아리 연습 기록을? 요즘 고등학생은 뭐든 앱으로 착착 하는 줄 알았는데 의외네. 근데 무슨 동아리야?"

"궁도부요."

"오, 궁도부구나. 잘은 몰라도 연습 기록을 직접 손으로 쓰는 거랑 어울린다. 아까 은퇴했다고 했는데 6월 중순에 벌써 은퇴야? 좀 이르지 않아?"

"네. 얼마 전에 공식 시합이 있었는데 거기서 져서 전국대회에 못 나갔거든요. 그래서 은퇴해요."

"그래? 아쉽네."

료코 씨는 내 말에 따뜻하게 대꾸해주고 말을 이었다.

"참, 나 학교 다닐 때 궁도부는 방과 후에 매일 연습했는데 지금도 그래? 오, 역시 그런 건 여전하네. 이제 은퇴하고 시간이 나서 집에 가는 길에 들른 거구나."

"네, 맞아요."

연습 빈도는 동아리마다 다르지만 보통은 주 3일 정도고, 궁도부는 매일 연습하는 몇 안 되는 동아리 중 하나였다. 은퇴하기 전에는 동아리 활동이 없는 날 하라주쿠나 시부야에 들렀다가 집에 가는 친구들이 부러웠다. 그런데 막상 시간이 생기자 별로 내키지 않았다. 모처럼 오전 수업만 하고 학교가 끝나서 시간이 널널한데도……. 집에 가는 길, 별안간 중간에 내려 긴 자 거리를 터덜터덜 걷는 게 전부였다. 걷다 보니 자연스레 호즈에 발길이 닿았다.

"노트는 몇 권이야?"

"열 권이요. 대체로 한 달이면 한 권을 다 쓰거든요."

"그렇구나. 연습이 매일 있으면 손으로 쓰기도 힘들지 않아? 나나미 혼자 쓰는 거야?"

"아니요. 주장이랑 교대로 써요."

료코 씨는 쉼 없이 질문을 쏟아내며 흥미진진한 표정을 숨기지 않았다. 그런데 그런 느낌이 전혀 싫지 않았다. 꼭 나이 차가 많이 나는 친척 언니와 대화하는 것 같았다.

"저는 부주장이었어요. 옛날엔 남자가 주장이고 여자가 부주장을 하는 게 전통이었다는데, 몇 년 전부터 궁도 실력으로 정하기 시작했대요. 그런데 이번 기수는 우연히 남자가 주장, 제가 부주장이 된 거죠. 한 기수 선배는 주장, 부주장이 다 여자였어요. 그 전 기수는 주장은 여자, 부주장은 남자였고요."

"아, 젠더 프리라는 거구나. 시대가 변했네."

여기까지 말했을 때 새로운 손님이 들어왔다.

"어서 오세요! 편하게 있어, 정말로."

료코 씨는 그렇게 말하며 일어나 쟁반을 가지고 떠났다. 컵에서는 커피와 우유, 설탕이 뒤섞여 달콤한 향이 뽀얀 김과 함께 피어올랐다.

후후 불어 한 모금 마시자 생각보다 달콤하고 커피 맛보다 우유 맛이 강하게 났다. 그 순간 왜인지는 몰라도 그 맛이 떠올랐다. 동아리 활동이 끝나고 학교 앞 빵집에서 다쿠미와 벤치에 나란히 앉아 같이 마셨던 캔커피의 맛. 가위바위보에 져서 내가 자주 샀던 캔커피의 맛이었다.

문득 정신을 차려보니 눈물이 뺨을 타고 흘러 노트 표지에 떨어지고 있었다. 황급히 손수건으로 노트에 떨어진 눈물을 닦고 눈가를 눌렀다. 하지만 그게 실수였다. 눈물이 와락 터져 멈출 줄 몰랐다.


몇 분이 지났을까. 료코 씨가 차가운 주전자를 들고 테이블로 다가왔다.

"진정됐어?"

"죄송해요. 폐를 끼쳤네요……."

료코 씨는 살짝 고개를 저으며 맞은편에 앉았다.

"괜찮아. 한가한 시간이라 단골 손님밖에 없으니까. 다들 다정한 할머니 할아버지라 신경 안 써도 돼. 근데 무슨 일 있어?"

대답할 말을 찾지 못해 나는 그저 고개만 떨궜다.

"이런 걸 뭐라고 하지? 아, 데자뷔라고 하나? 옛날에 너희 엄마도 학교 끝나고 여기서 울던 거 기억난다. 교복 입고 여기 오면 눈물이 막 나니? 그런 것도 유전되는 거야?"

어이없어하는 료코 씨의 말투가 익살스러워서 무심코 웃고 말았다.

"무슨 일인지 말해봐. 그 노트하고 관련된 거지? 내가 내 연애는 꽝이어도 남 연애 상담은 기막히게 잘해요. 자, 어서 말해보렴."

나는 간신히 고개를 주억이고 입을 뗐다.

"주장은 모리카와 다쿠미라는 애예요."

"다쿠미라. 어떤 한자를 써?"

"손수 변에 돌 석 자를 써서 다쿠拓, 그리고 바다 해海를 써요."

"오호, 다쿠미와 나나미七海라니, 이름만 보면 천생연분인걸."

"아니에요! 다쿠미는 인기가 많아요. 수수한 저하고는 차원이 다르죠."

"궁금해지네. 사진 있어?"

가방에서 휴대폰을 꺼내 여름 합숙 때 사진을 몇 장 보여줬다.

"잘생겼다. 인기 많을 만하네. 궁도복 차림도 늠름하고 성실해 보여서 좋다. 사진 몇 장으로 성격까지 간파하기엔 내가 내

공이 좀 부족하지만, 어쨌든 외모는 합격!"

사실 시합 때 찍은 사진이 더 멋지게 나왔지만 조금 부끄러워서 그건 보여주지 못했다.

"다쿠미와 나나미가 함께 연습 기록 노트를 썼다는 거지? 어쩐지 옛날 느낌이 물씬 풍기는 얘기네."

"꽤 오래전에 선배들이 썼던 노트 몇 권이 도장에 있더라고요. 그렇지만 벌써 몇 년 전에 기록 전용 앱이 나와서, 저희가 갓 입부했을 때만 해도 앱으로 연습 기록을 남겼어요."

"아무래도 시대가 시대니까. 초등학교에서도 학생들한테 태블릿이랑 노트북을 나눠준다며."

료코 씨는 중간중간 맞장구를 치며 이야기를 들어주었는데 그 덕인지 나도 모르게 말이 술술 흘러나왔다.

"네, 더구나 적중 기록이나 시합 성적처럼 앱으로 기록하는 편이 효율적일 땐 휴대폰을 적극적으로 활용했어요. 쏨새를 동영상 촬영해서 버릇 같은 걸 확인하기도 하고요. 아, 죄송해요. 쏨새는 활 쏘는 자세를 말해요."

료코 씨는 "오호"라고 짧게 답하고서 눈빛으로 내게 뒷이야기를 재촉했다.

"작년 6월에 3학년이 은퇴하고 7월부터 저희가 동아리 운영을 이어받았어요. 처음에는 한 기수 위 선배들이 지도했던 대로 해봤는데 부원들 실력이 좀처럼 늘지 않아서 저나 다쿠미나 고민이 많았죠."

"궁도부 고문 선생님이 누구셨더라?"

"예전에는 전국대회 경험이 있는 고문 선생님이 계셨는데, 저희가 입학하기 몇 년 전에 정년퇴직하셨거든요. 그때부터 수학 선생님이 명목상 고문을 해주고 계시지만 궁도 지도는 전혀 받지 않고 있어요. 운영도 전부 저희끼리 알아서 하고요."

"그렇구나. 힘들겠네. 주장이랑 부주장 역할이 막중하겠다."

정말로 그랬다. 처음엔 너무 힘들어서 동아리 운영을 인계받은 후 첫 달이 어떻게 지나갔는지 기억도 잘 나지 않았다. 8월이 되고 어느 정도 자리를 잡고 난 후에도 연습 시합 등에서 참담한 결과가 이어졌다. 그러던 어느 날, 연습이 끝난 뒤 다쿠미가 나를 불렀다.


"통금 시간 괜찮아?"

해가 제법 길어진 어느 날 우리는 다른 부원을 먼저 보내고 학교 앞 빵집 벤치에 나란히 앉았다. 다쿠미는 자판기에서 캔커피를 뽑더니 내게 건넸다.

"오늘은 내가 살게. 다음부터는 가위바위보 해서 진 사람이 사자."

다쿠미는 일방적으로 선언하고는 캔커피를 벌컥벌컥 마시기 시작했는데 그게 몹시도 맛있어 보였다. 나도 캔 뚜껑을 따서 한 모금 마셨다.

온몸이 찌릿할 정도로 달콤했던 그날의 캔커피 맛이 선명하게 기억난다.

"내가 요전에 도장 창고를 청소하다가 30년도 더 전 선배들이 쓴 연습 기록 노트를 발견했거든. 이게 그중 하나야."

다쿠미는 내게 노트 한 권을 내밀었다. 파란 표지에는 매직으로 학교 이름과 함께 '궁도부 연습 기록 노트'라는 제목이 적혀 있었다. 그 아래 주장과 부주장의 이름이 있었다.

B5 사이즈인 고쿠요 캠퍼스 노트였는데 브랜드 로고 위치가 내가 평소 보던 것과는 조금 달랐다. 꽤 오래전 물건인 듯했다.

"여기 잘 봐봐. 모든 부원의 버릇을 꼼꼼하게 파악해서 개선하기 위해 어떤 연습을 해야 하는지까지 쓰여 있어. 정말 굉장하지 않아? 읽고 반성했다. 지금까지 부원 개개인에 대해서 세심하게 보지 못했구나 싶어서."

다쿠미는 내 옆에 앉아 노트를 넘겨가며 말을 이었다.

"여기도! 활을 쥔 손의 모양을 확인할 수 있도록 사진을 찍어서 붙여놨어. 잘했을 때의 사진과 잘하지 못했을 때 사진을 찍어 놓고 나쁜 버릇이 나오면 빨리 조언해서 수정할 수 있도록 했나 봐. 엄청나지?"

다쿠미는 흥분한 목소리로 쉬지 않고 말을 쏟아냈다.

"공식 시합 일주일 전부터 실전과 동일한 환경을 조성하고 훈련하는 방식은 분명 우리 대에도 유효할 거야. 근데 이렇게 좋은 훈련 방식이 왜 전해져 내려오지 않았을까?"

다쿠미의 말을 듣는 사이 순식간에 한 시간이 지났다. 나는 슬슬 통금 시간이 신경 쓰여서 다쿠미에게 직접 물어보았다.

"그래서 너는 선배들 방식을 따라 해보고 싶다는 말이야?"

"응. 일단 노트는 샀어!"

다쿠미는 새 캠퍼스 노트를 가방에서 꺼냈다. 파란 표지까지 선배들 것과 아주 똑같은 데다 표지에는 이미 학교명과 '궁도부 연습 기록 노트 1'이라는 제목이 적혀 있었다.

"내가 제안했으니까 먼저 이름을 쓸게."

다쿠미는 '주장 모리카와 다쿠미'라고 적은 다음, 뚜껑이 열린 매직을 노트와 함께 내밀었다.

"너도 적어줘."

나는 매직을 받아 들며 다쿠미에게 물었다.

"주장이 기록할 건데 내 이름까지 적어야 해?"

"무슨 소리야? 네가 부주장이잖아. 같이 해야지!"

나를 빤히 바라보는 다쿠미의 눈빛에 압도되어 나는 작게

'부주장 사와무라 나나미'라고 적었다.

"에이, 더 크게 써주지. 뭐 괜찮아. 어차피 한 달이면 이 노트는 다 쓸 테니까. 다음에는 더 크게 써."

다쿠미는 노트를 소중하게 가방에 챙기고서 "자, 가자" 하고 벤치에서 일어섰다.

열 권의 연습 기록 노트는 이렇게 시작되었다.


"다쿠미는 적극적인 타입이구나. 확인차 묻는 건데, 고백은 아직 안 했지?"

연습 기록 노트의 시작에 대해 운을 뗐을 뿐인데 료코 씨는 느닷없이 이렇게 물었다.

"네?"

말문이 막힌다는 게 이런 것일까.

"그런 부분도 네 엄마랑 똑 닮았네."

나는 가만히 고개만 끄덕였다. 료코 씨는 짐짓 과장스럽게 한숨을 쉬고는 고개를 푹 숙였다.

"2대에 걸쳐서 모녀의 연애 상담을 하게 된 건 영광이야. 근데 진화는 안 하니? 유전자란 게 참 강력하다, 그치? 앗, 나 아까도 비슷한 말 하지 않았나? 똑같은 말 여러 번 하면 나이 든 거라던데 어떡하지, 너무 싫다."

쾌활하게 웃는 료코 씨 옆에서 나도 덩달아 웃고 말았다.

"왜 고백 안 해? 요즘 고등학생들이 어떻게 연애하는지 모르긴 해도 고백할 기회는 무궁무진할 것 같은데."

나는 고개만 천천히 저었다. 다쿠미를 좋아한 지 어느덧 3년이 되었지만 고백할 기회는 없었다. 정확하게는, 고백할 용기가 없었다.

중학교 3학년 1학기, 부모님 모교에서 개최하는 입학 설명회에 엄마와 함께 참석한 그날 다쿠미를 만났다.

오랜만의 모교 방문에 몹시 들뜬 엄마는 강당에서 설명회가 끝나자마자 "동아리 활동 견학은 혼자 할 수 있지? 실컷 보고나서 연락해" 하고는 은사님을 뵙겠다며 교무실로 가버렸다.

하는 수 없이 설명회에서 받은 안내 책자에 의지해 체육관과 음악실 등을 견학하며 학교를 한바퀴 돌다가 별생각 없이교정 한쪽 끝에 있는 궁도부 도장에 걸음이 닿았다.

도장 현관에서 1학년이 "견학하고 가세요" 하고 열심히 권하는 목소리에 이끌려 안으로 발을 들였다. 입구 쪽에 놓인 접수 명단에 학교명과 이름을 대충 적고서 선배의 안내를 따라 활터뒤쪽 준비된 자리에 앉았다.

활짝 열린 문 너머 한참 떨어진 곳에 작은 과녁이 있고 활터에 선배 다섯 명이 활을 들고 서 있었다. 한 선배가 활을 한껏 잡아당기고 아름다운 소리를 내며 화살을 날렸다. 나중에 동아리에 들어오고 나서 알게 됐는데 화살을 놓을 때 활이 내는 소리를 '쓰루네弦音'라고 한다. 인기 애니메이션 타이틀이 될 정도로 매력적인 활 소리와 도장에 감도는 늠름한 분위기에 나는 완전히 매료되었다.

"후우."

문득 옆에서 크게 숨을 내쉬는 소리가 들렸다.

옆으로 고개를 돌려보니 한 남학생이 진지한 눈빛으로 활터를 뚫어지게 응시하고 있었다. 아무래도 숨을 죽이고 활 쏘는 모습을 보고 있던 모양이다.

까무잡잡한 피부와 짧게 깎은 머리가 궁도보다는 야구나 축구와 더 어울릴 듯한 인상이었다. 그 아이에게 나는 한눈에 반했다.

처음에는 5분에서 10분 정도만 보고 자리를 뜨려고 했으나 옆에 앉은 남자애가 도통 움직이지 않아 나도 자리를 뜰 수가 없었다. 그저 그 애와 함께 있고 싶었을 뿐일지도 모른다. 도장이 학교 끄트머리에 있어서인지 다른 견학생 없이 한동안 나와 그 아이만 나란히 앉아 있었다.

"난 결정했어. 이 학교에 와서 궁도부에 들어갈래. 너는?"

나란히 앉은 지 30분쯤 지났을 때 그 아이가 불쑥 내게 물었다.

"나? 모르겠어. 여기 입학할 수 있을지 확실치도 않고."

이제 와 돌이켜보건대 그건 대답을 들으려고 한 질문이 아니었다.

"합격하면, 아니, 난 반드시 이 학교에 와서 궁도부에 들겠어."

근거 없는 자신감으로 거들먹거리는 말투였는데 신기하게도 한없이 멋지게만 들렸다.

"난 먼저 갈게. 4월에 보자."

그 아이는 툭 내뱉듯 인사를 남기고 내 대답을 듣기도 전에 일어나 선배들을 향해 묵례하고서 도장을 떠났다.

혼자 덩그러니 남은 나는 일어설 타이밍을 놓쳐서 그 뒤로 15분을 더 앉아 있었다. 부모님과 동행한 다른 견학생이 온 걸 보고서야 겨우 자리를 뜰 수 있었다.

입구에 있는 방문자 접수 명단을 확인해보니 갈겨쓴 내 이름 바로 위에 '모리카와 다쿠미'라고 쓰여 있었다. 내 또래 남학생답지 않게 정갈하고 어른스러운 글씨였다.

그날 다쿠미는 화살처럼 날아와 내 가슴에 꽂혔다.


다쿠미와 같은 학교에 입학해서 궁도부에 들겠다는 목표가 생기자 스스로도 놀랄 만큼 공부에만 집중할 수 있었다. 그리고 당당하게 합격했다.

반드시 입학하겠다는 다쿠미의 결의가 실현되리란 보증은 눈곱만큼도 없었지만 나는 그 말을 믿어 의심치 않았다. 다행히 다쿠미도 그날 선언한 대로 우리 학교에 들어왔다.

입학식이 끝나고 어쩐지 다쿠미가 기다리고 있을 것 같아서 궁도부 도장으로 걸음을 재촉했다. 역시나 다쿠미는 도장 창문으로 선배들이 연습하는 모습을 바라보고 있었다. 그해는 봄이 늦게 찾아와 4월이지만 벚꽃이 남아 있었다. 팔랑팔랑 흩날리는 벚꽃 너머로 다쿠미의 뒷모습을 발견했을 때 내 심장이 얼마나 울렁였는지 말로는 표현할 수가 없다.

내가 살며시 다가가자 다쿠미가 내 쪽을 돌아보았다.

"안녕."

내 인사에 다쿠미는 아무 말도 없이 고개만 끄덕였다. 그러고는 잠시 후 내 얼굴을 빤히 보며 말했다.

"몇 개월 만이더라? 입학 설명회에서 보고 처음이지?"

"아, 기억하고 있었어?"

다쿠미는 살짝 끄덕였다.

"그날 여기서 만난 사람은 너밖에 없어. 이름이 나나미 맞지? 일곱 개의 바다, 나나미. 나가는 길에 접수 명단에서 봤거든. 내가 다쿠미라서 비슷한 이름이구나 했지."

"응."

쌀쌀맞게 대답했지만 사실은 기뻐서 어쩔 줄 몰랐다. 다쿠미
도 내 이름을 기억하고 있다니.

"근데 넌 동아리 결정했어? 난 그때 말한 대로 궁도부에 들
어갈 거야. 근데 괜히 눈에 띄었다가 선배들한테 찍히고 싶지
는 않으니까 부원 모집 시기까지 기다렸다가. 너는?"

"고민 중이야."

왜! 왜 솔직하게 '네가 이 학교 궁도부에 들겠다고 해서 나
도 여기로 온 거야. 나도 궁도부에 들어갈 거야'라고 말하지 못
했을까.

나는 첫 번째 기회를 놓쳐버렸다. 그리고 주장과 부주장의
관계가 되기 전까지 몇 번의 기회가 다시 찾아왔지만 전부 헛
되이 날리고 말았다.


"다쿠미, 또 우리 반 여자애가 네 연락처 가르쳐달라고 하더
라."

여름 합숙 일주일 전, 2학년 회의가 끝난 직후였다. 다들 돌
아갈 채비를 하고 있을 때 한 남자 부원이 다쿠미에게 말했다.

"그래서 어떻게 했어?"

다쿠미는 덤덤한 목소리로 물었다.

"걱정 마, 안 가르쳐줬으니까. 너한테 연락해봐야 무뚝뚝한 답장만 와서 재미도 없을 거라고 말해뒀지. 참고로 나는 답장도 엄청 빠르고 유머러스하다고 홍보 좀 했어."

"잘했다."

"넌 진짜 변함없다. 누가 물어봤는지도 안 궁금해?"

다쿠미는 끄덕이며 대답했다.

"안 궁금해. 궁금해하면 뭐 해? 궁도부 주장으로 있는 동안에는 아무도 안 사귀기로 마음먹었어. 내년 전국대회까지 기껏해야 1년 남짓 남았는데, 그때까지 동아리에만 집중하고 싶어. 데이트할 시간도 없고 통화도 메시지도 자주 못 할 거야. 그러면 오히려 상대방한테 미안한 일이잖아."

옆에서 대화를 듣고 있던 나는 마음이 아주 복잡해졌다. 그 말은 다른 사람한테 다쿠미를 빼앗길 염려가 없는 대신, 나와 사귈 가능성도 없다는 뜻이었다. 역시 1학년 때 고백했어야 했는데, 기회를 놓쳐버린 걸 진심으로 후회했다.

하지만 한편으로는 '나 따위는 다쿠미와 어울리지 않아. 다쿠미에게 난 그저 동아리 친구일 뿐이겠지. 섣불리 고백했다가 어색해지느니 친구로 남는 게 나아' 하고 핑계를 대면서 스스로 위안하려는 마음도 있었다. 그 뒤로도 내 마음은 갈팡질팡 혼란스러웠다.

"다쿠미가 꽤 고지식한 면이 있구나. 요즘 고등학생은 훨씬 가볍게 연애하는 줄 알았는데 완전히 착각이었네. 의외다."

"사람마다 달라요. 궁도부에도 커플이 있고요."

문득 고개를 돌리자 테이블 옆에서 마스터가 못마땅한 표정을 지으며 한숨을 쉬고 있었다.

"나나미, 잠깐만 실례할게. 료코, 너 문구점에 배달 안 가니? 겐이 배고파서 죽으면 어쩌려고 그래."

마스터는 고개를 설레설레 저으며 보온병과 바구니를 료코 씨에게 건넸다.

"앗, 어쩌지! 까맣게 잊고 있었네. 큰일 났다!"

료코 씨는 허둥대며 일어나더니 내 손을 잡아끌었다.

"나나미, 같이 가자. 바로 근처 시호도 문구점에 배달 가야 하는데 나 혼자 가면 늦게 왔다고 난리 날 거야. 나랑 같이 가 주라."

"겐이 그럴 리가 있나."

마스터는 기가 막힌다는 듯 한숨을 쉬고는 나를 보며 말했다.

"참, 그렇지. 겐도 나나미네 고등학교 졸업생이야. 너희 부모님, 료코랑 다 동창이지. 나나미를 보면 후배라며 반가워할 테니 겐한테 얼굴 좀 보여줄래? 대신 오늘 찻값은 '꽁'으로 하지."

"꽁이요?"

나는 무슨 뜻인지 몰라 눈을 동그랗게 뜨고 되물었다.

"공짜라는 뜻이야."

료코 씨가 웃으며 마스터 대신 답하고는 "자, 얼른 가자!"라며 나를 재촉했다.

료코 씨는 보온병과 바구니를 카운터에 잠시 놓고 찬장 한쪽에서 남색 카디건을 꺼내 걸쳤다. 나도 급히 노트와 휴대폰을 가방에 챙기고 료코 씨를 따라 호즈에를 나섰다.

"조심히 다녀와. 겐한테 안부 전해주고."

마스터의 목소리를 뒤로하고 버드나무 가지가 살랑이는 골목을 서둘러 걸었다.


5분쯤 걸었을까, 그림에나 나올 법한 원통형 우체통이 보였다. 그 바로 앞이 목적지인 문구점이었다.

"겐, 미안해!"

료코 씨는 시호도 문구점에 들어가자마자 기도하듯 두 손을 모았다. 겐이라는 문구점 주인은 입구 바로 안쪽에 서 있었다.

"용서치 않으리! 그 벌로 내가 다 먹을 때까지 문구점을 잘보고 있거라!"

연극 배우 같은 과장스러운 말투로 료코 씨를 놀리는 모습에서 두 사람이 얼마나 가까운 관계인지 단번에 느낄 수 있었다.

"아아, 어, 어, 어서오세요."

문구점 주인이 료코 씨에 가려 있던 나를 뒤늦게 발견하고는 당황하며 팔짱을 풀고 인사를 건네더니 고개를 갸웃하며 "루미?" 하고 물었다.

"하하, 그치? 똑같지? 근데 얘는 나나미야. 루미와 사와무라의 딸."

"처음 뵙겠습니다. 사와무라 나나미입니다."

내가 인사하자 겐 씨는 자세를 가다듬으며 대답했다.

"죄송합니다. 오랜만에 크게 당황했네요. 정말 죄송합니다. 시호도 문구점 주인 다카라다 겐입니다. 잘 부탁드립니다."

고개를 깊숙이 숙여 인사하는 겐 씨를 보면서 나와 료코 씨는 웃음을 터뜨렸다.

"료코, 미리 메시지 보내주면 좋았잖아. 심장 떨어지는 줄 알았네. 그런데 루미 딸이라고? 나나미 양, 편하게 '겐'이라고 불러줘요."

그러고는 혼잣말처럼 한마디를 덧붙였다.

"맞다, 루미랑 사와무라랑 결혼했지."

"응. 고등학교 졸업 후에 사와무라가 독립해서 둘이 같이 지내게 되고 곧바로 나나미를 낳았잖아. 고등학교 때 만난 첫사랑과 곧장 결혼해서 어린 나이에 아이까지 낳는 건 흔치 않은

데, 그 정도로 뜨거운 연애를 했다는 얘기겠지. 어떤 의미에선 부럽다."

"어떤 의미는 어떤 의미야?"

"자세하게 묻지 마."

료코 씨는 카운터 옆에 있는 작은 테이블 위에 테이블보를 펼치고 스테인리스 타원 접시와 새하얀 커피잔을 나란히 놓았다. 접시 위에는 구운 식빵으로 만든 샌드위치와 감자튀김이 놓여 있었다. 이어서 대나무로 된 길쭉한 받침 위에 물수건을 올리고 설탕통과 커다란 우유병을 나란히 놓은 다음 마지막으로 보온병에 들어 있는 커피를 잔에 따랐다.

"오래 기다리셨습니다. 자, 드시죠."

"손님 앞에서 송구하지만 실례하겠습니다."

겐 씨는 내게 양해를 구하고는 접이식 의자를 당겨 앉아 물수건으로 손을 닦은 후 "잘 먹겠습니다"라는 말이 끝남과 동시에 샌드위치를 크게 한입 베어 물었다.

"그렇게 덥석 물면 셔츠에 묻잖아."

"1시 반까지 가져다 달라고 한 점심이 한 시간이나 늦게 왔으니 좀 배가 고프겠어? 근데 사실 아까는 엄청 바빴어서 제시간에 배달 왔어도 못 먹었을 거야."

겐 씨는 료코 씨에게 혀를 삐죽 내밀고는 내 쪽을 보며 말을 건넸다.

"나나미 양이라 했지요? 루미를 빼닮은 사와무라의 따님이 어떻게 료코랑 같이 왔나요? 아니, 민폐는 아닙니다. 오히려 대환영이지요. 누가 뭐래도 여고생은 문구점의 소중한 고객이니까요."

듣고 있던 료코 씨가 어이가 없다는 듯 끼어들었다.

"열심히 장사하는 건 좋지만, 고등학생한테까지 영업하는 건 좀 그렇지 않니?"

"나나미 양, 어른의 세계는 녹록지 않답니다. 잘 알아두세요. 그건 그렇고, 부모님은 다 잘 지내시나요?"

아버지는 3년 전 오사카로 발령받아 혼자 그쪽에서 지내고 있고, 엄마는 병원에서 의료 사무 업무를 보고 있다는 근황을 나는 간단히 전했다.

"혹시 문구점 구경 좀 해도 될까요?"

"물론입니다. 편하게 천천히 보시지요."

겐 씨의 말투가 정중해졌다. 순식간에 업무 모드에 돌입한 듯했다.

"필요도 없는데 괜히 사거나 그러지 마."

료코 씨가 웃으며 말하자 겐 씨는 "쓸데없는 소리" 하고 조그맣게 말을 흘렸다. 두 사람의 친밀한 관계가 너무도 부러웠다.

공식 시합 직전, 남자 단체전 출전 순서 때문에 나와 다쿠미는 처음으로 다퉜다. 작년 11월의 일이었다.

10월에 있던 대회에서는 다쿠미가 개인전 5위에 오르긴 했지만 목표했던 입상은 놓쳤고 세 명이 한 팀인 단체전은 남녀 각각 네 팀이 출전했으나 전부 예선에서 탈락하고 말았다.
　"첫발 적중률이 높은 사람이 첫 번째로 나가는 게 좋을 것 같아. 내가 제일 먼저 나갈게."
　다쿠미는 결정 사항을 통보하듯 말했다. 늘 앉는 벤치에 앉아 가위바위보에서 진 내가 사 온 따끈한 커피를 한 모금 마신 참이었다.
　이번 단체전은 학교마다 남녀 한 팀씩만 등록이 가능했는데, 주전 선수 다섯 명이 한 팀을 이루고 후보 선수 두 사람을 선정해서 사전 등록을 마친 일곱 명만 출전할 수 있었다. 등록 선수 일곱 명을 추리는 것까지는 2학년으로 꾸려진 임원 회의에서 정해졌고 출전 순서에 대해서는 주장과 부주장에게 일임하기로 이야기가 마무리된 상태였다.
　"모리카와가 제일 먼저 나가면 마지막은 누가 해?"
　단체전은 다섯 명이 순서대로 활을 쏘고 기록을 합산하는데, 주장이 마지막 순서로 나가서 팀을 통솔하는 게 일반적이다.

그런데 다쿠미는 주장인 자기가 선두에 서겠다는 것이었다. 참고로, 여자 단체팀에서는 내가 마지막 순서로 나가는 것이 암묵적으로 결정되었다.

"기하라를 맨 끝으로 보낼 거야."

기하라는 1학년 중 유일하게 단체전 선수로 뽑힌 부원이었다.

"기하라는 다섯 명이 한 팀으로 공식전에 나가는 게 처음인데 마지막 주자라니 부담이 너무 클 거야."

나는 반대했다. 실제로 2학년 여덟 명에 1학년 아홉 명, 총 열일곱 명이나 되는 남자 부원 중에서 일곱 명만 등록 선수로 선발하는 과정은 경쟁이 치열했다. 최근 2주간 정규 연습에서의 적중 기록과 공식전 결과 등을 바탕으로 2학년끼리 논의할 때도 다쿠미는 기하라를 강력하게 추천하며 명단에 끼워 넣었다. 결국 2학년에서는 두 명이나 선수 명단에 들지 못했다.

"부담스러울지도 모르지만, 무난하게 두 번째나 네 번째로 나가봐야 의미가 없어. 기하라를 다음 기수 주장으로 점찍어뒀거든. 올해 큰 역할을 맡겨보고 싶어."

"안 그래도 1학년 중에서 유일하게 뽑혔으니 주변에서 시샘하고 그럴 텐데."

"기하라는 그런 일로 무너지지 않을 거야. 만약 무너지면 그 정도밖에 안 되는 녀석인 거고."

다쿠미는 차갑게 내뱉었다.

"모리카와답지 않아……. 아무도 네 의견에 동의하지 않을 거야."

나도 모르게 가시 돋친 말이 튀어나와서 스스로도 놀랐다. 다쿠미는 어둑해지는 하늘을 아무 말 없이 올려다보았다. 나도 가만히 다쿠미의 옆 모습을 바라보았다. 굴곡진 옆선과 긴 속눈썹이 도드라졌다.

잠시 후 다쿠미는 조그맣게 한숨을 내쉬었다.

"꼭 이기고 싶어. 다른 부원들한테도 무리한 요구를 하고 있다는 거 알아. 연습 내용을 완전히 바꾼 데다 아침 연습도 하고 싶은 사람만 나오라고 해놓고 거의 의무처럼 만들었다는 것도 알고. 그러니까 이번에는 어떻게든 꼭 이겨서 다들 기뻐했으면 좋겠어. 조금 거칠더라도 반드시 이기는 방법을 택하고 싶어."

다쿠미가 궁도부 활동에 얼마나 진지하게 임하는지는 나도 잘 알고 있었다. 그러나 실제로 다쿠미의 운영 방침에 반발하는 부원도 적지 않았기에 그런 부원을 달래가며 동아리를 끌어가는 것이 내 역할이었다.

"그치만 모두 너와 생각이 같진 않을 수 있어. 그야 다들 이기고 싶겠지. 근데 그런 것보다 순수하게 궁도 자체를 즐기고 싶고 친구들과 어울려 활을 쏘는 데 가치를 두는 사람도 분명 있을 거야. 그런 마음도 헤아려줘."

다쿠미는 내 얼굴을 말없이 바라보다가 고개를 저었다.

"미안. 나 먼저 갈게. 내일 다시 얘기하자."

툭 내뱉듯 말하고는 나를 두고 가버렸다. 다쿠미의 뒷모습을 보면서 나는 미지근해진 캔커피를 홀짝였다. 모퉁이로 다쿠미의 모습이 사라지자 갑자기 눈물이 왈칵 쏟아져서 나는 캔을 발밑에 내려두고 손수건을 꺼내 눈가를 덮었다. 그대로 한참을 소리 내 울었다. '나도 너처럼 생각해'라고 말하지 못해 가슴 아팠다.

하지만 부주장의 역할을 저버릴 수는 없었다. 부주장으로서 다쿠미에게 연습 기록 노트를 건네받은 순간부터 나는 사적인 감정을 최대한 억눌러왔다.

누군가 어깨를 톡 두드려 깜짝 놀라 고개를 들어보니 다쿠미가 서 있었다.

"괜찮아?"

'안 괜찮아!'라고 속으로 외치며 나는 고개를 저었다.

"콘택트렌즈가 빠졌어. 이제 괜찮아. 근데 너 집에 간 거 아니었어?"

"늦게까지 잡아두고 먼저 가는 건 좀 아니다 싶어서 다시 왔어. 같이 가자. 내일도 아침에 연습해야지."

다쿠미는 내 가방을 들고 앞서 걸었다. 나는 서둘러 따라가 가방을 받아 들었다.

"오늘 연습 기록 노트는 부주장이 쓸 차례지? 거기에 네가 생각하는 출전 순서를 적어줘. 그걸 보고 나도 더 생각해볼게."

다쿠미는 시선을 정면에 둔 채 말을 이었다.

"네가 여러 가지로 조율해주는 거 알아. 부주장이 애써주는 덕분에 동아리가 분열되지 않고 잘 굴러가는 것도 알고. 너무 제멋대로 굴어서 미안하다."

당장이라도 눈물이 쏟아질 것만 같아 황급히 손수건으로 눈가를 눌렀다.

"왜? 렌즈가 또 빠졌어?"

"아니야, 괜찮다니까!"

아무렇지 않은 척하는 수밖에 없었다.

그날 밤 나는 네 권째까지 거의 다 써가는 연습 노트를 꺼내 처음부터 다시 읽었다. 첫 번째 노트 맨 처음부터 네 번째 노트 끝까시 선수별 특성을 싶어가며 읽다 보니 다쿠미가 왜 그런 이야기를 했는지 이해가 갔다.

그리고 다쿠미와 내가 쓴 내용을 비교해보니 우리가 전혀 다른 부분을 관찰하고 있다는 사실을 새삼 깨달았다. 다쿠미는 특히 활 쏘는 자세를 주의 깊게 봤다.

궁도에서 활 쏘는 방법, 즉 사법射法은 유파에 따라 조금씩 다르나 기본적으로 '사법팔절射法八節'이라 하여 여덟 가지 자세가 있다. 위치를 정하는 '발디딤', 준비 자세를 정돈하는 '몸가짐', 활시위에 오른손 손가락을 거는 '살 먹이기', 활을 머리 위까지 올리는 '들어 올리기', 활을 좌우 균등하게 잡아당기는 '밀며 당기기', 활을 완전히 당겨서 과녁을 조준하는 '만작', 가슴을 펴고 화살을 놓는 '발시', 발시 자세 그대로 화살을 응시하는 '잔신'이 그것이다.

이 여덟 가지 동작에 따라 다쿠미는 부원 개개인의 버릇을 관찰하고 거기에 자유 연습, 정규 연습, 연습 시합 때 등 상황에 따라 나타나는 차이점까지 파악하고 있었다. 자유 연습에서는 적중률이 높은데 기록을 재는 정규 연습에서는 적중률이 떨어진다거나 학교 연습장에서는 안정적인데 다른 도장에서는 성적이 좋지 않다거나 하는 선수 저마다의 특징이 꼼꼼하게 적혀 있었다.

이에 비해 나는 연습 때는 물론이고 쉬는 시간을 포함하여 부원들과 어떤 이야기를 했는지를 중점적으로 다루고 부원들의 감정 기복이 감지되는 순간처럼 대화 중 마음에 걸렸던 부분을 적어 두었다. 노트에 남기고 싶지 않은 내용은 큰 메모지에 '읽고 나서 버려줘!'라고 써서 전달했기에 민감한 부분들은 기억에 의존해야 했다.

결국 내가 생각하는 출전 순서를 다 적었을 때는 동이 틀 무렵이었다.

비몽사몽인 상태로 아침 연습에 나가 다쿠미에게 노트를 건넸다. 다쿠미는 노트를 슬쩍 훑어보고는 "내가 첫 번째, 기하라를 두 번째로……" 하고 혼잣말처럼 중얼거리더니 나를 보며 말했다.

"이유를 알려줘."

"기하라를 성장시키는 게 목적이라면 주장이 어떻게 경기하는지 가까이서 보게 해야 한다고 생각해. 첫 화살 적중률이 높은 사람을 첫 번째로 하자는 데는 동의해. 더구나 주장이 마지막에 나가면 기하라는 몇 번째로 나가든 주장의 경기 모습을 보지 못하겠지."

다쿠미는 고개를 끄덕이고는 "알았어. 부주장의 의견을 전면 수용하겠음!" 하고 웃으며 말했다.


시호도 문구점은 꽤 넓은 데다 진열장이 높아서인지 살짝 미로 같았다. 카운터 앞에서 료코 씨와 겐 씨가 즐겁게 대화 나누는 소리를 들으며 나는 느긋하게 문구점 안을 둘러보았다.

편지지 세트, 그림 엽서, 그리팅 카드 그리고 그 옆으로 노트와 수첩 판매대가 있었다.

처음 보는 종류의 노트, 메모 패드가 가지런히 진열되어 있고 고쿠요 캠퍼스 시리즈도 다양하게 놓여 있었다. 동아리에서 연습 기록 노트로 사용해서 눈에 익은 B5·B괘선 말고도 줄 간격에 따라 종류가 A, B, C, U, UL 다섯 가지나 되고 그 밖에도 모눈, 세로줄, 무지, 점무늬까지 있었다.

"종류가 이렇게 많다니……."

혼잣말이 절로 흘러나왔다.

다쿠미는 늘 캠퍼스 노트 B5 크기에 B괘선을 고집하며 다른 노트는 완고하게 거부했다. 학교 근처 문구점에 같이 들렀을 때도 다쿠미는 한 치의 망설임도 없이 여느 때와 같은 노트를 고른 후 곧바로 문구점을 나섰다.

"가끔 다른 노트를 써보면 어때? 여러 가지 있잖아. 더 귀엽거나 세련된 것도 있고 끈으로 엮어서 전통 양식 느낌 나는 것도 있고."

나의 가벼운 제안에 다쿠미는 고개를 저으며 단호한 말투로 대답했다.

"나는 형태부터 갖추고 시작하는 타입이야. 기왕 따라 하기로 했으니까 완벽하게 하고 싶어. 본보기가 되는 선배들이 계속 고쿠요 캠퍼스 노트 B5·B괘선을 썼잖아. 왜 이걸로 썼냐고 선배들한테 직접 물어볼 수는 없지만 난 여기에도 의미가 있을 것 같거든. 연습 기록 노트는 계속 이걸로 쓰고 싶어."

이따금 다쿠미는 어려운 이야기를 했다. 그날도 나는 대꾸할 말을 찾지 못하고 그저 고개만 끄덕였다.

선배들을 따라 한다고는 했지만 기록 방식 자체는 다쿠미가 나름대로 궁리에 궁리를 거듭했다. 나는 볼 때마다 '대체 펜을 몇 가지나 쓰는 거야?' 하고 감탄할 정도였다.

기본적으로는 검은 볼펜을 쓰되 좋았던 점은 파란색으로, 아쉬웠던 점이나 신경 쓰이는 점은 빨간색으로 물결 표시를 추가했다. 중요한 내용은 붓펜인지 매직인지 모를 두꺼운 펜으로 크게 적거나 형광펜으로 강조해놓아서 이게 정말 나만 읽는 노트가 맞나 싶었다.

나도 다쿠미의 방식을 참고했지만 내용 자체로는 다쿠미의 분석에 대적할 도리가 없었으므로 그림을 그려 넣는 등 효과적으로 기록하기 위해 내 나름대로 노력했다. 그러면 다쿠미는 "너무 공들인 서 아니야?"라며 웃었다.

그리고 언제나 "난 전혀 몰랐어. 관찰력 좋네", "맞아. 네 말에 전적으로 동의!", "이건 나랑 생각이 조금 다르다. 한번 같이 얘기해보자" 하고 소소한 의견을 노트에 남겨주었다. 정말 사소한 한마디였지만 내가 쓴 내용을 제대로 읽어줬구나 싶어서 마냥 기뻤다.

나도 뭔가 날카로운 피드백을 남기고 싶었으나 늘 다쿠미의 의견에 수긍하게 되어 "찬성!", "알겠습니다!" 정도를 적는 게 고작이었다.

노트 매대 정면에는 각양각색의 펜이 진열되어 있었다. 샤프, 볼펜, 사인펜, 형광펜, 붓펜 등이 각 브랜드의 시리즈별로 정리되어 있고 거기서 다시 한번 색과 선 굵기 등으로 세세하게 나뉘어 있었다. 몇 종쯤 되는지 세어볼 엄두도 나지 않을 만큼 장관이었다.

익숙한 펜인데도 보라색, 갈색, 노란색 등 처음 보는 잉크색이 여럿이고 선 굵기도 아주 얇은 것부터 무지막지하게 두꺼운 것까지 종류가 다양했다.

붓펜도 다 같은 붓펜이 아니라 먹의 농담에 따라 종류별로 구비되어 있고 어른들이 붓 대신 쓸 법한 것, 놀라울 만큼 색이 다채로워 그림 그리는 용도처럼 보이는 것도 있었다.

여기저기 놀러 다니는 데 익숙한 '귀가 동아리' 소속 여고생에게 이런 문구점은 너무 당연해서 대수롭지 않을지 몰라도 내게는 별천지가 따로 없었다.

다쿠미도 이렇게 큰 문구점에서 여러 가지를 둘러보고 고쿠요 캠퍼스 노트를 고른 것일까. 색깔을 아주 다양하게 쓰는 타입은 아니었지만 이리저리 궁리한 끝에 가장 적절한 펜을 찾았는지도 모른다.

펜과 노트가 마주 보는 형태로 진열된 선반 사이를 지나자 '동아리 은퇴 시즌! 고마운 선배와 귀여운 후배에게 메시지를 전하세요!'라고 커다랗게 적힌 포스터가 눈에 들어왔다. 포스터 아래에는 일반 색지 외에도 여러 운동부의 심볼을 연상시키는 상품이 많았는데, 농구공, 배구공, 럭비공이나 미식축구 헬멧, 테니스, 탁구 라켓, 배드민턴 셔틀콕 등의 모양을 딴 다양한 디자인의 색지가 사인북, 메시지 카드와 함께 빼곡하게 진열되어 있었다.

그 밖에도 브라스 밴드부 부원들을 위한 관악기와 오선지, 밴드부를 위한 기타와 드럼, 연극부나 댄스부를 위해 무대나 스포트라이트를 본뜬 상품도 있었다. 갖가지 색깔의 사인펜과 마커, 스탬프도 바로 옆에 놓여 있었다.

그러나 궁도부와 관련된 물품은 보이지 않았다. 부도 계열 상품으로는 검도 호구가 표지에 그려진 사인북과 유도 아니면 공수도의 도복 모양을 본뜬 듯한 색지가 전부였다.

우리 궁도부는 화려한 은퇴식이 따로 없다. 공식 시합에서 패배하면 3학년은 더 이상 연습에 참여하지 않게 되고, 그때부터 자연스럽게 동아리가 2학년 중심으로 운영된다. 그래서 이런 색지를 주고받을 기회도 없고 기껏해야 3학년이 졸업식 즈음 화살통이나 연습용 짚단 받침 같은 연습 도구를 후배에게 기증하면서 인사를 나누는 정도다.

그러나 주장과 부주장을 인계하는 자리는 필요하기에 이번 토요일에 약속을 잡아두었다. 도장 열쇠는 이미 다쿠미가 다음 기수 주장인 기하라에게 맡겨놓았고, 동아리비 등을 관리하는 통장과 인감, 정기적으로 연습 시합을 개최하는 타교 연락처 목록 등을 넘길 차례였다.

이것이 주장 다쿠미와 부주장인 내가 함께하는 마지막 동아리 활동이다.

1년 전 우리가 선배들에게 주장과 부주장의 자리를 넘겨받던 날, 다쿠미는 내게 첫 번째 제안을 했다.

"잠깐 시간 있어?"

선배들을 배웅하고 둘만 남은 도장에서 다쿠미가 말을 걸었다.

"응. 왜?"

"내가 생각해봤는데, 우리가 주장과 부주장으로 있는 동안에는 잡무는 최대한 상급생이 주도하는 게 어때? 선배들을 비난하는 건 아닌데, 후배한테 준비며 뒷정리를 전부 떠넘기는 방식은 바꾸고 싶어.”

뜻밖의 제안이었다.

“우리도 그랬지만 1학년 때는 연습만으로도 벅차잖아. 그런
데 준비랑 뒷정리까지 시켜버리면 궁도가 싫어질 수도 있고,
그러다 중간에 그만두는 사람이 나오면 그건 너무 씁쓸하지 않
겠어?”

다쿠미가 그런 말을 하는 게 조금 의외였다.

“왜 웃어!”

다쿠미가 발끈했다.

“웃은 게 아니라 조금 놀란 거야. 지난 1년 동안 준비부터 뒷
정리까지 우리가 다 했잖아. 게다가 선배들한테 혼나지 않도록
일찍 와서 준비하고 마지막까지 남아서 완벽하게 정리한 사람
은 바로 너 아니었어? 그런데 왜 올해부터 바꾸려고 해?”

“이상하다고 생각하는 걸 그대로 두고 싶지 않아. 후배들 연
습 시간을 빼앗고 선배는 아무것도 안 하다니 불합리하잖아.
나는, 아니 우리 기수부터는 안 그랬으면 좋겠어. 넌 어떻게 생
각해? 내 제안이 좀 이상한가?”

나는 잠시 생각에 잠겼다. 분명 타당한 의견이지만 다른 동
기들이 수긍할지는 의문이었다.

“무슨 말인지 알겠어. 그런데 다른 동기 남자애들은 뭐래?”

"응?"

다쿠미는 눈을 동그랗게 뜨며 되물었다.

"아직 말 안 했는데."

"진짜? 말도 안 해보고 이렇게 중대한 사항을 결정하는 거야?"

"지금 부주장이랑 상의하니까 아무한테도 말 안 한 건 아니야. 게다가 아직 결정하진 않았어. 제안이야, 제안."

당황스러웠다. 다쿠미의 말은 맞는 말인 데다 선후배가 함께 준비와 뒷정리를 한다는 새로운 전통을 우리 기수에서 만드는 것도 매력적이었다. 다만, 어떻게 동기 전원의 동의를 얻느냐가 문제였다.

"남자 부원한테는 내가 한 명씩 말해볼게. 부주장은 여자 동기들 의견을 모아줄래? 가능하면 다음 주 월요일 연습 전 회의에서 발표하고 싶어. 오늘이랑 내일 중에 이야기해볼 수 있겠어?"

"응, 해볼게."

다쿠미가 불쑥 내 오른손을 잡더니 자기 왼손을 포개 두 손으로 내 손을 꼭 쥐었다.

"부탁할게. 처음이 중요해. 좋은 전통은 이어가고 우리가 부당하다고 느꼈던 부분은 고쳐가면서 역대 최고의 궁도부로 만

들어보자."

"……좋아."

악수라 해도 어쨌든 다쿠미가 내 손을 잡고 부탁한다고까지
이야기하니 거절할 도리가 없었다.

그날 저녁 나는 한껏 들떠 여자 동기에게 전화를 돌리며 열
변을 토했다.

"주장 의견을 전하는 거 맞아? 완전히 부주장 의견처럼 들리
는데."

결국 다들 어이없어하면서도 찬성해주었다.


"어머, 오늘 나나미한테 딱 필요한 매대잖아."

문득 고개를 돌려보니 바구니와 보온병을 든 료코 씨가 옆
에 서 있었다.

"벌써 다 끝나셨어요?"

"응. 겐은 빨리 먹거든. 맛을 좀 음미하면서 먹으라고 아무리
말해도 듣지를 않네."

그러자 겐 씨가 다가와 당당하게 반론했다.

"맛이 없으면 그 속도로 못 먹지. '맛있다!'라고 온몸으로 표
현하는 셈이니 오히려 기뻐할 일 아닌가?"

"말이나 못 하면 밉지나 않지."

눈을 흘기는 료코 씨를 아랑곳하지 않고 겐 씨는 나를 보며 말했다.

"보고 싶은 상품이 있으면 편하게 말씀하세요. 견본이 없는 상품도 포장을 벗겨서 보여드릴게요."

겐 씨는 늦은 점심을 먹고 기운을 차린 모양이다.

"궁도부 느낌이 나는 건 없나요?"

겐 씨는 "잠시만 기다려 주십시오" 하고 매장 더 안쪽에서 과녁 모양의 메모판을 가져왔다.

"저희 문구점 오리지널 상품인데, 사실 날개 돋친 듯 팔리지는 않습니다. 아시다시피 본래 궁도 과녁은 흑백이지만, 검은 바탕에는 메시지를 쓰기가 어려우니 검은색을 옥색으로 대체했거든요. 그런데 실제로 궁도를 하시는 분들께는 색 조합이 영 어색해 보이는지 평판은 그저 그렇습니다. 원형이라서 잡기 불편하다는 점도 인기가 없는 데 한몫할지 모르고요."

그러고는 "한 자 두 치*짜리 실물 과녁 크기를 참고했는데 내년에는 바꿔야 하나" 하고 혼잣말처럼 중얼거리더니 말을 이었다.

"별도로 주문 제작도 가능합니다. 지인 중에 개인 작가가 여

---

* 한 자尺는 약 30.3센티미터, 한 치寸는 약 3.3센티미터에 해당한다.

러 명 있으니 필요하시면 색지에 일러스트를 넣거나 스티커를 만들어드릴 수 있습니다."

"아니요, 괜찮아요. 특별히 줄 사람이 있는 건 아니라서요."

나는 당황해서 고개를 설레설레 저었다.

"주장한테 '그동안 고생했어!'라는 의미로 메시지 카드나 편지를 써보면 어때? 이참에 마음도 전해봐!"

료코 씨가 귓가에 속삭이자 얼굴이 순식간에 달아올랐다. 겐씨가 잠시 고개를 갸웃했지만 금세 원래 표정으로 돌아와 내게 말했다.

"제가 도울 일이 있으면 편하게 말씀해주세요. 있는 힘껏 돕겠습니다."

무척이나 진지한 겐 씨의 말투와 태도가 어쩐지 다쿠미와 비슷해 보였다.


2학년 3학기가 시작된 무렵이었다. 새해가 밝자 기온이 뚝 떨어져서, 과녁 쪽으로 언제나 문을 활짝 열어놓는 도장은 지붕이 있어도 몸이 꽁꽁 얼 정도로 추웠다. 추워서 몸이 굳기 때문에 겨울철엔 활 쏘는 자세가 움츠러드는 부원이 늘어난다. 추위를 많이 타는 나도 그중 하나였다.

어느 날 다쿠미에게 받은 연습 기록 노트에 이런 지적이 세세하게 적혀 있었다. 그중 '너무 급하게 활을 놓음!'이라는 코멘트는 가장 중요하다고 생각했는지 붓펜으로 커다랗게 써놓았다.

"흐음."

노트를 보며 혼자 끙끙거리고 있는데 휴대폰이 울렸다. 다쿠미가 보낸 메시지였다.

—노트 봤어?

다쿠미는 휴대폰으로 글자를 입력하는 게 불편한지 메시지가 늘 짧다.

—방금 봤어.

질세라 나도 짧게 보냈다.

—통화할 수 있어?

내가 '앗! 왜? 갑자기?' 하고 당황할 새도 없이 답장을 보내기도 전에 전화가 울렸다.

"여, 여보세요. 왜?"

멍청이! 왜 난 좀 더 귀엽고 애교 있게 받지 못할까.

"늦은 시간에 미안. 급하게 활 놓는 습관이 생기면 고치기 어렵다고 하길래 걱정돼서."

"응. 알고는 있는데 요즘 더 심해진 것 같아. 어떻게 해야 하나 고민하고 있었어."

"알고 있었구나. 그럼 그 부분을 의식하면서 고쳐나가면 되겠네. 어떻게 할까?"

딱히 생각해둔 방법은 없었기에 대답할 말이 궁했다. 내가 아무 말도 하지 않자 다쿠미가 불쑥 "듣고 있어?" 하고 물었다.

"응. 듣고 있어. 어떻게 해야 하나……."

"집에 오는 길에 생각해봤는데 아무래도 기본으로 돌아가서 빈 활 당기기를 해보면 효과가 있을 것 같아."

다쿠미의 제안에 흠칫 놀랐다. 집에 가면서 계속 내 생각을 했단 말인가.

"빈 활 당기기라, 신입생 같네."

빈 활 당기기란 화살을 걸지 않고 활을 당기는 동작을 말한다.

"학교에서 연습하지 말고 집에서 자기 전이나 저녁에 따로 시간을 내서 정해진 횟수만큼 활을 당겨보는 건 어때? 매일 집에 활을 가져가기가 번거롭긴 하겠지만."

활은 길이가 7자 3치, 즉 210센티미터도 넘어서 전철을 타고 내릴 때 자칫하면 주변 사람에게 피해를 주기 쉽다. 그래서 시합이 있는 날 활을 가지고 이동할 때는 주변을 살피도록 부원들에게 주의를 환기하는 것도 부주장의 역할이다.

"집에서 빈 활 당기기 연습이라니, 귀찮을 것 같지만 확실히 효과는 있겠다."

마치 남의 일인 양 대답하는 꼴이 내가 생각해도 한심했다.

"아무래도 쉽진 않겠지. 그러니까 나도 할게. 같이 하자."

"응? 무슨 뜻이야?"

너무 놀라서 목소리가 뒤집혔다.

"힘든 연습을 너한테만 시키고 싶지 않아. 나한테도 자세를 고치는 좋은 기회가 될 테고. 이렇게 하자, 한 달 동안 매일 집에 활을 가지고 가서 네가 편한 시간에 문자 메시지를 줘. 그럼 그때 나도 우리 집에서 연습을 시작할게. 30회 어때? 여덟 동작을 하나씩 확실히 짚어가면서 만작 동작은 정확히 10초 유지. 모든 동작을 정성껏 하는 게 중요하니까 30회면 충분하지 않을까?"

"네가 정 그렇다면 한번 해봐도 좋고."

이렇게 둘만의 특훈이 시작되었다.


—이제 시작합니다.

내가 메시지를 보내면 다쿠미는 "알겠어" 하고 짧은 답을 보냈다. 다쿠미의 조언에 따라 모든 동작을 의식하며 30회 활을 당기는 데는 30분에서 40분 정도가 걸렸다. 연습 종료 후 "끝났습니다" 하고 메시지를 보내면 '참 잘 했어요!' 이모티콘이 왔다. 늘 똑같은 대화를 나누는 그 순간이 나는 마냥 좋았다.

참고로 활 쏘는 동작을 하려면 높이가 3.5미터 이상 되는 공간이 필요한데 우리 집에는 천장이 높게 트인 현관 외엔 적당한 장소가 없었다. 나중에 알고 보니 다쿠미는 집 안에 마땅한 곳이 없어 마당에서 연습했다고 한다. 한겨울 늦은 밤, 얼마나 추웠을까.

2월 춘계대회 전까지 나는 성급하게 활을 놓는 버릇을 특별 훈련으로 차근차근 고쳐나갔다. 그러던 어느 날, 연습이 끝났다는 메시지를 보내자 늘 똑같은 '참 잘했어요!' 이모티콘에 이어 메시지가 도착했다.

―이제 나쁜 버릇은 다 고쳐진 것 같다. 특훈은 오늘로 끝!

그리고 '수고하셨습니다!' 이모티콘.

이로써 우리의 훈련은 갑작스레 끝이 났다.

무슨 답이라도 해야 한다고 초조해하면서도 매일 똑같은 메시지의 반복에 불과한 지난 대화를 몇 번이고 다시 읽었다. 어느샌가 휴대폰 화면이 젖어 있었다.

나는 산신히 큰마음을 먹고서 "감사!" 하고 살짝 장난스러운 이모티콘을 보냈다.


"괜찮아?"

료코 씨의 목소리에 정신을 차려보니 또 눈물을 흘리고 있었다. 오늘 내가 대체 왜 이러는지 모르겠다.

"료코, 오늘 2층 비어 있으니까 천천히 쉬다가 가."

료코 씨가 "그럴게" 하고 짧게 답하고는 내 등을 다정하게 밀며 계단으로 향했다.

2층은 커다란 창문 덕에 온화한 햇빛으로 가득했다. 오른쪽에는 다다미가 깔린 자리가 있고 한가운데 넓은 공간에는 작업대 같은 책상이 세 개씩 마주 보며 커다란 직사각형을 그리고 있었다. 왼쪽 벽에는 서랍이며 장이 바닥에서부터 천장까지 빼곡하게 설치되어 전체적으로 학교 미술실 같은 분위기를 자아냈다.

왼쪽에 있는 낡고 커다란 책상에 나의 시선이 멈췄다. 료코 씨가 내 시선을 눈치챘는지 책상으로 다가갔다.

"근사한 책상이지?"

료코 씨가 안내하는 대로 책상 앞까지 가자 료코 씨는 의자를 천천히 빼며 내게 말했다.

"앉으시지요."

의자는 앉는 부분이 가죽으로 되어 있고 앉으니 다소 묵직한 느낌이 들었다. 틀은 책상과 같은 나무를 사용한 듯했다. 책상에 팔을 올리고 손바닥으로 상판을 천천히 쓰다듬었다. 울퉁불퉁한 질감이 기분 좋았다. 이대로 엎드려서 한바탕 울고 나면 개운해질 것 같았지만 료코 씨 앞에서 그럴 수야 없었다.

"미안하지만, 나는 잠깐 가게에 가서 짐 좀 두고 올게. 가게가 한가하면 금방 올 테니 여기서 조금만 기다려."

료코 씨는 총총걸음으로 계단을 내려갔다. 금방 오겠다는 말이 꼭 집을 나서는 사람이 하는 말처럼 들렸다. 어쩌면 료코 씨에게 이곳은 집 같은 곳인지도 모른다.

나는 가방에서 노트를 전부 꺼냈다. 첫 번째 노트부터 열 번째 노트까지 다쿠미는 또박또박 정성 들여서 '궁도부 연습 기록 노트'라고 쓴 크림색 라벨을 책등에 붙여 놓았다. 열 권을 한데 모아 놓고 보니 모든 라벨이 한 치의 오차도 없이 전부 똑같은 위치에 똑같은 글씨로 쓰여 있었다.

노트마다 상단에 메모지가 삐죽 나와 있었는데 해당 페이지에는 중요한 내용이나 거듭 확인해야 하는 것들이 적혀 있었다. 메모지에는 본문 내용을 확인한 날짜 등을 작은 글씨로 빼곡하게 남겨두었고, 페이지마다 여기저기 강조된 문구들도 보였다.

한 글자 한 글자에 궁도에 몰두했던 우리의 추억이 담겨 있었다. 다쿠미는 동기들에게 선언했듯이 주장으로서 1년 동안 궁도부에 모든 것을 쏟아부었다. 이 노트 열 권이 그 증거였다.

노트에는 남자, 여자 각 팀의 시합 결과와 더불어 각 선수에 대한 상세 코멘트가 달려 있었다.

3학년의 마지막 공식 경기가 될 수도 있는 도쿄 예선은 다섯 명이 한 팀으로 출전해 한 명당 네 발, 다섯 명이 총 스무 발을 쏴서 상위 여덟 팀이 준결승에 진출하는 방식이었다. 안타깝게도 남녀 모두 준결승에 나가기에는 실력이 조금 부족했다. 참고로 단체전 예선은 개인전 예선도 겸했는데, 다쿠미는 네 발 모두 과녁을 맞혀 예선 준결승에 올랐으나 단체전 패배의 충격이 너무 컸는지 다음 경기에서 네 발 중 두 발만 적중시켜 입상은 하지 못했다.

그러나 다쿠미는 결과에 대한 평가는 일절 않고, 각 선수가 시합 전에 임한 연습의 성과가 어느 정도 나왔는지만 기록해놓았다. 주장으로서 예선 탈락이라는 결과가 누구보다 괴로웠을 텐데 이토록 냉정할 수 있다는 것이 신기했다.

그중 나에 대한 코멘트도 있었다.

동아리 잡무에 쫓기면서도 기본에 충실하고 훌륭한 쏨새를 보여줬습니다.

활을 빨리 놓는 습관도 완벽히 고쳐서 침착하고 당당하게 부주장으로서 모범을 보였습니다.

"진짜 고문 선생님 같네."

혼잣말이 절로 새어 나왔지만 나는 마지막 페이지에 다쿠미가 남긴 글을 마저 읽었다.

사와무라 나나미 부주장에게

1년 동안 고생 많았어. 내가 무리한 부탁만 하고 여러 모로 부주장을 힘들게 했지? 미안하다. 그리고 고마워. 몇 번을 감사해도 모자랄 정도야.

아쉽게도 공식 시합에서 3위 내로 입상한 적은 없지만 동기나 후배 중에 중도 탈퇴한 사람이 한 명도 없다는 점은 자랑스러워. 전부 부주장 덕분이야. 네가 부주장이 아니었다면 진즉에 여러 명이 동아리를 나갔겠지.

학교 다니면서 하고 싶은 일도 많았을 텐데, 부주장이라는 역할을 맡기고 궁도부에만 묶여 있게 해서 미안하다. 내 욕심만 부린 것 같아서 늘 마음이 안 좋았어.

대학 수험도 있으니 그다지 느긋하게 쉬진 못하겠지만 조금이라도 남은 고교 생활을 즐겼으면 좋겠다.

마지막으로 한 번 더 말할게. 고맙다!

주장 모리카와 다쿠미

맨 끝의 '고맙다!'는 붓펜으로 썼는지 잔뜩 힘이 실려 있었다. 읽을 때마다 눈물이 떨어져서 곳곳에 글자가 번졌는데, 지금 또 몇 군데 새로운 얼룩이 생기고 말았다.

어제 아침 학교 신발장에 이 노트가 들어 있었다. 원래대로라면 어제 써서 오늘 다쿠미에게 노트를 돌려줘야 했으나 무슨 말을 써야 좋을지 몰랐다. 결국 도장 책장에 보관해둔 나머지 아홉 권을 모두 꺼내서 다시 훑어봤지만 별다른 힌트를 얻지 못했다.

아니, 거짓말이다. 내용은 아무래도 상관없다. 노트를 건네고 나면 우리의 노트 교환이 끝나버리는 게 싫을 뿐이다. 어떻게 해야 할까. 아무리 생각해도 모르겠다.

문득 인기척이 느껴져서 옆을 보니 겐 씨가 쟁반을 들고 서 있었다.

"차를 끓였어요. 콩 찹쌀떡도 있으니 괜찮으면 드셔보세요."

겐 씨는 찹쌀떡이 놓인 작은 접시와 찻잔을 책상에 내려놓았다. 의자에서 일어나려는 나를 말리고는 책상 위 노트로 시선을 옮기며 말을 이었다.

"실례가 되는 표현일지 모르겠으나, 고등학생 느낌이 물씬 나는군요. 캠퍼스 노트, 게다가 B5라는 크기 때문에 더욱 그런가 보네요."

"아, 어른이 되면 노트를 쓰지 않나요?"

겐 씨는 살짝 고개를 기울였다.

"글쎄요. 메모용으로 사용하기도 하지만 요즘은 메모도 휴대폰이나 태블릿으로 하는 일이 많으니까 노트를 쓰는 사람은 아무래도 줄었지요. 그래도 노트를 고집하는 분이 적지는 않아서 수입 용지를 사용한 고급 노트나 표지며 속지, 제본 방식까지 직접 선택하는 주문 제작 상품도 인기가 있습니다. 저희 문구점에서 만든 오리지널 노트도 있고, 원하신다면 주문 제작도 가능합니다."

"와, 정말요?"

주문 제작 노트라니, 그런 게 있는 줄은 몰랐다. 다쿠미에게 선물하면 기뻐하지 않을까.

"오리지널 노트까지 제작해놓고 이런 말씀을 드리기는 좀 그렇지만, 고쿠요 캠퍼스 시리즈는 완성도가 무척 높습니다. '저런 품질을 이 가격에', 이른바 가성비라는 관점에서 보자면 타사 상품과 차원이 다르지요. 본래 노트라는 것은 꾸준히 쓰면서 내용을 채워가는 데 의미가 있는데, 언뜻 보니 열 권쯤 되나요? 노트를 가장 의미 있게 쓰는 방식이 아닐까 싶네요. 노트가 뿌듯해하겠어요."

나와 다쿠미의 노트를 바라보는 겐 씨의 시선은 한없이 따뜻하고 다정했다. 문구점을 운영하니 당연하다면 당연하겠지 만 문구에 대한 깊은 애정이 느껴졌다.

"지난 일요일 시합에서 져서 저희는 이제 은퇴하거든요. 그 래서 이 노트도 이제 끝이에요."

내 앞에 펼쳐진 노트에는 다쿠미가 쓴 '고맙다!'가 보였다. 세 글자만 유난히 크고 두꺼워서 책상 옆에 서 있는 겐 씨도 읽 을 수 있을 정도였다.

"뭐라고 말씀드려야 할까요. 시작이 있으니 끝이 있겠지만, 마찬가지로 끝이 있으니 시작도 있는 게 아닐까요?"

겐 씨는 "우선 차와 찹쌀떡을 들어보세요. 금방 돌아오겠습 니다" 하고 덧붙이고는 계단을 내려갔다. 료코 씨와 겐 씨, 금 방 오겠다며 계단으로 사라진 두 사람의 모습이 똑같아서 살짝 웃음이 났다.

열 권째 노트를 덮어서 다른 아홉 권 위에 포개놓고 찻잔을 들었다. 향긋하고 맛있는 녹차였다. 찹쌀떡에는 검은 글자 장 식이 있었지만 나는 개의치 않고 손으로 집어 반을 베어 물었 다. 쫄깃한 떡과 은은하게 달콤한 팥소가 절묘하게 어우러지는 콩 찹쌀떡이었다. 눈이 휘둥그레질 만큼 맛있었다.

조금 전까지 눈물을 뚝뚝 흘렸으면서 맛있는 걸 먹자마자 기 분이 사르르 풀려버리는 나의 단순함에 헛웃음이 날 정도였다.

계단을 힘차게 오르는 발소리가 들려와 황급히 손수건으로 입가를 닦았다.

"오래 기다리셨죠? 이 노트를 드리고 싶어서요. 아, 값은 됐습니다. 저희 문구점을 찾아주신 기념입니다."

겐 씨는 캠퍼스 노트를 내밀며 말했다. B5·B괘선 노트로 우리가 쓰던 것과 매우 비슷했다.

"네? 아니, 네?"

"우선 진정하시지요."

겐 씨는 영문을 몰라 당황해하는 나를 달래며 말을 이었다.

"완전히 엉뚱한 짐작일지도 모르지만 그 노트를 주고받은 분과 조금 더 노트를 통해 대화를 이어가고 싶은 게 아닐까 해서요."

"그렇지만……."

어째서 '그렇지만'이라고 말했는지 나도 잘 모르겠다. 겐 씨는 긍정도 부정도 하지 않고 그저 따뜻하게 나를 바라보며 내 중얼거림에 답해주었다.

"표지에 쓴 글자와 아까 펼쳐져 있던 페이지만 언뜻 보고 제멋대로 상상해봤습니다. 다쿠미 군이라 했나요? 저리 정중하면서 시원스럽게 글자를 쓰는 분이라면 분명 올곧고 성실한 사람이겠지요. 지난 1년 동안 부주장인 나나미 양에게 이것저것 적극적으로 제안하며 끌고 가는 타입이 아니었나요? 은퇴하게 되면 주장과 부주장이라는 관계에서 멀어지겠지요. 그렇다면 이제 나나미 양이 먼저 다쿠미 군에게 제안을 해보면 어떨까요?"

겐 씨는 들고 있던 캠퍼스 노트를 내 앞에 내려놓았다.

"오른쪽 서랍 가운데 단을 열어보세요. 거기에 유성펜, 볼펜, 색연필 같은 필기도구가 들어 있습니다. 편하게 사용하세요. 평소라면 편지지 세트처럼 마음을 전하는 데 제격인 물건을 권하겠지만 지금 나나미 양에게 캠퍼스 노트보다 더 나은 것은 없을 듯하네요."

나는 새 노트의 파란 표지를 바라보다가 자리에서 일어나 진심을 담아 겐 씨에게 말했다.

"이 노트는 제가 살게요. 마음은 정말 감사하지만 제가 산 게 아니면 다쿠미한테 당당하게 전하지 못할 것 같아요."

"그러시겠어요? 그런데 나중에 강매했다고 료코한테 한 소리 들을 것 같은데요."

겐 씨의 목소리가 갑자기 약해져서 나도 모르게 웃고 말았다.

"괜찮아요! 료코 씨한테는 제가 잘 설명할게요."

"정 그러시면 이따가 가실 때 아래층에서 계산해주세요."

겐 씨는 가볍게 고개를 숙이고는 조용히 계단을 내려갔다.

나는 새 노트를 책상 왼편으로 살짝 밀어두고 열 번째 노트를 다시 가슴 앞으로 끌어왔다. 천천히 심호흡하고서 다쿠미가 쓴 마지막 페이지를 읽었다.

가방에서 필통을 꺼내 손에 익은 수성 볼펜을 찾은 뒤 다쿠미가 쓴 다음 페이지에 펜 끝을 댔다. 열 권의 연습 기록 노트를 한 권씩 되짚어보면서 내가 느낀 감정, 동아리 운영에 대한 생각 등을 닥치는 대로 적어 내려갔다. 머리에 떠오르는 모든 말을 적었다.

일요일 빼고는 계속 연습이었다. 하지만 그 일요일마저도 연습 시합이며 공식전에 나가야 하는 날이 많았기에 지난 1년간 동아리 활동이 없던 날은 열흘도 되지 않았다. 난 그렇게 줄곧 다쿠미와 함께였다.

기뻤던 일, 슬펐던 일, 속상했던 일까지 참 여러 일이 많았지만 한 번도 내 마음을 꺼내지 않았다.

그런 내게 다쿠미가 이런 말을 한 적이 있다. 연습 시합에서 처참한 패배를 맛본 날 집에 가는 길이었다.

"오늘 결과도 참담했네. 근데 왜 난 앞으로도 열심히 할 수 있을 것 같지? 나나미랑 함께여서 그런가 봐."

순간 내 귀를 의심했다. 평소에는 성으로 부르거나 부주장이라 불렀는데 분명 이때는 '나나미'였다.

　너무 갑작스럽기도 해서 대수롭지 않게 흘려들은 척하며 대꾸하지 않았다.

　'모리카와가 열심히 하니까 나도 열심히 하는 거야.'

　그냥 이렇게 솔직하게 말하면 됐을 텐데. 3년간 가장 후회되는 일이었다.

　나는 쉬지 않고 열 쪽을 채워갔다. 어느덧 창문 밖으로 커다란 해가 기울며 밤을 향해 가고 있었다. 나는 크게 심호흡한 뒤 다시 펜을 움직였다.


　모리카와 다쿠미 주장에게

　1년간 고생 많았어. 비록 기대만큼 시합에서 결과가 나오지는 않았지만 궁도부를 위해 주장이 얼마나 애써왔는지 모두 잘 알아. 그래서 모리카와가 따끔하게 지적하거나 학년과 관계없이 선수를 기용해도 다들 모리카와의 의견을 따른 거야.

　주장과 나란히 활을 당겼던 그때가 그립지만, 이제 돌아갈 수 없겠지.

　시간이 조금만 더 있었다면 분명 더 좋은 결과를 냈을 거야. 내년, 내후년, 어쩌면 한참 뒤일지라도 우리 후배들이 반드시 우리가 바라던 결과를 거두리라 믿어.

모리카와가 주장이어서 얼마나 다행이었는지 몰라. 우리의 주장은 너뿐이야. 그러니까 모리카와는 당당해도 돼.

그런 주장에게 궁도부를 빼버리면 갑자기 기운을 잃고 시름시름 앓지는 않을까 걱정되네. 얼른 모리카와가 다른 무언가를 찾으면 좋겠다.

내성적이고 낯가림 심한 내가 궁도부처럼 빡빡한 동아리에 들어와서 어쩌다 보니 부주장까지 맡고, 지금까지 그만두지 않았다니 참 신기하지.

이 모든 게 다 네 덕분이야. 정말 고마워.

부주장 사와무라 나나미


여기까지 단숨에 적고 난 후 필통에서 노란색 작은 메모지를 꺼냈다. '다른 노트에서 계속됩니다!'라고 쓴 다음, 편지 아래에 붙였다. 그리고 새 캠퍼스 노트를 펼쳐 첫 번째 페이지에 3년 전 입학 설명회에서 처음 만났을 때부터 계속 다쿠미를 좋아했다고 솔직하게 적었다.

좋아한다고 고백하자 어디서 용기가 솟아났는지 '내 남자친구가 되어줄래?'라는 말까지 막힘없이 써졌다. 어쩌면 캠퍼스 노트가 나를 응원해줬는지도 모른다.

마지막으로 나는 이렇게 덧붙였다.

내 마음을 받아준다면 이 노트에 제목을 적어서 돌려줘. 그래, 우리가 연습 기록 노트를 쓰기 시작했을 때처럼 말이야. 이름을 쓸 때 성은 생략하고 '다쿠미'라고만 적어줄래? 3년 동안 늘 다쿠미라고 부르고 싶었어.
주장 모리카와랑 부주장 사와무라가 아니라 이제는 그냥 다쿠미와 나나미가 됐으면 좋겠다.

"미안해! 너무 늦었지? 미안, 미안!"
노트를 덮는 동시에 료코 씨가 계단을 뛰어 올라왔다. 휴대폰을 켜 시계를 보니 벌써 6시가 넘어 있었다.
"루미가 자기도 온다고 저녁은 호즈에서 같이 먹자더라."
"네? 엄마한테 연락하셨어요?"
"응. 연락하면 안 되는 거였어? 내가 너무 늦게까지 잡아둬서 걱정할까 봐 그랬지. 오랜만에 겐도 만나게 해줄까 해서."
나는 황급히 노트 열한 권을 가방에 챙겼다.
"료코 씨, 근데요⋯⋯."
"앗, 그건 걱정하지 마!"
해맑게 웃는 료코 씨 뒤에서 겐 씨가 고개를 깊이 끄덕였다.

계절과 어울리지 않게 쌀쌀한 날씨 때문인지 긴자 골목을 오가는 사람들 발길이 뜸했다. 료코는 바구니와 보온병을 안고서 산들대는 버드나무 아래를 종종대며 걸었다. 시호도 문구점으로 향하는 료코의 뒤에는 두 사람이 함께였다.

"미안해. 또 늦었네!"

들어가자마자 료코가 외쳤다.

"이봐, 싫은 소리 하고 싶지는 않은데 여기는 호즈에서 겨우 5분 거리잖아. 근데 왜 매번 늦는 건지 좀 알려줄래? 혹시 일부러 그러는 거야?"

시호도 문구점 주인 다카라다 겐은 기가 막힌다는 듯이 말했다.

"죄송해요. 겐 씨. 저희 때문에 늦었어요. 료코 씨 탓이 아니에요."

료코를 따라 문구점에 늘어온 나나미가 앞으로 나섰다.

"나나미 양, 어서 와요. 한 달 만이지요? 앗!"

다정하게 인사를 건네던 겐의 말문이 턱 막혔다.

"아, 안녕하세요."

교복 차림의 늠름한 소년이 머뭇대면서도 공손하게 고개를 숙였다.

"모리카와 다쿠미입니다. 잘 부탁드립니다."

나나미가 얼굴을 붉혔다.

"어, 어, 어서 오세요. 시호도 문구점의 다카라다 겐입니다. 자주 찾아주십시오."

셋이 어색한 인사를 나누는 사이 료코가 옆에서 배달 샌드위치를 꺼냈다.

"오래 기다리셨습니다."

"겐 씨, 오래 기다리셨죠? 얼른 드세요. 저는 다쿠미랑 문구점 구경하고 있을게요."

나나미는 겐에게 식사를 권하고는 다쿠미를 보며 말했다.

"캠퍼스 노트 종류가 얼마나 많은지 알아? 저쪽에 있어. 가보자."

나나미와 다쿠미는 손을 꼭 잡고 노트 매대 쪽으로 사라졌다.

"진짜 잘됐다."

두 사람의 뒷모습을 눈으로 좇는 료코의 말투가 어쩐지 아련했다.

"루미에 나나미까지, 2대에 걸쳐 큐피드로 활약하다니 정이 넘치는 분이시네."

샌드위치를 크게 베어 물며 겐이 말했다.

"그러게……."

"근데 남 일만 챙길 때가 아니지 않나?"

료코는 깊은 한숨을 내쉬고서 간신히 대꾸했다.

"그러게……."

도쿄 긴자 한편에 있는 시호도 문구점, 온화한 공기가 네 명의 남녀를 다정하게 감쌌다.

# 그 림  엽 서

"아빠, 괜찮으세요?"

딸이 걱정스러운 듯 내 얼굴을 들여다봤다. 충분히 물어볼 만했다. 방금 화장실 거울에 비친 얼굴은 지독하게 창백했다.

"괜찮다."

일어서서 크게 숨을 한번 내쉬었다.

"미안하지만 난 오늘 밤샘은 힘들겠다. 차분하게 생각할 시간이 필요해."

그러고는 관에 누워 있는 마나님에게도 "내일 봐요" 하고 인사를 건넸다.

"정말 괜찮아요? 조의문 같은 건 그냥 평범해도 되니까 무리

하지 마세요. 너무 애쓰다가 아빠까지 쓰러지면 우리가 힘들어
져요."

"한 번에 몰아서 치르면 편하지 뭐."

딸은 어처구니가 없다는 듯 한숨을 내쉬면서 고개를 설레설
레 저었다.

"란 씨랑 재스민한테 혼나요. 아무튼 무리하다가 몸져눕지
않게 조심하세요. 가족하고 가까운 친구만 불러서 간소하게 치
르는 장례식이니까요."

"왜? 엄마 회사 사람한테는 연락 안 했어?"

"네. 엄마가 은퇴한 지 10년도 넘었으니 부르지 말라고 하셔
서요. 회사 측에서 으리으리한 장례식장 빌려서 진행하면 일이
커질 수도 있잖아요. 우리한테 부담 주기 싫다고 하셨어요."

"너희 엄마답다……."

또 한숨이 새어 나왔다. 마지막의 마지막 순간까지 주변 사
람을 배려하다니, 왜 이리도 자기 욕심을 차릴 줄 모를까.

"게다가 장례식 규모가 커지면 이혼한 아빠 자리가 없을지
도 모르잖아요. 아빠가 조의문을 읽어주는 게 엄마의 제일 큰
소원이었으니까요."

"그게 내게 남긴 유일한 유언이라면 별수 없다만, 이상하
긴 하지. 너희는 정말 내가 그런 역할을 맡아도 된다고 생각하

냐?"

"뭐 어때요. 요즘은 조사(弔辭) 낭독 자체를 생략하기도 하고, 사회자가 짧은 조문 몇 개 읽고 끝내는 경우가 많대요. 그러니까 엄마의 뜻을 저버리면서까지 아빠 말고 다른 사람한테 부탁하고 싶지는 않아요."

"그래……."

내심 딸들이 나서서 반대해주기를 바랐으나 그런 기대는 일찌감치 버리는 편이 나을 듯했다.

나는 얕은 기침을 하며 문으로 향했다. 딸이 그 뒤를 따르며 당부했다.

"아빠, 오늘은 일찍 주무시고 푹 쉬세요. 내일 고별식이 10시니까 아빠는 9시쯤 오시면 돼요."

"그래, 알겠다."

장례식장 직원이 불러준 택시에 올라 가장 가까운 역 이름을 댔다. 운전기사는 젊은 남성이었다. 난폭하게 차를 몰지 않을까 하는 내 불안이 무색하게도 기사는 차분하게 길을 달렸다. 안도의 숨을 살며시 내뱉으며 시트에 몸을 깊이 묻었다.

창밖의 새파란 하늘은 구름 한 점 없이 맑았다.

"그 사람이 떠났는데 눈부시도록 날이 맑다니……."

남몰래 혼잣말을 흘렸다. 장대비까지는 아니어도 가을비라도 추적추적 내리면 좋았을 텐데.

문득 정신이 들어 기사에게 조심스레 말을 건넸다.

"미안한데 긴자로 가줄래요?"

기사는 "알겠습니다. 내비게이션을 켜겠습니다" 하고는 차를 길옆에 세우고 내비게이션 화면을 조작했다. 나도 휴대폰을 꺼내 익숙한 이름을 눌렀다.


40분 정도 걸렸을까. 도쿄 지리에 익숙한 기사였다면 30분도 걸리지 않았겠지만 오늘 내게는 이 젊은 기사의 차분한 운전이 딱 좋았다.

"계산은 어떻게 하시겠습니까?"

나는 만 엔짜리 지폐를 지갑에서 꺼냈다.

"거스름돈은 됐어요."

"너무 많습니다."

젊은 기사는 당황하며 손을 저었다.

"괜찮아요. 받아요."

머뭇대는 기사를 뒤로하고 나는 버드나무 가로수길에 내렸다. 기다리고 있었는지 시호도 문구점 주인 겐이 곧바로 문밖으로 나왔다.

"겐, 갑자기 연락해서 미안하네."

"전혀 아닙니다. 어서 오세요."

젠을 만나는 건 한 달 만이었다. 요전에는 매년 부탁하는 연하장 때문이었는데 그 건도 이제 다시 생각해봐야 한다. 11월 중순이면 주문 인쇄한 연하장을 받아서 연말에 손글씨로 짧은 인사를 적어 보냈으나 올해는 어찌해야 할까. 헤어진 지 몇십 년이 되었다고는 하나 전처가 세상을 떠났는데 태평하게 연하장을 보내도 될까.

젠이 열어준 유리문을 지나 문구점 안으로 들어섰다. 평소 같으면 1층 매대를 어슬렁거리며 계절 엽서나 필기구 따위를 구경했을 테지만 오늘은 도통 내키지가 않는다.

젠이 다가와 고개를 깊숙이 숙였다.

"삼가 조의를 표합니다."

"고맙네……. 그런 말을 들으니 뭔가 기운 빠지는군."

"죄, 죄송합니다."

젠은 당황하며 또 한 번 머리를 숙였다.

"아니, 내가 괜히 멋쩍어서 그러지. 자네가 사과할 일이 아니야."

나는 문구점 안쪽으로 걸음을 옮겼다.

"우선 2층으로 올라가도 되겠나?"

반세기 이상 다닌 단골 손님의 배짱으로 2층에 멋대로 올라

가곤 했지만 오늘은 약속도 없이 갑자기 찾아온 터라 양해를 구했다.

"물론입니다. 오늘은 워크숍도 없으니 편하게 쓰세요."

"고맙네. 근데 2층에서 수업하는 선생님 중에는 미인이 많지 않은가. 오늘 못 보는 게 아쉽군."

애써 가벼운 말투로 농담을 건네봤으나 평소 분위기와 달라서인지 젠은 표정을 풀지 않았다. 나는 작게 고개를 젓고서 계단을 올랐다.

여느 때처럼 층계참에 잠시 멈춰 서서 매장을 바라보았다. 그러자 무심코 혼잣말이 흘러나왔다.

"여기는 늘 그대로라 다행이야."

"뭐가 다행인가요?"

젠이 내가 흘린 말을 들은 모양이다.

"뭐 대단한 건 아니고. 문구점의 분위기가 변하지 않는 게 좋아. 안심이 된다고 할까. 평소 내가 당연하게 여긴 일과 사람, 언제까지나 그대로 있을 거라고 내 멋대로 단정해왔던 것들에 대한 반성이랄까, 새삼 느끼는 바가 있어서."

"그렇군요……."

지금 내게는 변치 않는 무언가가 필요했다.

층계참 구석에 놓인 의자에 걸터앉아 옆의 커피 테이블에 시선을 던졌다. 새빨간 장미 한 송이가 꽃병에 꽂혀 있었다. 오늘 아침에 꽂았는지 꽃잎 한 장 한 장이 싱그러웠다. 꽃잎을 손끝으로 살짝 건드리고서 나지막이 중얼거렸다.

"여기서 차 한잔하면서 멍하니 창밖 가로수를 보고 싶은 마음이 굴뚝같지만, 오늘은 그럴 수가 없어. 내일 고별식에서 읽을 조의문을 써야 하거든."

젠은 잠자코 고개를 끄덕였다.

2층은 블라인드가 올라가 있어서 주변 빌딩 너머에서 들어온 햇살이 실내를 환하게 밝히고 있었다. 오른쪽에는 세 평 조금 넘게 다다미가 깔린 좌식 공간이 있고 왼쪽 구석 창가에는 문구점의 터줏대감 같은 오래된 책상이 하나 있었다.

곧장 책상으로 다가가 조금 단단한 쿠션이 달린 의자에 앉았다. 뒤따라온 젠이 왼쪽 벽 바닥부터 천장까지 빼곡한 서랍 중 하나를 열어 상자를 꺼내왔다. 내가 시호도 문구점에 맡겨놓은 문구함이었다.

"전화를 받고 바로 잉크 상태를 확인해봤습니다. 쓰시는 데 문제없을 듯합니다. 종이는 평소 쓰시는 것으로 준비할까요?"

"고맙네. 대필을 부탁해도 되겠나?"

"네. 전문가를 섭외하겠습니다."

"그래. 그럼 지금은 늘 쓰던 종이로 가져다주게."

"네. 그런데 원고를 꼭 손으로 쓰지 않으셔도 됩니다. 파일로 전달하는 경우도 많으니 괜찮으시면 제가 워드프로세서로 작성하겠습니다. 불러주시면 받아 적겠습니다."

"솔직히 혼자 쓸 자신도 없고, 겐이 도와준다면 나야 고맙지. 그런데 문구점을 비워도 되겠나?"

"괜찮습니다. 아까 료코를 불렀거든요. 오늘 호즈에가 한가하다고 해서 배달도 부탁할 겸 저녁까지 문구점을 봐달라고 말해뒀습니다. 금방 커피를 가지고 올 겁니다."

겐이 문구함을 책상 한쪽으로 옮기고 왼쪽 벽의 다른 서랍에서 노트북과 마우스를 꺼낸 뒤 중앙 작업대 하나의 스토퍼를 풀더니 책상 가까이 끌어왔다. 작업대를 사이에 두고 나와 마주 보듯 앉아서 노트북 전원을 켠 다음 나를 보며 고개를 끄덕였다.

"준비되었습니다."

나는 자세를 가다듬고 왼손을 책상에 올려 우툴두툴한 나무의 표정을 느끼듯이 손끝으로 책상을 가볍게 쓰다듬었다.

"흐음……."

무슨 이야기부터 꺼내야 하나 망설인 것도 잠시, 내 입은 멋대로 마나님과의 첫 만남의 추억을 풀어놓기 시작했다.

마나님을 처음 만난 곳은 싱가포르였다. 회사원으로 근무하며 모아둔 돈과 인맥으로 작은 무역 회사를 차린 지 얼마 되지 않았을 때 내 나이는 서른이었다.

마나님은 내가 묵던 호텔 매점에서 일하고 있었다. 영어와 말레이시아어뿐만 아니라 중국어까지 유창하게 구사하여 처음에는 싱가포르 사람이라 생각했다. 동그란 얼굴에 미소가 사랑스러운 아가씨였다.

아직 해외여행이 흔치 않았던 시절이라 해외 출장지에서 거래처로 엽서를 보내면 꽤 반응이 좋았다. 매일같이 매점에서 거래처로 보낼 엽서를 샀는데 그렇게 그림 엽서만 사대는 내가 퍽 이상해 보였던 모양이다. 어느 날 그녀가 엽서를 종이봉투에 넣으며 물었다.

"이렇게 많이 누구한테 보내세요?"

느닷없이 들려온 일본어에 나는 깜짝 놀라 되물었다.

"일본어도 할 줄 알아요?"

"엄마가 일본인이에요."

"그렇구나."

"그래서 이 엽서를 누구한테 보내는 거예요? 매일 대여섯 장씩, 다 다른 여자한테 보내는 거죠? 나쁜 사람이네요."

그녀는 내 눈을 빤히 보며 말했다. 그 순간 나는 직감했다.

큰일 났다, 이 아가씨한테 완전히 반하겠구나.

"무슨 소리! 일본에 있는 거래처에 보내는 거야. '싱가포르에서 열심히 일하고 있습니다!' 하고 보고할 겸. 사장이 몇 개월이나 자리를 비우고 있으니 '저 회사가 잘 굴러가나?' 하고 거래처가 걱정할 수도 있지 않겠어? 그래서 '사장은 여기서 성실히 일하고 있습니다!' 하는 증거로 보내는 거지."

"아, 그래서 싱가포르 느낌 물씬 나는 엽서만 고르는군요."

"그렇지. 엽서에 싱가포르 우표를 붙여서 우체국에 가져가면 소인도 찍어주니까 값싸고 훌륭한 증거가 되지."

"아하, 이제 알겠네요. 근데 지금 당신이 사장이라고 했어요?"

마나님이 눈을 동그랗게 뜨며 물었다. 꽤 무례한 질문이었지만 신기하게도 화가 나지 않았다. 실제로 당시 서른을 갓 넘은 나는 동안이기도 해서 관록이라고는 전혀 없었다. 일본에서도 좀처럼 사장 취급을 받지 못했으니 그녀의 반응은 그리 놀랍지 않았다.

나는 명함을 꺼내 한 장 내밀었다. 앞면에는 일본어로 '오바시 상사 주식회사 대표이사 미나토가와 쇼타로'라고 세로로 쓰여 있고 뒷면에는 같은 내용이 영문으로 쓰여 있었다.

"어머나, 명함이 정말 근사하네요. 일본은 전쟁에서 지고 호되게 고생했다는 얘기를 들었는데 젊은 사장님이 이렇게 번듯한 명함을 가지고 다닐 정도가 되었군요."

"사실 분에 넘치지만 도쿄 긴자라는, 일본에서 제일 번화한 동네의 유명한 문구점에서 만든 거야. 젊은 사장이라 신뢰를 얻기가 쉽지 않으니까 내 얼굴이 되는 명함에 힘을 좀 줬지."

"그런데 회사 이름이 오바시 상사예요? 미나토가와 상사가 아니고요?"

"세상을 잇는 가교가 되고 싶거든. 큰大 다리橋라는 한자를 써서 오바시라고 지었어. 자네처럼 물어봐주는 사람도 있고 별나다면서 기억해주는 사람도 있으니까 내 이름으로 짓지 않길 잘했다 싶어."

"깊은 뜻이 있네요."

그녀는 명함을 내게 도로 내밀며 말을 이었다.

"제가 받기엔 너무 아까워요. 한 장이라도 허투루 쓰면 안 되잖아요. 미나토가와 씨 이름을 알았으니 됐어요."

"이거 참, 모양 빠지네. 명함 정도는 상대가 마음 편하게 받을 수 있도록 얼른 회사를 키워야겠군."

멋쩍어하며 명함을 돌려받는 내게 그녀는 자기 이름과 전화번호를 적은 메모지를 건넸다.

"후지코예요. 일본계 사람은 다들 이렇게 불러요."

"후지코 씨구나. 난 편하게 쇼라고 불러줘. 이건 집 전화번호야?"

"여기 매점 전화번호예요. 집에 남자가 전화하면 아빠가 난리 치시니까 무슨 일 있으면 여기로 전화 주세요."

마침 다른 손님이 들어와 그녀는 영어로 손님을 맞았다. 완벽한 영국식 발음은 나의 어설픈 미국식 억양과는 천지 차이였다. 매점을 나서는 내게 그녀가 슬쩍 윙크를 던졌다. 그날 나는 그녀에게 흠뻑 빠지고 말았다.

이튿날도 매점을 찾았다. 어쨌거나 엽서를 산다는 명목이 있어서 부담이 덜했다. 내가 매점에 들어서자 그녀는 일본어로 인사했다. 다른 손님에게는 영어로 말을 걸었기에 마치 특별대우를 받은 기분이었다.

명함을 건넸던 그날로부터 사흘 뒤, 나는 아침 일찍 매점에 들러 그녀에게 저녁 식사를 권했다.

"제안해줘서 고맙지만 통금 시간이 있어서요. 게다가 저녁 식사는 집에서 가족이 다 모여서 먹어야 해요. 친구랑 같이 먹고 싶다고 하면 집으로 초대하라고 하셔서 아직 다른 사람하고 밖에서 저녁을 먹은 적이 없어요. 기껏해야 고등학생 때 카페에서 점심을 먹은 게 다예요."

엄격한 집안에서 곱게 자란 아가씨인가 보다, 그때는 그런

줄만 알았다.

"그럼, 점심을 같이 먹자. 어때?"

"제 점심시간은 들쭉날쭉한데 괜찮아요?"

"이래 봬도 사장인데 당연하지!"

대단한 일인 양 말했지만 혼자 출장 온 몸이니 미팅 시간만 조정하면 그만이었다.

그녀의 휴식 시간에 맞춰 함께 점심 먹는 사이가 되며 조금씩 서로에 대해 알아갔다. 그러나 점심시간은 아무리 길어도 한 시간을 넘지 않았으므로 차분히 대화할 수 있는 시간은 기껏해야 30분 정도였다. 이야기가 무르익을 만하면 일어서야 했다. 헤어지고 나면 다음 날이 기다려져서 견딜 수 없었다.

두 사람의 거리가 가까워지고 서로를 편하게 '후지코', '쇼'라 부르게 되었을 무렵 싱가포르 출장에도 끝이 보였다. 마침내 일본으로 떠나기 전날이 다가왔다.

"내일 일본으로 가."

후지코는 눈빛에 서운함을 가득 담고도 애써 미소를 지어보였다.

"한 달이 길다고 생각했는데 끝나고 보니 눈 깜짝할 사이네. 일은 잘 마무리됐어?"

"응. 덕분에 계획했던 일은 다 잘 끝났어. 이제 돌아가면 계약 내용대로 물품을 보내고 한동안 직원에게만 맡겨두었던 국내 사업도 살펴봐야지. 여기서는 후지코랑 느긋하게 점심을 즐겼지만 일본에 가면 메밀국수를 후루룩 쓸어 넣고 5분 만에 점심을 때우게 될걸."

"실은 여기서도 점심 먹을 시간 같은 건 없었지? 힘들게 시간 내게 해서 미안해. 그래도 난 즐거웠어. 정말 고마워."

나는 후지코의 손을 꽉 잡았다.

"무슨 말이야. 내가 먼저 같이 먹자고 졸랐잖아. 고마워할 사람은 나지. 정말 고마워. 선물을 하나 하고 싶은데 갖고 싶은 거 있어? 석 달 후에 다시 싱가포르에 오니까 그때 가져올게."

그녀는 내 손에 반대편 손을 포개며 말했다.

"아무것도, 정말 아무것도 필요 없어. 건강하게 지내. 그거면 돼."

당연히 화장품이나 가전제품 이름이 나올 줄 알았는데 뜻밖의 대답이었다.

"정말 아무것노 씰요 없어?"

"응. 건강한 모습으로 석 달 후에 다시 와주면 나는 더 바랄게 없어."

악착같이, 이른바 헝그리 정신 하나로 회사까지 차린 내게 그녀의 대답은 신선했다. 다시 한번, 진심으로 그녀에게 반해

버렸다.

나는 말을 잇지 못하고 그저 그녀의 손만 꼭 쥐고 있었다. 그
때 그녀가 문득 뭔가 생각났다는 듯 내 손등을 톡 쳤다.

"좋은 게 생각났어! 한 가지 부탁해도 돼?"

"뭐든 말해봐!"

내 눈을 바라보며 그녀는 입을 뗐다.

"엽서를 보내줘. 매일은 아니어도, 그래, 매주 한 장은 보내
줘. 석 달이니까 열두 장쯤 되겠네. 일본에서도 여기저기 출장
을 다닌다면서. 도쿄만 해도 엽서가 여러 종류일 테고 오사카,
교토, 홋카이도 그리고 규슈였나? 당신이 얘기해줬던 곳에 난
가보지 못했으니까 엽서를 보내주면 좋겠어."

"알았어. 예쁜 그림이 있는 엽서로 골라서 보낼게. 꼭 보낼
게."

그리고 그녀와 첫 키스를 했다. 보드라운 바람이 뺨을 스쳤다.


"좋은 이야기긴 한데요, 조금 각색된 거 아닌가요?"

젠이 키보드를 두드리던 손을 멈추고 불쑥 물었다.

"세상에, 각색이라니! 사실을 있는 그대로 말하는 거야. 내가
시나리오 만들 재주가 있으면 힘들게 발품 파는 무역상을 했겠
나? 진즉에 영화라도 만들어서 떼돈을 벌었겠지. 아무튼 그때

는 순수해서 그 사람 마음을 얻는 데 필사적이었어."

"쇼 씨의 평소 행실을 아는 저로서는 믿기 어려운데요. 근데 아까 말씀하신 명함은 여기서 만든 건가요?"

"맞아. 시호도에서 만들었지. 그런데 회사 규모가 커지면서 자네 할아버지 겐스이 씨가 주문량을 소화하기 버겁다고 해서 더는 주문을 못 하게 됐어. 직원 수가 300명이 넘어갈 때였을 거야, 아마. 고급 종이에 활판 인쇄해서 얼마나 근사한 명함이었는지, 누구한테 보여도 부끄럽지가 않았지. 다들 입이 떡 벌어졌으니까. 명함 덕을 톡톡히 봤어."

"저희 문구점에서 인쇄 서비스를 하지 않은 지 꽤 오래됐지만 아직 지하에 활판 인쇄기와 활자가 남아 있어요. 다시 손을 봐서 소규모라도 명함을 자체 생산하면 좋을 것 같아요."

겐은 턱에 손을 대고 고개를 주억거렸다.

"꼭 그렇게 해주게. 기대하겠네."

"그래서 약속대로 엽서를 보내셨어요?"

"물론이지."


나는 일본으로 돌아가는 도중에도 경유지인 호찌민, 마카오, 홍콩에서 엽서를 한 장씩 보내고 요코하마에 도착하자마자 또 한 장을 보냈다. 작심삼일이라는 말도 있으나 막상 해보니 세

번까지가 어렵지 네 번이 넘어가자 습관으로 만들기는 간단했다. 낮에 방문한 곳에서 엽서를 사서 잠자리에 들기 전 일기처럼 그날 있던 일을 엽서에 적었다.

그전에는 한번 술을 입에 대면 취해서 쓰러질 때까지 마셔대기 일쑤였으나 자기 전에 엽서를 써야 한다고 생각하자 마시는 속도가 자연스레 느려지면서 정신을 놓는 일이 없어졌다. 돌이켜보면 결혼 전 간이 망가지지 않은 건 오로지 엽서 쓰는 습관 덕분이었다.

그 무렵 오사카, 교토, 나라 같은 간사이 지역으로 출장 가는 일이 잦아서 오사카성이나 금각사, 도다이지의 대불 등 관광객을 대상으로 한 랜드마크 엽서를 고를 때가 많았다. 관광 기념품 느낌이 짙어서 세련된 멋은 없었지만 일본에 와본 적 없는 그녀가 부디 좋아하길 바라며 고심해 골랐다. 지금 생각해보면 불상 사진 뒤에 '사랑해', '보고 싶어' 따위의 낯간지러운 말을 잔뜩 쓰고 벌을 받지 않은 것이 용하다.

홋카이도나 규슈, 시코쿠에서도 여러 장을 보냈다. 도쿄에서도 아사쿠사 가미나리몬이나 황거 니주바시 등 주요 명소의 엽서는 거의 다 보냈다.

석 달은 순식간에 지나갔다. 일본에서 출발하기 보름 전, 일정이 정해졌을 때 싱가포르 입국 예정일을 엽서에 적어 보냈다.

며칠 간의 여정 끝에 배에서 내리자 입국 심사장 건너편에 그녀의 모습이 보였다. 그때의 기분은 지금도 뭐라 형용할 수가 없다.

항구는 인파로 북적였지만 내 눈에는 그녀밖에 보이지 않았다. 견본품이며 계약서, 중요한 물건이 잔뜩 든 트렁크를 내팽개치고 그녀에게 달려갔다. 그녀도 달려와 내 가슴에 뛰어들었다. 우리는 서로를 부둥켜안고 한참을 그대로 있었다.

당시 이 장면을 목격한 부하 직원 두 사람이 한동안 놀려대서 난감했다. "아주 영화의 한 장면 같았어요"라나 뭐라나.

그날 밤 그녀와 나는 처음으로 함께 저녁을 먹고 아침까지 같이 있었다.


"그때 부하 직원분의 기분을 알 것 같네요. 영화 같아요."

겐이 고개를 설레설레 저었다.

"그런가? 여기서 벌써 그런 반응이면 이어서 얘기하기가 좀 그런데."

내가 머리를 긁적이며 쑥스러워하자 겐은 눈을 가늘게 뜨며 다음 이야기를 재촉했다.

"얼른 말씀해보세요."

두 번째 싱가포르 출장에서도 업무 협상은 순조롭게 진행되었고 어느새 일본으로 출발하기 전날이 되었다. 여느 때와 다름없던 점심 데이트 중에 후지코가 불쑥 말을 꺼냈다.

"오늘 저녁엔 우리 집으로 와. 아빠가 저녁 식사에 초대하고 싶으시대."

그날 저녁 일찌감치 일을 마치고 말끔하게 씻은 다음, 가장 좋은 양복을 골라 입고 호텔 로비로 향했다. 뭐라도 선물을 가져갈까 고민했지만 상대편 취향을 모르면서 섣불리 선물하는 것도 실례가 되지 않을까 싶어 관뒀는데, 결과적으로 나의 이 판단은 실수였다.

약속 시간 조금 전에 로비로 내려가자 후지코가 평소와는 달리 격식 있고 세련된 차림으로 나를 기다리고 있었다. 계단을 내려가다 말고 걸음을 멈추고서 넋 놓고 그녀를 바라보았다. 눈부시게 아름다운 그녀를 그저 가만히 바라보고 싶었다. 그런 나의 시선을 알아챘는지 후지코가 손을 흔들었다.

"오래 기다렸어? 오늘은 더 예쁘네. 감히 다가가지 못할 만큼 아름다워."

"뭐야. 입에 발린 인사치레는 됐거든."

후지코는 웃으며 내 양복 가슴에 빨간 장미를 꽂았다.

"웬 꽃이야?"

"따로 디너 재킷은 없지? 업무용 양복이라도 이렇게 꽃을 꽂으면 화사해 보이니까 괜찮아. 이제 가자."

후지코는 내 팔을 잡고 호텔을 나섰다.

호텔 입구로 나가자 커다란 자동차 앞에서 제복을 입은 운전기사가 문을 열고 우리를 기다리고 있었다.

"이 차는 뭐야?"

"아버지 차야. 오고 갈 때 쓰라고 빌려주셨어."

후지코는 나를 먼저 태우고 옆에 앉으며 "출발하세요" 하고 영어로 말했다.

차는 해안 도로를 천천히 달렸다.

"시간도 여유가 있으니 노을 진 바다가 보이는 도로로 조금 돌아서 가려고."

운전기사가 말레이시아어로 뭐라 말하고는 웃었다. 후지코도 새빨개진 얼굴로 뭐라 대꾸했다. 둘 다 말이 빨라 한마디도 알아들을 수 없었다.

"시미가 '아름나운 식앙을 봐서 손잡은 것 징도는 못 본 척하겠습니다. 어르신께는 비밀로 하지요'라잖아. 놀리는 거야."

초로의 운전기사는 핸들을 잡은 채 싱긋 웃었다.

"지미는 내가 태어나기 전부터 아빠 차를 몰았어. 한 번도 사고를 낸 적이 없고 전쟁 중에도 아빠를 지켜줬지. 우리 가족에게 소중한 사람이야. 그런 지미가 당신은 합격이래."

잔뜩 긴장한 나에 대한 배려였다. 어깨가 조금은 가벼워졌다.

얼마 지나지 않아 해안선을 벗어나 산 쪽 도로로 접어들었다. 커다란 비석 같은 문기둥을 지난 후로 반대편 차선에 차가 한 대도 보이지 않았다.

"다니는 차가 없네."

가로등도 하나 없이 해가 저물어 깜깜한 도로가 어쩐지 무서웠다.

"여기는 우리 땅이거든. 오는 길에 문기둥 같은 게 있었지? 전쟁 때 폭격으로 문이 부서졌는데 동네 사람들이 다니기 편해졌다고 해서 아빠는 딱히 고칠 생각이 없나 봐. 그냥 편하게 다니세요, 하는 식이야."

어안이 벙벙했다. 그대로 조용한 숲을 빠져나오자 시야가 확 트이더니 콜로니얼 양식의 웅장한 건물이 눈에 들어왔다. 새하얀 외벽 때문인지 건물이 공중에 떠 있는 것처럼 보였다.

모닝코트를 입은 집사가 현관 앞에서 우리를 기다리고 있다가 하얀 장갑을 낀 손으로 차 문을 열어주었다. 양쪽으로 열리는 커다란 현관을 지나자 영화 세트장을 방불케 할 만큼 으리으리한 실내가 펼쳐졌다.

부끄러운 이야기지만 그때까지 후지코가 싱가포르에서 가

장 성공한 재계 인사인 진 씨의 딸이라는 사실을 전혀 몰랐다.

진 씨는 디너 재킷 차림으로 나를 맞이하고 다이닝룸으로 데려가 스무 명은 족히 앉을 근사한 테이블에서 풀코스 디너를 대접해주었다. 영어로 대화를 나눴는데 주로 미술이며 음악, 연극 같은 문화 예술 쪽 화제라서 내가 따라가기엔 버거웠다.

식사가 끝나자 진 씨는 나를 서재로 불렀다. 근심 어린 표정의 후지코에게 가볍게 윙크를 보내고 진 씨를 따라나섰다. 서재에 들어서니 진 씨가 시가를 권하며 위스키를 록 글라스에 따라 건넸다.

"딸과는 어떤 사이인가?"

마주 앉자마자 진 씨는 단도직입적으로 물었다.

"4개월 전에 만났습니다. 저는 도쿄에서 작은 무역 회사를 경영하는 사람인데, 싱가포르에는 출장으로 왔습니다. 편지를 주고받고 점심을 함께 먹는 정도입니다. 아직 걱정하시는 관계는 아닙니다."

사실대로 말할 수는 없었다. 나는 명함을 꺼내 진 씨에게 내밀었다.

"오바시 상사라, 미안하지만 처음 듣는군."

그럴 만했다. 상대는 대기업 대표에 나오는 급이 다른 거물이니 창업한 지 몇 년 안 된 영세 무역 회사를 알 리가 만무했다.

나는 전쟁으로 부모님을 잃고 불법 물자 유통을 도우며 번 돈으로 대학을 다녔으며 대기업 상사에서 일을 익히고 몇 년 전 독립했다고 솔직하게 털어놓았다. 그리고 이번이 두 번째 싱가포르 출장이며 내일 배편으로 일본에 돌아갈 예정이라는 사실도 숨기지 않았다.

진 씨는 한 번도 내 말을 끊지 않고 가만히 듣기만 했다. 내가 이야기를 마치자 내 얼굴을 빤히 바라보다가 고개를 끄덕였다.

"자네는 분명 무역상으로 성공할 거야. 그저 내 직감이지만, 내 감은 틀린 적이 없지. 그리고 자네는 일에만 몰두하느라 온화한 가정을 꾸리지 못할 거야. 편견일지도 모르지만 자네는 일찍 부모를 잃어서 불행히도 가족이라는 게 뭔지 잘 몰라. 아버지가, 어머니가 어떤 존재인지 모르고 자랐겠지. 그런 자네와 후지코는 가정에 원하는 바가 다를 수밖에 없어. 후지코와는 친구로만 지내주게. 확실히 말해서 이제 후지코와 만나지 않기를 바라네."

대답할 말이 없었다. 20대 때 나름대로 몇 번의 연애를 했지만 진 씨가 말한 대로 난 늘 일을 우선으로 삼았다. 그래서 결혼까지는 이르지 못했다.

"후지코의 마음은 상관없습니까?"

간신히 짜낸 나의 물음에 진 씨는 고개를 저었다.

"여태 그 애가 하고 싶다는 건 거의 다 시켜줬지. 웬만한 어리광은 다 들어줬어. 학교에 가고 싶다고 하면 보내주고, 일을 해보고 싶다고 하면 그것도 허락했지. 우리 가문과 아무 관련 없는 곳에서 일하고 싶다고 해도 눈을 감아줬어. 그렇지만 이성 교제는 달라. 그 뒤에 결혼이라는 관문이 있으니까. 진 가문의 일원으로 적당한 상대여야 해. 자네는 잠재력이 있지만 아직 내 딸의 상대가 될 만큼 성공하진 못했어. 만약 자네가 데릴사위로 들어오겠다면 이야기가 달라지겠지만, 그때는 지금 회사를 완전히 정리하고 싱가포르에 뼈를 묻을 각오로 와야 할걸세."

진 씨는 더는 할 말이 없다는 듯 자리에서 일어서서 창가에 놓인 축음기 바늘을 내렸다. 피아노 소나타가 은은하게 흐르고 나는 고개를 떨군 채 서재를 나왔다.

복도에서 후지코가 기다리고 있었다. 식사 자리에서 봤던 드레스가 아니라 딩징 여행이라도 떠날 것처럼 편안한 차림이었다.

후지코의 손을 잡고 밖으로 나오자 지미가 우리를 기다리고 있었다. 지미도 제복이 아니라 셔츠와 청바지로 갈아입은 상태였고 차도 아까 타고 왔던 고급 차가 아니라 오래된 쉐보레였다. 지미가 권하는 대로 차에 올라타자 후지코가 내 귓가에 속삭였다.

"우리 도망가자. 당신과 일본에 갈게."

깜짝 놀란 내가 뭐라 말할 틈도 없이 후지코는 키스로 내 입을 막았다. 지미가 휘파람을 불며 핸들을 휙 꺾었다.

"지미가 선뜻 자기 차를 내줬어. 몰래 도망가는데 아빠 차를 쓰기는 조금 그렇잖아."

칠흑 같은 사유 도로에서 해안선으로 나오자 밝게 빛나는 달이 보였다.

달을 바라보며 지미가 나지막이 중얼거렸다.

"지미가 어르신은 몰라도 달님은 우리 둘을 축복한대."


일본으로 돌아오는 배는 큰마음을 먹고 일등 객실로 끊었다. 나중에 듣기로는, 후지코의 가출로 집안에 큰 소동이 일었지만 진 씨는 태연하게 "그냥 내버려 둬"라며 개의치 않았다고 한다. 언젠가 분명 돌아오리라 믿었는지도 모른다.

일등 객실에서의 여정은 우아하고 즐거웠다. 돌이켜보면 내가 후지코에게 남편으로서 잘해준 때라고는 그때가 처음이자 마지막이었다. 고급 여객선으로 여행을 즐기는 문화가 서구를 중심으로 퍼지던 시절이라 저녁 식사에는 반드시 디너 재킷을 입어야 하는 규칙이 있었다. 마침 배 안에 양복점이 있어서 그날 나는 처음으로 디너 재킷을 맞췄다.

일본에 와서는 후지코에게 내내 일만 시켰다. 부부다운 추억일랑 쌓을 틈도 없었다. 후지코는 외국어 능력이 뛰어날 뿐만아니라 진 씨의 딸답게 사업의 본질을 꿰뚫는 사업가 기질이다분했다. 그런 후지코에게 나는 아시아 영업 총괄직을 일임했다. 남편과 아내보다는 상사와 부하라는 관계가 더 강해졌지만후지코도 회사 일이 영 싫지는 않은 눈치여서 점점 더 많은 일을 맡기기 시작했다.

그래도 둘 다 젊은 나이라 결혼 다음 해에 첫째 딸이 태어나고 그다음 해에 둘째 딸이 태어났다. 그때도 육아는 전부 후지코에게 맡기고 나는 일에만 몰두했다. 아니, 일로 도망쳤다.

나는 아버지에 대한 기억이 거의 없다. 때문에 아버지로서가정에서 어떤 모습을 보여야 좋을지 몰랐다. 진 씨가 간파했던 대로였다.

집에 오면 후지코와 두 딸이 기다리고 있었지만 무슨 말을해야 할지 몰라서 일 얘기만 끊임없이 늘어놓았다. 그때 딸의이야기를 들어줬으면 좋았을 텐데. "오늘은 어떤 일이 있었니?"하고 어째서 묻지 못했을까. 왜 그럴 생각조차 하지 못했을까.

그러나 후지코는 불평 한마디 없이 가정을 꾸려가며 회사

일도 소홀히 하지 않았다. 워낙 요령 좋은 사람이기도 했으나 당시 경제적으로 여유가 있었기에 유모와 도우미를 고용하여 주변 사람에게 적지 않은 도움을 받은 것도 사실이다.

"고도 성장기 사업가의 성공담과 청춘 연애물이 합쳐진 전개네요. 그런데 그토록 능력 있는 아내분과 왜 헤어지셨나요? 몰래 도망칠 정도로 사랑하셨으면서."

겐이 의아하다는 표정을 지었다.

"입이 열 개라도 할 말이 없지. 뭐랄까, 나처럼 못난 놈은 상대가 너무 완벽하면 그게 또 괴롭거든."

가정은 돌보지 않고 회사에서 힘든 업무만 떠맡기는 내가 다른 여자에게 한눈파는 것을 후지코가 알게 되었다. 결혼한 지 8년쯤 지났을 때였다. 후지코는 아무 말도 하지 않았다. 집에서나 회사에서나 평소처럼 웃는 얼굴로 나를 대했다. 그 시절 내게는 그런 후지코의 미소가 버거웠다.

둘째 딸이 초등학교에 입학하던 해, 나는 이혼 이야기를 꺼냈다. 후지코는 완강히 거부했지만 결국 입학식 간판 앞에서 가족 넷이 사진을 찍은 후 이혼 서류에 도장을 찍었다.

그러면서 후지코는 회사도 그만두겠다고 선언했다. 그건 곧

란했다. 후지코는 이사라는 직함을 달고 아시아 업무 책임자로서 100명이 넘는 직원을 통솔하고 있었다. 후지코가 이사직에서 물러나는 날, 예상대로 고참 임원과 직원의 반발이 거셌다. '사장이 물러나면 되지 않느냐!'라고 호되게 꾸지람을 들었다. 전부 맞는 말이라 나는 찍소리도 하지 못했다.

서른여덟에 겪은 이혼은 내게 큰 시련이었으므로 결혼은 두 번 다시 하지 않으리라 결심했다. 그러나 마흔에 재혼했다. 두 번째 아내의 이름은 란이었다. 등나무꽃 다음엔 난초라니, 아무래도 내가 꽃 이름과 인연이 있는 모양이다.* 후지코는 나보다 세 살 아래였지만 란은 아래로 띠동갑이었다.

후지코와의 결혼 생활에서 느낀 바가 많았기에 란에게는 회사 일을 전혀 시키지 않았다. 회사 관계자도 란을 자연스럽게 나의 아내로 인정했으나 사모님이라 부르지는 않았다. "아무래도 다른 분한테 사모님이라고 하기는 어렵네요"라나. 싫은 소리 한마디 해주고 싶은 기분을 알 것도 같아서 나도 별말 하지 않았다.

훗날 란에게 들었는데, 혼인신고를 하기 전에 후지코가 란을 만나러 왔다고 한다.

* 일본어로 '후지藤'는 등나무꽃, '란蘭'은 난초를 의미한다.

"쇼는 좋은 사람이지만 누구에게나 다정해요. 여자 문제에서는 헤프다는 뜻이죠. 물론 일은 잘하고 벌이도 나쁘지 않지만 남편이나 아버지로서는 형편없는 사람이에요. 그래도 결혼할 건가요?"

만나자마자 그렇게 단도직입적으로 묻고는 란이 굳은 의지를 보이자 가방에서 봉투를 하나 꺼내 내밀었다고 한다.

"알았어요. 결혼 축하해요."

후지코가 깜짝 놀랄 만한 액수의 축의금을 건네며 이렇게 덧붙였다고 한다.

"힘든 일이 있으면 편하게 연락해요. 앞으로 우리 사이좋게 지내요. 난 일본에 친척이 없거든요. 내 동생이 돼줘요."

나는 후지코가 나와는 비교가 안 될 만큼 그릇이 큰 사람이구나 하고 새삼 깨달았다. 보통 사람이라면 할 수 없는 일이다.

참고로 후지코는 이혼할 때 받은 재산분할금으로 작은 화장품 회사를 인수했다. 천연소재 사용과 유해성분 무첨가라는 슬로건을 내세우고 여성이 만들어 여성이 판매하는 화장품이라는 사업 모델을 구상, 홍보하여 엄청난 성공을 거뒀다. 결국, 일본에서 손꼽히는 세계적 브랜드로 키워냈다. 경영자로서도 나보다 한 수, 아니 두 수 위였다.

나는 첫 번째 실패를 만회할 셈으로 가정에서 보내는 시간을 최대한 늘렸다. 덕분에 란과의 사이에서도 연년생 딸 둘을 얻었다. 어째서 여자애만 태어나나 신기해하던 참에 입이 험한 친구 녀석이 던진 "여자를 울린 남자는 딸만 낳는다더라"라는 농담에 나는 찔리는 구석이 있어서 반론도 하지 못했다.

처음 5년은 순조롭게 흘러갔다. '실패는 성공의 밑거름'이라는 말이 결혼 생활에도 해당한다고 생각했다. 그런데 그 무렵 회사가 상장되고 국내외에 지점을 늘리면서 한창 바빠지기 시작했다. 접대하는 자리와 접대받는 자리가 끊이지 않았고 심야 클럽에 방문하는 날이 잦아졌다. 결국 나는 마흔일곱에 두 번째 이혼을 했다.

그때 후지코가 찾아와서 얼마나 난감했는지 모른다. 자기가 이혼할 때는 화가 나도 냉정함을 잃지 않던 후지코가 내 두 번째 이혼에 불같이 화를 냈다.

약속 장소인 회사 근처 호텔 라운지로 가보니 후지코가 샤넬 정장 차림으로 앉아 있었다. 무척 아름다웠지만 온몸에 분노의 화염이 이글거렸다. 이혼 후에도 나 개인이나 회사에 관한 안 좋은 소문을 들을 때면 나를 불러내 꾸짖곤 했는데 그날은 차원이 달랐다. 나는 서늘할 만큼 냉방이 센 호텔 라운지에 앉아서 식은땀을 줄줄 흘렸다.

두 번째 이혼 때는 회사 관계자에게서 별다른 말을 듣지 않앉지만 후지코와 낳은 두 딸의 냉랭한 시선을 감내해야 했다. 나도 형제가 없고 후지코도 일본에 일가친척이 없어서 딸들에게는 사촌이라는 존재가 없었는데, 그래서인지 후지코의 두 딸과 란의 두 딸이 사촌처럼 지냈던 모양이다.

두 번의 이혼을 겪고 나는 점점 더 일에만 몰두했다. 회사에 현금 자산이 제법 있었고 거품 경제라는 시대적 배경도 한몫하여 회사는 무서울 정도로 규모가 불어갔다. 그러나 호사다마라 했던가, 내 몸이 무너졌다. 튼튼한 몸이 유일한 장점이라 자부했던 만큼 당시 나는 크게 낙담했다. 그러나 그때 건강이 망가지지 않았더라면 회사는 진즉에 망했을 것이다.

건강 문제로 사업 확장에 제동이 걸렸고 몇 가지 투자 안건에서 손을 떼야 했다. 리조트 개발이나 골프장, 해외 광산 매수 등 투자액이 상당한 사업이었다. 당시엔 은행 대출 심사가 느슨해서 연 매출의 몇 배나 되는 금액을 쉽게 대출받을 수 있었다. 냉정하게 판단하면 충분히 이상한 일이었지만 그때는 아무도 그걸 알아채지 못했다. 아무도 알려고 하지 않았다.

내가 입원해 있는 동안 거품 경제가 무너지고, 그때부터 잃어버린 20년인가 30년인가 하는 장기불황 시대에 돌입했다. 우리 회사는 다행히 불필요한 부채 없이 오랫동안 키워온 현물 거래를 중심으로 꾸려가던 터라 직원을 거리로 내모는 상황은

면할 수 있었다. 오히려 그 시기에 도산하거나 폐업하는 동종 업계 타사에서 일을 넘겨받으며 사업이 확대됐다. 아무튼 다행인지 불행인지 모를 시기를 무사히 넘겼다.

그 무렵 내 병실을 담당한 간호사가 세 번째 아내가 되었다. 내 나이는 쉰이었고 그녀의 이름은 재스민이었다. 후지코, 란에 이어서 재스민이라니, 꽃 이름의 여인과 어지간히 인연이 깊은 모양이다.

재스민은 필리핀에서 일본으로 간호 기술을 배우러 온 학생이었는데 일본어가 서툴러서 환자 중에 영어가 능숙한 나를 맡게 되었다. 가만히 생각해보면 참 우스운 이야기지만 젊은 간호사를 배려해 중년 남성 환자가 영어로 말을 거는 묘한 상황이 반년쯤 이어졌다. 처음에는 딱딱한 대화를 나누는 환자와 간호사 사이였지만 점차 나이 차가 많이 나는 친구가 되고 재스민의 일본어가 능숙해질 즈음 우리는 연인이 되었다.

재스민은 나보다 띠가 두 바퀴 반이나 아래로 후지코와 낳은 큰딸과 동갑이있다. 세 번째 결혼에 딸 넷이 냉랭한 시선을 보내지 않을까 걱정했으나 의외로 따뜻한 축복을 받았다. 후지코와 란의 의연한 태도가 딸들에게도 큰 영향을 미쳤을 것이다.

첫 번째 아내는 마나님, 두 번째 아내는 안사람, 세 번째 아내는 와이프라 불렀다. 필리핀에서 나고 자란 재스민도 알아듣기 쉬운 호칭이었다.

전처들과 네 딸들의 축복 속에서 세 번째 결혼을 했지만 역시 내게는 결혼 생활이 맞지 않았다. 환갑에 세 번째 이혼을 했다. 후지코와 란이 재스민 편에 서서 이혼 교섭에 나서는 통에 나는 일찌감치 백기를 들었다. 내 변호사가 "그렇게까지 하실 필요 없어요"라며 답답해할 정도로 나는 싸우기도 전에 전의를 상실했다.

설령 빈털터리가 된대도 얼른 마음 편해지고 싶었다. 그리고 그때 나는 결심했다. 이제 어떤 일이 있어도 죽을 때까지 독신으로 살겠다고.


"너무 늦어서 죄송해요."

계단 쪽에서 다정한 목소리가 들려왔다. 누구인지 단번에 알 수 있었다.

"료코 왔구나."

찻집 호즈에서 커피를 가져온 모양이다.

"료코, 고마워. 쇼 씨, 잠깐 쉬었다 갈까요?"

겐이 말했다.

"그래. 좀 쉬었다 하지."

나는 의자에서 일어나 기지개를 켰다. 료코는 들고 있던 바구니와 주전자를 작업대 위에 놓고 내게 다가와 깊숙이 고개를 숙였다.

"삼가 조의를 표합니다."

"감사합니다."

나도 자세를 가다듬고 고개를 숙였다.

"커피는 어디에 둘까?"

료코가 묻자 겐은 다다미 자리를 가리키며 대답했다.

"저쪽에 부탁해."

료코는 "알았어" 하고 짧게 대답하고 바구니를 좌식 공간 구석에 놓았다. 그리고 불상을 올려놓은 선반 서랍장에서 낮은 상과 방석을 꺼냈다.

"같이 하자."

겐은 낮은 상을 받아 상다리를 펴고 바닥에 놓았다. 호흡을 맞춰 움직이는 두 사람을 보고 있자니 마음 한편이 따스해졌다.

료코는 방석을 내려놓고 바구니에서 새하얀 테이블보를 꺼내 상을 덮었다. 커피잔과 받침, 작은 접시와 포크를 세팅하고 설탕통과 커다란 우유병을 놓은 뒤 종이냅킨이 가득 든 스탠드를 그 옆에 세웠다. 마지막으로 길쭉한 받침 위에 물수건을 올리자 순식간에 찻집 호즈가 시호도 문구점에 그대로 재현되었다.

아랫자리 방석 옆에 바구니와 커피포트를 놓고 료코는 좌식 공간에서 내려왔다.

"바구니에 마스터가 보낸 간식이 있습니다. 분명 아무것도 넘어가지 않는다며 술만 마시고 있을 거라면서요. 저는 아래층에서 문구점을 보고 있을게요. 겐은 쇼 씨를 제대로 도와드려!"

"응, 고마워."

겐이 가볍게 대답했다. 나는 자세를 고치고 료코에게 고개를 숙였다.

"정말 고맙네. 보내준 건 잘 먹도록 하지. 마스터한테도 꼭 인사 전해주게."

"네. 금방은 아니더라도 조금 괜찮아지시면 호즈에에도 들러주세요."

"그래. 근데 사실 마스터랑은 유지마에서 종종 만나고 있네."

나는 큐로 공을 치는 자세를 취했다. 유지마에는 단골 당구장이 있다.

"그럴 줄 알았어요. 날씨가 안 좋아서 손님이 적으면 '잠깐 나갔다 올게' 하고 한나절은 자리를 비우거든요. 당구장이겠거니 했는데 역시나."

료코는 "그럼 이따 봐요" 하고 1층으로 내려갔다.

계단 아래로 료코의 모습이 사라질 때까지 기다렸다가 나는 신발 끈을 풀고 다다미가 깔린 좌식 공간에 올랐다. 발을 딛자마자 긴장이 풀리며 마음이 놓였다.

"오늘은 손님으로 왔으니 상석에 앉겠네."

양해를 구하고 안쪽 자리에 앉았다. 이어서 겐도 상 앞에 앉았다.

"겐, 언제까지 료코를 그냥 둘 거야?"

줄곧 마음에 품어왔던 의문이었다. 겐은 뜬금없는 얘기라는 듯 눈을 동그랗게 떴다.

"두고 말고도 없어요. 료코는 그냥 소꿉친구인데요."

"그럼 됐어. 료코 정도면 적잖이 인기도 있을 테고 마스터 말로는 혼담도 꽤 들어오는 모양이더라고. 정신을 차려보니 어느새 다른 사람이 채갔더라, 하는 일은 없길 바라네."

괜한 소리인가 싶기도 했지만 결국 입 밖으로 꺼내고 말았다.

"네⋯⋯."

겐은 애매하게 대답하며 바구니에서 케이크 상자를 꺼냈다. 에클레르와 슈크림 빵, 오븐으로 구워 단단한 푸딩 두 개가 들어 있었다.

"맛있어 보이네."

나도 모르게 말이 튀어나왔다. 마스터의 배려가 가슴 깊이 느껴졌다.

"에클레르 드실 거죠? 아니면 오늘은 슈크림으로 하시겠어요?"

"슈크림도 매력적이지만 역시 에클레르가 좋겠어."

문득 이야기가 샛길로 빠졌다는 사실을 깨달았다.

"아까 하던 얘기를 마저 하자면, 료코가 겐의 상대라면 나도 마음을 놓을 수 있을 것 같다는 뜻이야. 겐의 빈틈을 채워줄 수 있는 사람인 것 같거든. 한번 진지하게 생각해봐."

"네⋯⋯."

또 한 번 애매한 답을 흘리며 겐은 에클레르를 올린 접시를 내밀었다.

"그럼 사양하지 않고 먼저 먹겠네."

겐에게 양해를 구하고 에클레르를 손으로 집어 크게 한입 베어 물은 뒤 방금 잔에 따른 블랙커피를 한 모금 마셨다.

"맛있군."

나의 낮은 중얼거림에 겐은 고개를 작게 끄덕이고는 슈크림을 손으로 집어 한입 가득 베어 물었다. 한동안 우리는 묵묵히 디저트를 먹으며 커피를 마셨다. 조용히 옆에서 함께해주는 겐이 고마웠다.

에클레르와 커피로 기운을 차렸을 즈음 머릿속에 번뜩 드는 생각이 있었다. 그것은 말이 되어 저절로 입 밖으로 흘러나왔다.

"여태 이런저런 이야기를 했지만……."

나는 크림 묻은 손을 물수건으로 닦고 나서 자세를 가다듬고 젠을 바라보았다.

"그냥 평범한 조의문이 좋겠어."

젠은 놀란 표정을 지었다.

"그게 말이지, 내 진심이 담뿍 담긴 문장은 아무래도 부끄러워서 안 되겠어. 란하고 재스민도 있는 데다 딸들 앞에서는 조금 그렇지 않겠나. 지금까지 잡아둔 자네한테는 미안하지만."

"아니요, 저는 괜찮습니다. 그런데 그런 뻔한 인사말로 보내면 후회하지 않으시겠어요?"

나는 "응" 하고 짧게 답했다. 얼마나 힘없이 답했는지 내 목소리에 내가 놀랐다.

젠은 잠시 난감해하는 듯하더니 "잠시만 기다려주세요" 하고는 작업대에 있던 노트북을 들고 왔다.

"보통은 '누구누구 씨, 당신은 먼 여행을 떠났군요' 같은 문장으로 시작합니다."

젠은 여러 사이트를 들락거리며 예문 몇 개를 보여주다가 너무 딱딱하지 않으면서 너무 부드럽지도 않은 담백한 예문을 두 개 골라 적당히 섞어서 큰 틀을 짰다.

"이렇게 틀에 박힌 문구로 하셔도 정말 괜찮으시겠어요? 제가 조금 각색을 해볼까요? 싱가포르에서 처음 만난 이야기도 낭만적이고 좋을 것 같은데요."

"아니야. 그런 얘기를 마나님 영정 앞에서 읽을 자신이 없어. 한자에는 읽는 법을 꼭 달아달라고 대필업자에게 전해줘. 글자는 크게 써주고. 이제 작은 글자는 맨눈으로 안 보여. 마이크 앞에서 돋보기를 쓰고 벗고 번잡스럽게 굴고 싶진 않거든."

나는 애써 웃었다. 어색하게 실룩대는 얼굴 근육이 오히려 오싹해 보이지는 않았을까.

"알겠습니다. 그럼 저희 문구점과 꾸준히 거래하는 '쓰쿠시카이'에 대필 의뢰를 하겠습니다. 몇 번인가 쇼 씨의 의뢰를 맡은 적 있으니 전에 담당했던 사람이 작업할 수 있도록 조정하겠습니다. 배려심 있고 일 처리가 확실한 곳이니 걱정하지 않으셔도 됩니다."

"부탁하네. 글자는 흘려 쓰지 말고 정자로 알아보기 쉽게 써달라고 해주게."

회사 경영에서 은퇴하기 전, 업계 단체 회장을 맡았는데 당일 전달받은 축사 원고가 너무 달필이라 읽는 데 애를 먹은 적이 있다. 흘려 쓴 글자가 알아보기 어려운 데다 한자에 읽는 법도 달려 있지 않아서 더듬대는 통에 얼마나 부끄러웠는지 모른다. 많은 사람 앞에서 마이크를 들고 말할 때는 긴장으로 머릿속이 새하얘져서 평소에는 쉽게 읽는 한자여도 버벅거리기 쉽다. 경험한 적 없는 사람은 상상하기 힘들 것이다.

"네, 잘 전하겠습니다."

나는 웃옷 안주머니에서 지갑을 꺼냈다.

"내일 정신없어서 못 줄 수도 있으니 미리 내겠네."

젠은 잠시 고민하는 듯하다가 "아닙니다. 괜찮습니다"라며 고개를 저었다.

"글자 수가 얼마 안 돼서 금액이 크지 않을 겁니다. 다음에 오셨을 때 주세요."

"그래? 미안하네."

"마음 쓰지 마세요. 물론 쓰쿠시카이에는 제가 먼저 의뢰비를 내겠습니다. 쇼 씨가 어떤 부분을 신경 쓰시는지 잘 알고 있으니 안심하세요. 이 정도는 시호도 문구점에서 먼저 낼 수 있습니다."

"기억하는군."

회사가 크기 전에 나도 자금 운용이 힘든 시절을 겪었기에 내가 대금을 내는 상황에서는 현금으로 최대한 빨리 전달하려 한다. 그런 나의 사소한 고집을 기억해주는 젠이 더없이 듬직해 보였다.

"미안하지만 잘 부탁하네."

"네. 내일은 저도 참석하니 원고는 직접 가져가겠습니다. 고별식이 10시부터지요? 9시 반에는 도착하겠습니다."

"아니야. 시간 맞춰서 와. 아까 같이 봤던 문구 정도면 미리 읽어볼 필요도 없겠지. 너무 빨리 와도 내가 미안하니까 9시 55분까지 오게."

"알겠습니다."

나는 남은 커피를 다 마시고 신발을 신었다.

"지금 술 드시러 가는 건 아니죠?"

등 뒤에서 겐이 물었다.

"글쎄, 어떻게 할까. 아, 후미 마담네 직원 누구더라? 그래, 유리, 그 친구 잘됐더라고."

겐이 느닷없이 클럽 후미의 마담에게 연락하고 싶다며 전화했던 일이 떠올랐다.

"아! 맞습니다."

겐도 좌식 자리에서 내려와 등을 펴고 고개를 숙였다.

"덕분에 잘 해결됐습니다. 감사합니다."

"부지런히 클럽 다닌 경험이 누군가에게 도움이 됐다니 전혀 쓸모없는 일은 아니었군."

"그건 그렇지만……."

겐의 걱정스러운 표정을 보자 무심코 웃음이 터졌다.

"걱정하지 마. 나도 오늘은 바로 집에 갈 테니까. 목욕이나 하고 일찍 자야지."

"네. 꼭 그렇게 하시고 번거로우시더라도 푸딩은 가져가서 드세요. 댁에 차하고 술밖에 없으실 테니."

겐은 푸딩 상자를 종이가방에 넣어 내게 건넸다.

"숟가락은 상자에 들어 있어요. 냉장고에 넣으실 때는 보냉재를 꺼내주세요."

"고맙네. 호즈에 푸딩은 브랜디랑 기가 막히게 어울리지."

"네. 그래도 오늘은 과음하지 마시고 일찍 주무세요. 내일 큰일을 앞두셨으니까요."

겐의 말에 나는 조용히 고개를 끄덕이고 일찌감치 귀로에 올랐다.


목욕 후 브랜디를 홀짝이며 푸딩을 먹고 곧장 침대에 누웠다. 몸은 피곤한데 정신이 맑아서 잠이 오지 않았다.

날짜가 바뀔 무렵 낡은 레코드판을 대충 골라 턴테이블에 걸고 멍하니 창밖을 바라보았다. 3층이라 거리를 지나는 사람들의 모습이 또렷이 보였다.

손을 꼭 잡고 함박웃음을 짓는 젊은 연인, 무슨 사연인지 심각한 표정으로 나란히 걸어가는 남녀도 있었다.

나는 한숨을 내쉬며 커튼을 닫고 집 안을 빙 둘러보았다.

그림 한 점, 꽃 한 송이 없는 삭막한 공간에 빌 에번스의 피아노곡이 낮게 흘렀다. 책장에 덩그러니 세워져 있는 엽서 한장에 문득 눈길이 멈췄다. 후지코와 결혼한 지 얼마 안 됐을 때 가마쿠라에서 만든 엽서였다. 이 집으로 이사 오면서 우연히 발견하고 반가운 마음에 꺼내놓았다.


"우리 사진 찍자."

그때는 관광지마다 거리 사진사가 있어서, 촬영부터 현상, 인쇄까지 한 번에 끝내고 우편으로 사진을 보내주는 서비스가 유행이었다.

"내 걸로 찍지 뭐. 타이머는 내 카메라에도 있어."

내 말에 후지코는 고개를 저었다.

"그게 아니라, 이 간판을 잘 봐봐. 사진을 엽서로 만들어준대. 친구나 신세 진 사람들한테 인사도 못 하고 왔으니까 결혼 소식을 알리는 엽서 정도는 보내고 싶어."

그런 사연이 담긴 엽서였다. 후지코는 흰 깃이 달린 물방울무늬 원피스를 입고 나는 리넨 스리피스 양복에 중산모를 들었다. 흑백사진인데도 그날 원피스의 선명한 파란색이 눈에 보이는 듯했다. 당시 몇 장이나 인쇄했는지 기억나진 않지만, 지금 내 수중에 단 한 장밖에 남지 않은 엽서를 품에 안고 침대에 누웠다.


"안녕하세요. 여기, 원고입니다."

겐은 9시 50분에 장례식장에서 원고가 든 봉투를 내게 건넸다.

"번거롭게 해서 미안하네."

나는 봉투를 웃옷 안주머니에 넣고 고개를 숙였다.

"아닙니다. 그럼 이따 뵙겠습니다."

겐은 고개를 저으며 대답하고는 허둥대면서 뒤쪽 자리로 모습을 감췄다. 조금 더 이야기를 나눌 법한 상황인데 어쩐지 느낌이 평소와는 달랐다.


스님의 독경이 끝나고 내 차례가 왔다. 웃옷 단추를 여미고 자세를 고쳤다.

"조사는 고인의 뜻에 따라 오랜 친구인 미나토가와 쇼타로 님께서 준비하셨습니다. 미나토가와 님, 부탁드립니다."

장례지도사의 진행에 따라 제단 정면에 설치된 스탠드 마이크로 향했다. 도중에 친족인 딸들과 조문객을 향해 고개를 숙였다. 딸은 소박한 장례식이라고 했지만 조문객은 200명이 넘었다. 경영직에서 물러난 지 10년이나 지났는데 이렇게 많은 사람이 모이다니, 후지코의 인망을 새삼 실감했다.

마이크 앞에 서자 정면에 있는 후지코의 영정사진이 눈에 들어왔다. 장례식장에 들어온 후로 분명 여러 번 봤을 텐데 정면으로 마주하자 긴장이 됐다.

겐이 준비해준 원고 봉투를 열어 곱게 접힌 종이를 꺼냈다. 봉투를 주머니에 넣은 다음, 마이크에 대고 입을 뗐다.

"안녕하십니까……."

말이 이어지지 않았다.

백지에 큼지막한 메모지가 붙어 있었다.


쇼 씨,

죄송합니다. 아무리 생각해도 틀에 박힌 인사말 따위는 쇼 씨와 어울리지 않아요. 분명 사모님도 용서하지 않으실 겁니다. 쇼 씨의 마음으로, 쇼 씨의 말로 이별을 고해주세요.

겐 드림


"……내가 한 방 먹었군."

이런 혼잣말을 중얼거린 것까지는 생각나는데 그 뒤의 기억이 모호하다. 다만, 중간에 터져버린 눈물이 멈추지 않았다는 것만은 확실하다.


겐이 분향을 마치고 내 옆을 스치며 귓가에 속삭였다.

"죄송합니다."

그러고는 도망치듯 뒷자리로 돌아갔다. 한마디 해주고 싶었지만 울고 난 후라 목소리가 제대로 나오지 않았다.

"이제 출관 준비를 하겠습니다. 참석자분들이 주신 꽃을 고인에게 올리고자 합니다. 저희 직원이 한 분씩 꽃을 나눠드리겠습니다."

진행자의 목소리에 꽃집 직원이 헌화를 짧게 잘라서 조문객에게 건넸다. 꽃이 한가득 쌓여 있던 제단이 순식간에 쓸쓸하게 비워졌다. 그 대신, 관에 누워 있는 후지코는 얼굴만 남기고 꽃으로 덮였다.

"아빠, 지금 잠깐 괜찮아요?"

울어서 눈가가 벌게진 딸이 내 소매를 당겼다. 한 손에는 과자통처럼 생긴 틴케이스를 들고 있었다.

"아까는 정말 감동적이었어요. 엄마에 대한 아빠의 마음을 처음 들은 것 같아요. 우리가 태어나기 전 두 분의 얘기를 들어서 좋았고요. 사랑의 도피라니, 엄청난 열애 끝에 우리가 태어났다고 생각하니까 눈물이 멈추질 않아요."

"그랬군⋯⋯."

조금 더 그럴듯한 말을 해주고 싶었지만 아무 말도 나오지 않았다.

"사실은요, 아빠가 엄마보다 란 씨랑 재스민을 더 좋아했다고 생각했어요. 그런데 아니었네요. 엄마도 아빠한테 사랑받았다는 걸 알게 돼서 기뻐요. 고마워요."

"그래."

"아빠, 이거 좀 보실래요?"

딸이 손에 든 틴케이스를 얼굴 높이로 들며 물었다.

"엄마가 입원한 뒤에 상태가 안정되자마자 나한테 가장 먼저 부탁한 일이 뭔지 아세요?"

"뭐였는데?"

"이 통을 가져다 달라는 거였어요. 엄마 방 옷장에 깊숙이 넣어두셨더라고요. 꺼내기 힘들 정도였어요. 갖다 드리니까 엄마가 얼마나 좋아하시던지⋯⋯. 솔직히 질투 났어요. 딸들이 가져간 꽃보다 이 낡은 과자통을 더 반겼다니까요."

하지만 틴케이스를 아무리 봐도 기억나는 게 없었다.

"그래서 내가 엄마한테 힘들게 가져왔으니까 안에 뭐가 들었는지 알려달라고 했어요. 그랬더니 내내 창백했던 엄마 얼굴이 갑자기 새빨개지는 거예요. '비밀이야. 아무한테도 말하지 마'

하고 운을 떼고는 안을 보여줬어요. '내 보물이야'라면서요."

전혀 짐작 가는 데가 없어서 나는 고개만 갸웃거렸다.

"아빠, 열어보세요."

딸은 틴케이스를 내게 내밀었다. 꽤 오래된 물건인지 여기저기 패인 자국과 얼룩, 작은 상처가 보였다.

안에는 가마쿠라에서 찍은 사진으로 만들었던 엽서가 들어 있었다. 그리고 그 아래에는 내가 보낸 엽서가 차곡차곡 쌓여 있었다.

호찌민, 마카오, 홍콩처럼 처음 싱가포르에서 일본으로 오는 길에 보낸 것부터 요코하마 항구, 오사카성, 교토의 금각사, 야사카 신사, 마이코*, 홋카이도 시계탑, 클라크 박사 동상, 하카타, 나루토의 소용돌이**, 나가사키의 차이나타운, 글로버 가든, 나라의 대불, 고베의 야경, 황거 니주바시, 도쿄역까지……전부 내가 후지코에게 보낸 엽서였다.

"결혼하기 전에 아빠가 싱가포르에 있는 엄마한테 보낸 엽서라면서요? 전부 몇 장인지 아세요?"

나는 말없이 고개를 저었다.

---

* 게이샤가 되기 전 수습과정에 있는 연습생.
** 도쿠시마현 나루토시와 효고현 미나미아와지시 사이의 나루토 해협에서 소용돌이치는 조수.

"아흔아홉 장이래요. 거기에 결혼 소식을 전하려고 가마쿠라에서 만든 엽서를 더하면 딱 100장. 그게 엄마의 보물이래요."

딸이 내 어깨를 잡고 가볍게 흔들었다.

"아빠, 그걸 엄마 가슴에 올려주세요. 아빠 손으로요. 엄마도 그 엽서들을 가져가고 싶을 거예요."

주변 사람들이 보내는 따뜻한 시선이 느껴졌다. 나는 묵묵히 고개를 끄덕이고 관에 다가갔다.

후지코의 온화한 얼굴은 처음 만났을 때처럼 아름다웠다. 나는 떨리는 손으로 후지코의 가슴에 엽서를 한 장씩 올렸다. 엽서 위로 눈물이 뚝뚝 떨어졌지만 바다 건너 멀리까지 가도 번지지 않도록 유성 볼펜으로 눌러 쓴 글자는 내 눈물을 꿋꿋하게 버텨냈다.

마지막 한 장은 가마쿠라에서 사진으로 만든 엽서였다. 나는 두 손으로 마지막 엽서를 조심스레 올렸다. 눈물로 흐릿해진 시야 속에서 후지코가 웃고 있었다.


"언제까지 그러고 있을 거예요?"

"그래요. 이제 그만해요. 감기 걸려요."

란과 재스민의 목소리가 뒤에서 들려왔다. 정신을 차려보니 화장터 앞에 멍하니 서 있었다.

"괜찮아. 그냥 좀 내버려 둬."

퉁명스럽게 답이 나왔다.

"아까 평생 흘릴 눈물 다 흘렸잖아요. 목소리도 갈라져서 뭐라는지도 모르겠네."

란이 기가 막힌다는 듯 말했다.

"후지코 씨한테는 미안하지만, 나는 중간부터 질투가 나서 혼났어요. 난 엽서 구경도 못 해봤거든요. 후지코 씨가 부럽더라. 다음에 어디 갈 일 있으면 나한테도 엽서 좀 보내줘요."

재스민은 자기 새끼손가락을 내 새끼손가락에 걸면서 막무가내로 약속을 했다.

"그러게 말이야. 나도 받은 적 없어. 근데 난 엽서보다 조의문이 부러웠어. 전 남편이 통곡하면서 전하는 마지막 인사라니, 뭔가 찡하지 않아? 내 장례식에서도 해줘요. 먼저 죽으면 안 돼요. 내가 가만 안 둬."

란이 내 볼을 꼬집었다.

"아야, 왜 꼬집어?"

"시끄러워요! 후지코 씨 대신이에요. 정말 바보라니까!"

"옳소! 란 씨, 잘한다!"

그러더니 란과 재스민이 내게 안겼다.

"후지코 씨, 돌아와요. 보고 싶어요."

울먹이는 란의 목소리에 재스민이 오열했다.

둘의 등을 얼마나 쓰다듬고 있었을까.

"이제 좀 괜찮아졌어?"

내가 묻자 두 사람은 고개를 끄덕였다.

"이제야 좀 개운하다."

란의 말에 재스민이 고개를 끄덕이고는 별안간 웃음을 터뜨렸다.

"란 씨, 화장 다 지워지고 얼굴이 엉망이에요!"

"무슨 소리야. 재스민도 만만치 않아."

두 사람은 서로의 얼굴을 가리키며 배를 잡고 깔깔 웃어댔다. 덩달아 나까지 웃음이 났다. 후지코도 천국으로 가다가 멈춰 서서 웃고 있을 것이다.

"자, 이제 대기실로 갑시다. 이렇게 추운 데 있다가 몸져누우면 후지코 씨한테 혼나요."

"맞아요. 자, 얼른 정신 차려요!"

란과 재스민은 내 양팔을 부축하듯 잡고 대기실로 향했다.

크리스마스를 코앞에 둔 어느 날, 긴자 시호도 문구점에 등기 우편이 한 통 도착했다.

"메리 크리스마스!"

초로의 우편배달부가 웃으며 우편물을 내밀었다.

"메리 크리스마스입니다. 이제 산타 일도 하시는 거예요?"

시호도 문구점 주인, 다카라다 겐이 웃는 얼굴로 우편물을 받아 들었다.

"아무렴, 그뿐이게? 이번 쇼가쓰에는 사자춤을 추게 됐지 뭐야."

우편배달부는 살짝 우는소리를 하며 서둘러 발길을 돌렸다. 겐은 발신인을 확인하고 어리둥절한 표정으로 서류 봉투에 가위를 댔다. 안에는 상품권 봉투처럼 'GIFT'라고 인쇄된 티켓 케이스가 들어 있었다.

그리고 가지런한 필체로 쓴 편지가 한 통 나왔다.


겐에게

요진에는 큰 도움을 받았어. 백지 원고를 펼쳤을 때는 '한 방 먹었다!'라고 생각했는데 결과가 좋았으니 다 잘된 일로 치고 그냥 넘어가겠네.

머릿속에 떠오르는 대로 횡설수설했지만 그 덕분에 후지코에게 제대로 된 작별 인사를 했어. 딸들도, 조문객들도 감동했다며 칭찬하더군.

그렇게 생각나는 대로 내뱉은 인사말로 칭찬받고 기뻐해도 되는지 모르겠지만, 어쨌든 자네 덕분에 잘 끝났어. 고맙네. 감사와 복수, 두 가지 의미를 담은 선물을 동봉하니 별것 아니지만 잘 써주게.

나는 세 번 결혼하고 세 번 이혼했지만 역시 결혼은 좋은 거야. 자네도 꼭 한 번은 경험해봐.

물론 결혼만, 이혼은 경험할 필요 없어.

연말연시는 바쁠 테니 보름쯤 지나 여유가 생기면 시간을 내서 료코와 놀러 갔다 와. 문구점을 지킬 사람이 필요하면 나를 불러주고. 이런 말 하기는 뭣하지만 장사 수완은 자네보다 한 수 위야. 매상이 떨어지면 내가 보상하지.

아무튼, 소중한 사람이 늘 곁에 있을 거라 착각하면 안 돼. 내가 이것만큼은 단언할 수 있어. 소중한 사람은 확실하게 잡고 있어야 해. 그러지 않으면 어디론가 떠나버리니까.

세 번이나 똑같은 실수를 되풀이한 내가 하는 말이니 귀담아듣게.

때가 때인 만큼 독감 조심하고 늘 건강 챙기게.

그럼 이만 줄이겠네.

쇼

티켓 케이스에는 10만 엔 분의 숙박권과 '쇼가 엄선한 간토 근교 추천 숙소!'라고 쓰인, 누가 봐도 직접 써서 만든 안내지가 들어 있었다.

젠은 미소 지으며 고개를 설레설레 저었다.

"쇼 씨, 오지랖도 참……. 그래도 감사합니다."

혼잣말을 중얼거리는 그때, 카페 호즈에의 료코가 들어왔다.

"젠, 쇼 씨가 이런 걸 보냈어."

료코는 젠이 들고 있는 것과 꼭 닮은 편지와 봉투를 들고 있었다. 젠이 티켓 케이스를 가리키며 말했다.

"그 안에는 뭐가 들어 있어?"

"이거? 10만 엔 상당의 여행권. 비행기, 배, 기차, 버스 그리고 택시까지 사용 가능하다고 쓰여 있어."

젠은 잠시 생각에 잠기듯 고개를 기울였다가 빙긋 웃으며 말했다.

"나한테도 10만 엔분 숙박권이 왔어."

"어? 진짜네."

료코는 젠의 손에서 낚아챈 티켓 케이스를 뚫어지게 보면서 말을 이었다.

"이런 거 받아도 되나?"

"괜찮지 않을까? 일부러 생각해서 주셨으니까."

겐의 대답에 료코가 함박웃음을 지으며 휴대폰을 꺼내 들었다.

"우리 어디로 갈까? 근데 문구점은 어떡하지?"

도쿄 긴자 한편에 있는 시호도 문구점 주인 겐과 그의 소꿉친구는 미묘한 거리를 좁히려 한다. 문구점은 그런 둘을 지켜보는 사람들의 따스한 애정으로 둘러싸여 있다.

메모 패드

"조리기구까지 들어왔으니 공사는 전부 끝났습니다. 오후에 전문 청소업체가 와서 마지막으로 꼼꼼하게 확인하면 내일 아침에는 예정대로 인계하겠습니다."

현장 감독이 말했다.

"여러 가지로 힘든 요구만 해서 죄송했습니다."

"아니, 정말 쉽지 않았어요."

내가 고개 숙여 인사하자 현장 감독은 웃으며 대답했다.

"그래도 우리 일을 제대로 인정해주는 분이구나 싶어서 힘들지만 즐거웠습니다. 현장을 떠나는 게 조금 아쉽네요."

카운터 테이블 여덟 석뿐인 작은 가게지만 내게는 첫 번째

'나만의 성'이기에 세세한 부분까지 고집을 부렸다. 별도의 후원자가 있는 것도 아니어서 현장 감독이 제한된 예산 안에서 요구 사항을 반영하는 데 꽤 애를 먹었을 것이다. 고생을 시켜 미안한 마음에 매번 과자나 음료 같은 간식을 가져왔지만 그 정도로는 갚을 수 없다. 무사히 식당을 열면 꼭 한번 초대해야겠다.

의뢰인이 너무 오래 현장에 있어도 작업에 방해가 될 뿐이므로 나는 인사를 하고 금방 자리를 떴다. 현장 감독이 가볍게 손을 들어 응답했다.

밖으로 나왔을 땐 오후 2시가 넘은 시각이었다. 점심 영업에 열을 올리던 식당들도 저녁 장사 전에 잠시 쉬어가는 시간대로 거리에 오가는 사람이 드물었다. 주머니에서 로디아 블록 메모 패드를 꺼내 적어둔 내용을 눈으로 훑었다. 개점 준비도 막바지에 달해서 거의 모든 사항을 처리한 상태였다. 일단락된 일은 줄을 그어 지워놓았는데 딱 하나만 그대로였다.

그 항목을 확인한 뒤 로디아 수첩을 덮어 주머니에 넣었다. 휴대폰을 꺼내 요 며칠 벌써 여러 번 누른 전화번호를 가볍게 터치했다.

"안녕하세요. 시호도 문구점입니다."

전화벨이 세 번째 울렸을 때 문구점 주인 다카라다 씨가 받왔다.

"안녕하세요. 필경을 부탁드린 후다입니다."

"후다 님, 안녕하세요."

다카라다 씨는 살짝 놀란 듯했다.

"죄송하지만, 약속 시간보다 조금 일찍 찾아뵈어도 될까요?"

"물론입니다. 방금 물건을 받았으니 바로 보실 수 있습니다."

다카라다 씨의 차분한 대답에 안도의 숨을 내쉬고서 잰걸음으로 버드나무 가로수 길을 걸었다. 둥근 우체통이 문 앞에 오도카니 자리 잡고 있는 오래된 문구점 시호도로 나는 발길을 서둘렀다.


"완노 다쓰오 님까지, 보내주신 명부의 수신처는 이상입니다."

오른쪽에 앉은 다카라다 씨가 마지막 봉투를 내밀며 말했다. 나는 명부와 봉투의 수신처를 맞춰보며 주소와 이름에 오류가 없는지 확인했다.

"네, 전부 맞습니다. 아무 이상 없습니다."

나는 그렇게 말하며 왼편에 앉은 여성에게 봉투를 건넸다. 봉투에는 인사장과 점포 안내지가 들어 있었다.

여성은 능숙한 손길로 봉투 입구를 풀로 붙이고 그 위에 초밥을 나타내는 한자 '鮨'를 도안화한 봉인封印을 찍었다. 그러고는 봉투를 앞으로 뒤집고 경사용 우표를 붙였다. 모든 과정이 10초도 걸리지 않았다.

"수고하셨습니다."

나보다 한발 먼저 다카라다 씨가 의자에서 일어서며 말했다.

"아닙니다. 제가 드릴 말씀이지요. 전문가에게 부탁해놓고 굳이 확인까지 해서 죄송합니다. 글씨가 훌륭한 건 물론이고 한 건의 오류도 없었습니다. 오탈자 하나 없이 근사하게 써주셔서 정말 감탄했습니다."

진심에서 우러나온 말이었다. 예전에 근무한 식당에서 지점을 낼 때 개점 안내장을 준비해본 적이 있는데 100통 중 한두 통에는 오류가 있었다. 오자도 몇 군데 있는 건 예사였다. 그래서 일부러 작업 결과를 확인하게 해달라고 부탁했으나 그런 염려는 완전히 기우였다.

내 실력을 눈여겨본 방송작가가 이번에 나의 독립을 돕겠다고 나서면서 시호도 문구점을 소개했다. 덴포 5년, 즉 1834년에 문을 열었다고 하니 초밥의 창안자라 일컫는 하나야 요헤에가 첫 식당을 연 1824년과도 시기적으로 가깝다.

문구점 주인은 어떤 노인일까 내심 걱정하며 방문했으나 의외로 젊은 사람이 나와 긴장이 조금 풀렸다. 외모로 미루어볼 때 30대 중반인 듯했다. 그는 "다카라다 겐이라고 합니다. 벼루연을 쓰고 '겐'이라 읽습니다" 하고 자신을 소개했다.

첫인상은 다소 미덥지 않았으나 업무 협의에 들어가자 분위기가 완전히 달라졌다. 한결같이 정중한 태도를 보이되 무리한 조건에는 솔직하게 "어렵습니다"라며 거절했고, 비용과 납기 일자를 정할 때도 진지하고 진솔한 태도를 보여줘서 신뢰가 갔다. 쇼와 7년*에 지어진 건물 지하에는 오래된 활판 인쇄기가 있다고 했다. 그러나 개점 안내장을 인쇄해달라는 요청에 대해서는 "저희 문구점에서 직접 준비하기는 어려우나 실력 좋은 인쇄업자를 소개해드릴 수 있으니 믿고 맡기셔도 됩니다" 하고 의뢰를 받아주었다. 이에 더해 필경 업체까지 섭외해주었다.

왼쪽에 앉은 여성도 일어나 공손하게 고개를 숙였다.

"개점 준비로 많이 바쁘실 텐데 직접 검품해주셔서 정말 감사합니다."

이번에 필경을 맡아준 쓰쿠시카이의 대표 시라카와 기쿠코 씨다. 백발의 짧은 커트 머리가 깃 없는 검정 셔츠와 멋지게 어울렸다. 굽 낮은 펌프스와 검정 슬랙스 차림은 필경 회사 사장보다는 디자이너나 화가 같은 인상을 풍겼다. 실제로 서예가와

---

* 1932년.

전각가로도 활동한다고 했다.

"일 처리를 의심하는 것 같은 모양새가 됐네요. 죄송합니다. 다음부터는 검품 없이 진행하겠습니다."

내가 일어서서 시라카와 씨에게 정중히 고개를 숙였다.

"그런 말씀 마세요. 일생에서 손꼽히게 귀한 일에 쓰시는 건데요, 당연히 필요한 작업이었습니다. 저희 쪽에서도 여러 번 확인하지만 실수가 '절대' 없다고는 장담하기 어려운 게 사실이니까요. 고객님이 검품을 해주시면 저희는 감사할 따름입니다."

시라카와 씨가 빙긋 웃으며 말을 이었다.

"의뢰해주셔서 감사합니다. 이번 작업 관련자에게 후다 님께서 만족스러워하셨다고 인사를 전하겠습니다. 다들 기뻐할 거예요."

나와 시라카와 씨의 대화를 지켜보던 다카라다 씨가 크게 끄덕였다.

"쓰구시카이는 늘 일을 완벽하게 해주시는데 대체 그 비결이 뭔가요? 실수 없이 일을 마무리 짓는 게 당연하다면 당연하겠지만, 옆에서 보고 있으면 감탄이 절로 나옵니다."

그러고는 팔을 뻗으며 말했다.

"차를 준비할 테니 저쪽으로 가시지요."

우리가 검품을 진행한 곳은 문구점 2층으로, 평소에는 판화나 종이공예 수업 같은 용도로 빌려주는 공간이라고 한다. 오늘은 점포 휴일이지만 다카라다 씨는 "차분하게 작업할 수 있어요"라며 특별히 장소를 제공해주었다.

2층에는 나무 바닥이 깔려 있고 중앙에 작업대 여섯 개가 서로 마주 본 형태로 놓여 있다. 그 한쪽 모서리에서 검품 작업을 진행했다. 거기서 창문을 바라보고 섰을 때 오른쪽에 있는 세 평 남짓한 좌식 공간에 낮은 상과 방석 세 개가 준비되어 있었다.

"어머나, 우사기도의 도라야키네."

시라카와 씨의 목소리가 한 옥타브쯤 높아졌다. 활기찬 느낌이 일할 때의 차분함과는 사뭇 달랐다. 시라카와 씨처럼 근사하게 나이 들고 싶다는 생각이 문득 들었다.

"근처에 간 김에 들렀는데 운이 좋았습니다."

다카라다 씨는 시라카와 씨에게 대답하며 숙우*와 찻잔에 뜨거운 물을 부었다.

우사기도는 니혼바시에 있는 유서 깊은 화과자점이다. 재료를 엄선하고 반죽을 정성껏 손으로 빚기로 유명하다. 다도 모

---

* 물을 식히는 그릇.

임에서 사용할 법한 화과자의 전통을 지키면서 도라야키나 찹쌀떡처럼 가볍게 즐길 거리도 만든다. 은은한 단맛과 부드러운 식감이 특징으로 모든 종류가 인기 있다. 익살맞게 뛰어오르는 토끼 그림이 한가운데 찍혀 있는 도라야키는 특히 반응이 뜨거워 점심 전에 매진될 정도다. 나도 겨우 몇 번밖에 먹어보지 못했다.

"실은 우사기도 주인이 저랑 초등학교, 중학교 동창이에요. 친구한테 미리 빼달라고 부탁하기도 민망할 만큼 인기가 많아서 저도 오랜만에 먹습니다."

"그러게요. 주말에는 문 열기도 전에 사람들이 줄을 서지요? 2층 간식집도 만석이고요. 아, 요즘은 디저트 카페라고 하던가요?"

다카라다 씨는 고개를 끄덕이며 얇은 종이에 올린 도라야키를 찻잔과 함께 나눠주었다.

"문구점 건물에 내진 보강 공사를 할 때 우사기도는 건물을 아예 새로 지었으니까 벌써 5년이나 됐네요. 그전에는 테이블이 세 개였는데 지금은 2층에 서른 석 넘게 있을 거예요. 경영자로서 저의 완패입니다."

세 사람 앞에 차와 과자가 다 놓이자 시라카와 씨가 손을 모으고 "잘 먹겠습니다!" 하고 외쳤다. 나도 따라 말하고 찻잔 뚜껑을 열었다.

찻잔에서 녹차의 달큼한 향이 피어올랐다. 찻잔을 들어 가볍게 입을 축일 정도만 머금었다. 향기롭고 진한 향이 코로 빠져나갔다.

"아, 맛 좋다."

나도 모르게 감탄이 새어 나왔다. 다카라다 씨가 안도하듯 숨을 내쉬었다.

"다행입니다. 차를 내리면서도 조마조마했습니다. 아무래도 초밥 명인에게 내는 것이니까요. 후다 님은 식당에서 손님께 직접 차도 내실 테고 미각도 섬세하실 텐데, 커피나 홍차라면 제 어설픈 실력을 숨길 수 있지 않았을까 생각했지요."

"아, 하지만 맛있는 도라야키는 역시 녹차랑 먹어야 한다고 판단하셨군요."

시라카와 씨가 장난기 가득한 말투로 말하며 웃었다.

"정확하십니다. 차가 입에 맞으신다니 얼마나 다행인지 모릅니다."

"여러 가지로 신경 쓰시게 했네요. 이거 참, 죄송합니다. 그런데 저는 차에 관해서는 잘 알지 못해요. 일단은 요리하는 사람이니 기본은 알지만 딱 거기까지입니다. 초밥집에서는 주로 뜨거운 물로 내린 말차를 쓰지, 이런 고급 찻잎은 사용하지 않습니다."

시라카와 씨는 도라야키를 크게 한입 베어 물고 "그렇군요"라며 고개를 끄덕였다.

"텔레비전인가 어디서 뜨거운 말차가 생선 기름을 싹 씻어준다고 본 것 같은데 그 말이 정말인가요?"

나도 도라야키를 먹으며 대답했다.

"네. 차 여과기로 내린 말차에 상당히 고온의 물을 붓는데, 그러면 테아닌이라는 감칠맛 성분이 적어집니다."

"테아닌이요?"

시라카와 씨와 다카라다 씨의 목소리가 겹쳐졌다. 무심코 세 사람이 서로의 얼굴을 바라봤다. 시라카와 씨는 오늘 처음 만났고 다카라다 씨와도 겨우 몇 개월 전에 알게 되어 회의가 있는 날 잠깐씩 만났을 뿐이었다. 그런데 함께 있는 것이 편안했다. 짧은 시간이나마 공동 작업을 하며 마음이 통하게 된 것일까. 두 사람도 문구와 필경이라는 각 분야의 전문가라서 그런지도 모르겠다.

"테아닌은 아미노산의 일종입니다. 교쿠로나 고급 센차에 많이 들어 있는 단맛이 강한 감칠맛 성분이지요."

"초밥을 먹을 때는 감칠맛 성분이 많은 차를 마시면 안 되나요?"

가장 먼저 도라야키를 다 먹은 시라카와 씨가 소박한 의문을 입에 담았다.

"차의 감칠맛이 강하면 초밥 맛을 온전히 즐기는 데 방해가 되거든요. 초밥을 먹을 때 차의 역할은 입안에 남은 맛을 지우는 것입니다. 물론 테아닌이 풍부한 교쿠로나 센차도 생선 향과 맛을 지워주지만 그 대신 강한 감칠맛을 남기니, 조금 곤란하지요."

"아하, 그런 거군요."

두 사람 다 이야기를 듣는 데 능숙했다. 이제 가게에 요리사는 나 한사람뿐이다. 나도 잘 듣는 사람이 되어야 할 텐데, 그렇게 생각하며 남은 도라야키를 입에 넣었다. 빵과 팥소의 비율이 절묘했다. 충실하게 맛을 내면서도 깔끔해서 먹기에 부담이 없었다.

"차도 맛있지만 도라야키도 훌륭하네요. 왜 인기가 있는지 알겠습니다. 흔히 먹는 도라야키와는 확실히 달라요. 빵 부분의 간도 그렇고, 화과자와 양과자의 장점을 두루 취한 것 같은 맛과 식감입니다."

다카라다 씨는 찻잔을 손에 든 채로 크게 끄덕였다.

"실제로 서양식 재료와 요리법을 도입했다고 합니다. 아까 말씀드렸다시피 우사기도 주인과는 소꿉친구인데, 그 친구가 고등학교 2학년 여름에 '난 대학에 가지 않겠다'고 선언하더니 영어부터 프랑스어, 이탈리아어까지 어학 공부에 매진하더라고요. 고등학교를 졸업하면 전 세계를 다니면서 맛있는 음식을 전부 맛보겠다고 결심했다면서요. 요리 유학이라는 거죠."

"고등학생 때 그런 결단을 내리다니, 정말 대단하네요."

시라카와 씨가 내뱉은 감탄의 말에 나도 완전히 공감했다. 10대의 나는 흘러가는 대로 그날 하루만을 살았다.

"예전 우사기도는 전통적인 화과자만 다루는 가게였어요. 다도 모임용 과자는 물론이고 선물용 양갱이나 아마낫토*로 매상은 좋았지만 장래성이 없다고 본 거죠. 온 세상 맛난 음식을 열심히 먹어보고 자기가 직접 만드는 법을 배워 와서 우사기도를 세계적인 가게로 만들겠다고 했어요. 그 말을 실천하다니 얼마나 대단합니까."

실제로 우사기도는 파리에 두 점포, 뉴욕과 런던에 한 점포씩 지점을 냈다. 본점에서 수련한 장인을 파견하여 본점과 완벽히 똑같은 맛으로 승부하는데, 요즘 일본 음식에 대한 관심이 높아지는 추세인지라 뉴욕과 런던에서 꽤 반응이 좋다고 다카라다 씨는 덧붙였다.

---

* 콩류를 설탕이나 물엿으로 졸여서 만든 일본 전통 과자.

"그러고 보니 후다 님도 해외에서 지낸 적이 있으시죠? 잡지에서 봤습니다."

"저도 봤어요. '이색 초밥 장인 후다 긴'이라고, 사진도 근사하던걸요. 어디서 수련했는지 구체적인 내용은 없었지만요."

하마터면 차를 뿜을 뻔했다. 이게 바로 식은땀인가. 개점 홍보를 도와준 방송작가가 언론사에 제보해서 몇 군데인가 잡지 취재를 받기는 했다.

"아닙니다. 우사기도 사장님처럼 원대한 포부가 있는 요리 유학이 아니라, 굳이 따지자면 '방랑했다'는 표현이 맞겠네요. 자세하게 이야기할 만한 게 못 됩니다."

나는 고개를 절레절레 저으며 간신히 대답했다.

"이걸 어쩐다! 먹기만 하고 도망가는 것 같아 죄송하지만 저는 먼저 일어나보겠습니다."

시라카와 씨가 시계를 보고는 깜짝 놀라며 일어섰다.

"이번엔 정말 감사했습니다. 또 연락드릴 일이 있을 것 같네요. 앞으로도 잘 부탁드립니다."

나는 방석을 치우고 다다미 바닥에 자세를 고쳐 앉아 정중히 인사했다.

"저야말로 잘 부탁드립니다. 일을 맡아 영광이었습니다. 겐 씨, 봉투는 내가 챙겨갈게요."

시라카와 씨를 쫓아 신발을 신고 바닥으로 내려간 다카라다 씨는 작업대에 있던 봉투 더미를 종이가방에 넣어 시라카와 씨에게 건넸다. 우편물이 대량일 때는 우체통에 넣는 것보다 우체국에서 직접 보내는 편이 낫다고 다카라다 씨가 내게 조언하자 옆에서 시라카와 씨가 자기가 대신해주겠다고 말을 꺼냈기 때문이다.

"감사합니다. 그럼 신세 좀 지겠습니다."

"무슨 소리! 어차피 사무실 가는 길에 들르는 건데요. 자, 그럼 나중에 봐!"

시라카와 씨는 다카라다 씨에게 웃으며 대꾸하고는 "먼저 실례하겠습니다!" 하고 계단 쪽으로 사라졌다. 씩씩하다는 표현이 딱 어울리는 뒷모습이었다.

시라카와 씨의 모습이 사라지자 나는 주머니에서 로디아 수첩과 볼펜을 꺼냈다. 그리고 단 하나 남아 있던 '개점 안내' 항목을 쓱 그어 지워버렸다. 그러나 그 아래 적힌 괄호는 그대로였나.

"로디아 넘버 12네요."

역시나 유서 깊은 문구점 주인이다. 표지만 보고 품번까지 단번에 맞췄다.

"네. 서서 메모하기 적당한 크기에 발수 가공한 표지라서 젖은 손으로 만져도 됩니다. 감촉도 좋아서 잘 써지는 데다 한 장씩 뜯을 때도 깔끔하게 떨어져요."

"저희 문구점에도 있는데 프렌치나 이탈리안 셰프, 소믈리에 분들도 자주 찾으세요."

"원래 프랑스에서 온 수첩이니까요."

로디아로 시선을 떨구자 나도 모르게 작은 한숨이 새어 나왔다. 지우지 못한 괄호에는 '대장에게 안내장 보내기'라고 쓰여 있었다.

"무슨 일 있으세요?"

대충 얼버무릴까 했지만 다카라다 씨의 얼굴을 보자 나도 모르게 말이 술술 나왔다.

"안내장 발송도 마무리되고 개점 준비도 대부분 끝났으니 이제 요리에만 집중하면 되는데, 딱 한 가지 남은 일이 있어서요. 어떻게 해야 하나 고민 중입니다."

다카라다 씨는 조용히 고개를 끄덕이며 나의 다음 말을 기다렸다. 괜한 말을 끼우지 않고 기다리는 편이 나을 때도 있다는 걸 새삼 깨달았다.

"사실은 개점 안내장을 보내야 하나 말아야 하나 망설여지는 상대가 있습니다."

다카라다 씨는 아무 말 없이 눈빛으로 내 이야기를 재촉했다. 나는 메모의 괄호 주변을 볼펜으로 빙글빙글 덧그리며 말을 이었다.

"이런 나이에 첫 가게를 내는 것이 요리사로서는 꽤 늦은 편이지 않습니까."

다카라다 씨는 가볍게 고개를 저었다.

"후다 님, 무슨 일을 하기에 늦은 때란 게 인생에 있을까요? 전혀 늦지 않았습니다. 부디 그런 말씀 마세요."

따스한 말이 가슴에 스며들었다. 나는 얌전히 고개를 끄덕이고는 다카라다 씨에게 한 가지 부탁을 하기로 했다.

"그럼, 다카라다 씨도 제 부탁을 하나 들어주시겠습니까?"

"네? 무엇인가요?"

다카라다 씨는 살짝 놀란 표정을 짓더니 등을 쭉 폈다.

"다른 게 아니라, '후다 님'이라는 호칭이 저한텐 영 어색해서요. '후다 님'은 발음하기도 힘들지 않습니까. 편하게 그냥 '긴'이라고 불러주세요. 손님들도 시장 사람들도 다들 그렇게 부르시니까요."

다카라다 씨는 긴 한숨을 내쉬며 안심했다는 듯 표정을 풀었다.

"심각한 일이 아니라 다행입니다. 그럼 '긴 씨'라고 부르겠습니다. 손님 성함을 가볍게 입에 담기는 송구한데, 아, 딱 한 분

예외도 있지만요. 제가 초등학교에 들어가기 전부터 '쇼 씨'라고 부르는 분이 계시거든요. 그럼, 긴 씨도 저를 겐이라고 불러주시고 말씀도 편하게 하세요. 그게 제 조건입니다."

"알았네, 겐."

"한결 듣기가 좋습니다, 긴 씨."

둘이서 얼굴을 마주 보며 웃었다.

"그래서 어떤 일 때문에 망설이고 계시나요?"

나는 로디아 수첩을 닫고 오렌지색 표지를 손끝으로 어루만졌다.

"필경을 의뢰할 때 수신처 명부에 올리지 못한 사람이 있어. 내가 크게 신세를 진 은인인데도 말이지."

'겐', '긴 씨'라고 호칭만 바꿨는데 거리가 확 좁혀진 듯했다. 자연히 말투도 한결 부드러워졌다.

"조금 의외입니다. 긴 씨와 알게 된 지 얼마 되지 않았고 업무상 교류를 약간 했을 뿐이지만 진지하고 솔직한 분이라는 인상을 받았습니다. 누군가에게 결례를 범할 분이라고는 생각하기 힘든데요. 명부에 올리지 못한 은인은 어떤 분이신가요?"

나는 도쿄 아사쿠사에 있는 오래된 양식당 이름을 입에 담았다.

"아하, 하야시라이스가 유명한 곳이지요? 포크소테와 새우튀김도 일품이잖아요. 몇 번 가봤습니다."

"맞아. 지금 말한 세 가지도 훌륭하지만 햄버그스테이크와 나폴리탄스파게티, 커틀릿샌드위치도 맛있어. 게살크림크로켓, 멘치카츠도 기가 막히지."

겐은 당장이라도 입술 끝에서 침이 떨어질 것 같은 표정을 지었다. 점잖게 업무를 진행하는 모습을 보고 잡담 따위는 꺼리는 사람일 줄 알았는데 아무래도 오해였나 보다.

"배가 고파지네요. 차가운 병맥주를 작은 잔에 따라서 쭉 들이켠 다음, 우스터소스 뿌린 새우튀김을 먹으면 진짜 환상적이겠어요. 맥주 다음으로는 청주가 좋을까요. 멋 부리는 와인이 아니라 상온에 둔 청주를 컵에 따라 홀짝이면서 겨자를 듬뿍 바른 멘치카츠를…… 아아, 못 참겠다!"

이런 점도 의외였다. 간식으로 도라야키를 내온 걸 보고 술을 못 마시는 사람이리라 멋대로 추측했다. 물론 단 걸 좋아하는 술꾼이 없지는 않지만.

"그런데 양식을 나루는 곳이쇼? 초밥 상인인 긴 씨와는 어떤 인연이 있나요?"

"말하자면 길지. 내가 요식업에 몸담은 계기를 만들어준 사람이 그곳 대장이거든."

"네? 긴 씨는 양식으로 시작하셨어요? 잡지 기사에는 그런 말이 전혀 없어서 몰랐어요."

"그야 내가 말하지 않았으니까."

"괜찮으시면 이야기를 들려주세요."

겐은 차분하게 내 이야기를 기다렸다.

겐에게 털어놓으면 조금 편해지지 않을까. 손바닥으로 로디아 표지를 만지작거리며 이야기를 꺼내놓았다.


지금이야 진지한 얼굴로 초밥 장인이라는 이름을 대지만 사실 30년 전에는 이른바 양아치였다. 요즘은 "예전에 좀 놀았죠" 하고 태연하게 말하는 사람도 적지 않으나 나는 낯 뜨거워서 도저히 그런 말은 못 하겠다.

중학교 졸업 후 가까운 고등학교에 입학했지만 여름방학도 되기 전에 중퇴했다. 연줄에 의지해 도쿄로 온 것까지는 좋았는데 변변한 기술 하나 없는 불량아가 할 수 있는 일은 없었다. 간신히 일할 곳을 찾아도 오래 버티지 못하고 나와 하릴없이 빈둥댔다.

신기하리만치 그때 일은 기억이 가물가물하다. 도쿄로 온 첫해에는 친구나 선배, 놀다가 알게 된 사람 집을 전전하며 살았다. 짐이라 봐야 배낭 하나가 전부인 단벌 신사가 나였다.

그때 나를 거둬준 사람이 대장이다. 나는 열일곱, 대장은 마흔 즈음이었다. 난 오래전에 마흔을 넘겼지만 그 시절 대장보다 나이를 먹었다는 사실이 지금도 믿기지 않는다.

대장과 만난 곳은 우에노였다. 묵을 곳이 없어 우에노 공원 벤치를 침대로 쓴 다음 날이었다. 여름 더위가 한창이라 뜨거운 햇볕을 피해 아침부터 그늘을 찾아서 이리저리 벤치를 옮겨 다니는데, 우연히 도쿄 국립박물관 입장권을 주웠다. 단체 관광객을 안내하던 가이드나 여행사 직원이 떨어뜨린 모양이었다.

입장권을 발견하고 처음에는 몹시 실망했다.

"쳇, 돈이 아니잖아. 영화표가 차라리 나왔을 텐데."

그러나 해가 높아지며 날이 점점 더워지자 생각이 바뀌었다.

"박물관이면 에어컨이 빵빵하겠지?"

살면서 국립박물관에 관심을 가져본 적도 없었고, 그래서 거기가 어떤 곳인지도 전혀 몰랐다. 그저 밖에서 건물을 바라보니 "꽤 번듯하게 지어놨네" 하는 감상이 드는 정도였다. 하지만 들어가고서는 깜짝 놀랐다. 경건한 분위기에 무심코 등이 쭉 펴졌다. 어쩐지 머리가 좋아지는 것 같고 기품이 생기는 듯한 착각을 불러일으키는 곳이었다.

요즘도 한 해에 몇 번씩 그곳을 찾는다. 찾을 때마다 내가 온전히 다시 태어나는 기분이 드는 것은 왜일까. 들어가자마자 정원을 쓱 둘러보거나 본관의 정면 계단을 올려다보면 표현하기 힘든 감정이 내 안에 솟구친다. 대장을 처음 만났던 그날의 나로 돌아가기 때문일 것이다.

지금도 생생히 기억난다. 대장은 난정서 탁본을 뚫어지게 보고 있었다. 그 시절 나는 난정서는 물론이고 왕희지나 탁본에 대해서도 전혀 아는 바가 없었다. 시꺼먼 종이의 하얀 글자를 열심히 보는 아저씨가 있구나, 그 정도로만 생각했다.

내가 다른 곳을 둘러보고 한참 후에 다시 왔을 때도 대장은 여전히 그 자리에 있었다. 엄청나게 좋은 게 있나 싶어 나도 걸음을 멈추고 찬찬히 들여다봤다. 무식한 나도 몇 글자는 알아볼 수 있었지만 내용은 알 길이 없었다. 그래도 참 잘 쓴 글씨란 점만은 느껴졌다.

그때 대장이 불쑥 말을 걸었다.

"마음에 드냐?"

대장은 힐끗 나를 보더니 이내 전시품으로 시선을 돌렸다. 그 옆모습이 멋졌다. 가는 체크무늬 양복에 흰 셔츠, 검은 니트 타이를 차려입은 멋쟁이였다.

질문을 받았으니 뭐라도 대답하고 싶었지만 그럴듯한 말이 좀처럼 떠오르지 않아 결국 생각을 그대로 말했다.

"글씨를 엄청 잘 썼네요."

"그래. 나도 이렇게 쓸 수 있으면 좋겠구나."

대장은 짧게 대꾸하면서도 시선을 떼지 않았다. 우리는 그대로 5분쯤 묵묵히 난정서 탁본을 바라보았다.

"저쪽에도 좋은 게 하나 더 있어."

앞장서서 걷기 시작한 대장을 따라가자 평평한 전시대가 나왔다.

"이건 수감이라는 거다."

"수감이요?"

대장은 살짝 고개를 끄덕이고 내게 설명했다.

"수手는 필적, 즉 글씨를 뜻해. 감鑑은 도감의 감. 전례나 견본, 본보기를 의미하지. 즉, 수감은 글자 견본을 모은 거야."

"글자 견본이요?"

"조금 전에 본 난정서 탁본은 왕희지의 글씨를 베껴 쓴 비석에서 따온 건데, 수감의 기원이라 할 수 있지. 옛날 사람도 잘쓴 옛 글자를 모아 베껴 쓰면서 공부했다는 게 놀랍지 않니?"

"네⋯⋯."

전부 처음 듣는 얘기라서 뭐라고 대답해야 할지 몰랐다. 대장은 그 전시품을 또 30분 정도 가만히 들여다봤다. 중간중간 주머니에서 오렌지색 표지가 달린 수첩을 꺼내 볼펜으로 뭔가를 적었다.

"뭘 적어요?"

"응? 이거? 여기 있는 해석문을 조금 옮겨 적었어. 다음에 도서관에서 찾아보려고."

"네……."

그런 어른을 본 건 처음이라 정말 깜짝 놀랐다. 내 주변에는 메모하는 어른이 없었다.

"머리가 나빠서 금세 까먹거든. 근데 신기하지, 메모하면 잊지 않더라고. 왜 그럴까?"

하지만 고개를 갸웃거리고 싶은 사람은 오히려 나였다.

분위기에 휩쓸려서 나는 자리를 뜨지도 못하고 가만히 탁본을 바라보았다. 그런데 대장이 느닷없이 말을 꺼냈다.

"점심때가 다 됐네. 밥 먹으러 가자."

"저는 됐어요."

순간적으로 대답이 튀어나왔다. 당시 내 수중에는 100엔도 없었다.

"알았으니까 따라와."

대장은 다시 앞서 걷기 시작했다. 나는 하는 수 없이 그 뒤를 따랐다.

도착한 곳은 박물관에서 도보로 10분 거리에 있는 식당이었다. 대장은 여러 번 와봤는지 점원에게 자리를 안내받는 것이 익숙해 보였다. 마음 한구석이 찜찜하긴 했지만 나도 대장을 따라 자리에 앉았다. 자리마다 새하얀 테이블보가 깔려 있고 장식용 티슈 위에 세련되게 접은 냅킨이 놓여 있었다.

마지막으로 신세 지고 나온 집에서 목욕과 빨래를 했다는 사실이 진심으로 다행스러웠다. 그런 생각이 들 만큼 청결하고 밝은 식당이었다.

"먹고 싶은 거 있어?"

대장은 메뉴판을 보며 내게 물었다. 내 앞에도 메뉴판이 놓였지만 가격을 보니 눈앞이 캄캄했다.

"딱히 없어요."

"그럼 내가 알아서 시키마."

대장은 점원을 불러서 샐러드와 모듬튀김, 새우그라탱, 햄버그스테이크를 주문했다.

"나는 맥주 한 잔, 이 친구한테는 밥을 곱빼기로 주세요."

이렇게 덧붙이며 주문을 마무리했다.

"만난 석은 없지만 여기 수인은 사람이 꽤 괜찮아. 좋은 재료를 아끼지 않고 정성껏 요리해서 내는데 가격도 양심적이지."

먼저 나온 맥주를 시원스레 들이켜며 대장이 말했다.

요리는 전부 세련되고 맛있었다. 대장은 중간중간 "오호"나 "이거 좋네"라고 중얼거리고는 아까 봤던 수첩을 꺼내 뭔가를

276

적었다.

"뭐가 '오호'예요?"

어느 정도 배가 차자 긴장이 풀렸는지 질문이 뻔뻔하게 입밖으로 흘러나왔다. 지금 생각해도 당돌하기 짝이 없는 질문이었다.

"내가 요리사거든. 아사쿠사에서 양식을 만들어. 그래서 다른 식당에서 음식을 먹는 건 나한테 공부나 마찬가지야. 여기 리본 같은 파스타 있지? 파르팔레라고 하는데 이걸 발사믹식초와 후추로 버무려서 모듬튀김에 곁들인 걸 보고 좀 놀랐거든. 보통은 채 썬 양배추와 토마토만 올리는 편이고, 거기에 레몬 한 조각을 더하는 곳도 가끔 있는데 이 집은 오이채를 넣어서 녹색을 살리고 토마토 대신 모양을 낸 방울무를 올렸어. 게다가 스파게티를 케첩에 대충 버무리지 않고 파르팔레로 제대로 맛을 낸 걸 보니까 감탄스럽네."

"아하……."

가볍게 던진 내 질문에 대장은 성의 있게 답해주었다.

"여기 주방장은 꼼꼼한 성격일 거야. 곁들임 음식이 훌륭하긴 하지만 메뉴의 주인공인 튀김을 추켜세우는 역할에서 벗어나지 않아. 햄버그스테이크에 곁들인 감자튀김도 적당히 바삭하지. 번거로운 밑 손질을 게을리하지 않는다는 뜻이야. 충분히 존경할 만해."

맛있다며 우걱우걱 먹기 바빴던 나 자신이 부끄러웠다.

"여기 오고 싶어서 박물관에 간 셈이야."

"식당을 운영하는데도 다른 식당에서 먹는 게 즐거워요?"

"어디서 뭘 먹든 나한텐 다 공부야. 일식, 중식, 양식 가리지 않고 패스트푸드, 체인점 도시락도 먹지. 각기 다른 제약 안에서 맛과 영양을 갖추는 방법을 다양하게 궁리한 결과니까."

대장은 자기 요리에 자부심이 있었지만 다른 식당을 부정하는 말은 한 번도 하지 않았다. 탐탁지 않은 부분을 발견해도 입을 꾹 다물었다. 기껏해야 "우리는 그렇게 하지 말아야겠다" 하고 한마디 할 뿐이었다.

주문한 요리를 다 먹은 후 커피를 주문했다. 식사 중간에도 식후에도 대장은 담배를 피우지 않았다. 그 시절엔 지금과 달리 대부분의 식당에서 흡연이 가능했고 주변 어른 중에도 흡연자가 많았다.

"담배는 안 피우세요?"

대장은 눈썹을 쓱 올리며 고개를 저었다.

"안 피워. 요리사는 내내 서서 일하는 데다 꽤 중노동이라 애연가가 많지만 사실 좋지는 않아. 담배 냄새는 지독해서 아무리 잘 씻어도 냄새가 손가락에 남고 옷이며 머리카락에도 배거든. 기껏 요리한 걸 엉망으로 만드는 셈이지. 너는 담배 피우나?"

"돈이 있으면요. 그리고 어디서 얻거나 하면요."

"그 정도면 지금 아예 끊는 게 낫다. 건강에도 안 좋고 돈도 들잖아. 습관이 되면 끊고 싶어도 못 끊지만, 돈이 없을 때 참을 수 있는 정도면 지금 끊는 게 좋아."

"네."

대장의 말은 잔소리로 들리지 않았다. 부모 자식뻘 되는 나이 차였지만 형이 동생을 타이르는 느낌이라 대장의 말을 순수하게 받아들일 수 있었다.

"그런데 일은 뭘 하나? 평일에 박물관에 있었으니 회사원은 아니겠고, 앳된 얼굴을 보니 아직 학생인가? 아, 이름이 뭐냐?"

이상하게 들리겠지만, 대장은 이름도 모르는 젊은이에게 밥을 사주고 이야기를 들려줬다. 그런 사람이었다.

나는 지방에서 왔고 딱히 정해진 직장 없이 하루하루 대충 살고 있다고 솔직히 털어놓았다. 사실, 그전까지는 새로 알게 된 사람이 나에 대해 물으면 늘 적당히 둘러대곤 했다. 어정쩡하게 살아가는 스스로가 내심 부끄러워서였다.

그렇지만 대장에게는 아무것도 숨기지 않고 살 곳도 일할 곳도 없다고 말했다. 어째선지 이 사람에게는 거짓말을 해서는 안 될 것 같았다.

"그러냐."

대장은 팔짱을 끼고 커피잔을 지그시 바라보면서 한동안 아무 말도 하지 않았다. 시간이 얼마나 흘렀을까. 몇 초, 길어도 1분이 넘지 않았을 텐데 그때 내게는 그 시간이 영겁처럼 느껴졌다.

"그럼 내 가게로 와라. 마침 한 명이 그만뒀거든."

"네?"

너무나도 뜻밖의 제안이었다. 기껏해야 '아르바이트를 구하는 지인이 있으니 소개해주겠다' 정도를 예상하고 있었다.

"아니, 근데, 저는 요리 같은 건 해본 적이 없어요. 칼을 잡아본 적도 없다니까요. 진짜 방해만 될 거예요."

대장은 팔을 풀고 입가에 미소를 띠며 말했다.

"방해할 수 있으면 대단한 거지. 처음에는 뭐가 뭔지 몰라서 멍하니 보고만 있을 거다. 그래도 걱정하지 마. 처음엔 누구나 다 그래. 우리 가게에 있는 녀석들도 원래는 다 아마추어였어. 나도 그렇고. 요리학원을 나왔다는 놈도 처음엔 아무것도 못 해. 그러니 기술적인 건 문제가 되지 않는다."

"그래요?"

대장은 점원에게 계산서를 부탁하며 말을 이었다.

"기술 같은 건 얼마든지 가르쳐주마. 하지만 그 외의 것은 본인 하기 나름이야. 아무리 실력이 좋아도 근성이 썩어빠진 녀석은 맛있는 음식을 못 만들어. 반대로 처음엔 실력이 좀 없어도 솔직함과 향상심만 있으면 괜찮아."

대장은 받아 든 계산서를 확인하고 상의 안주머니에서 장지갑을 꺼냈다. 지갑에서 빳빳한 만 엔짜리 지폐를 꺼내 계산서 폴더에 올리고 점원에게 건넸다.

"얼마 안 되지만 거스름돈은 팁으로 하지."

그러고는 자리에서 일어나 내 어깨를 두드렸다.

"가자. 오늘은 정기 휴일이라 가게엔 아무도 없지만 기숙사로 쓰는 아파트에는 누가 있을 거야."


"대장이라는 분, 멋진 사람이네요."

가만히 듣고 있던 겐이 입을 뗐다.

"멋있었지. 미의식이 높다고 할까, 세련됐다고 할까, 아무튼 뭘 해도 태가 나고 몸짓 하나하나가 근사했어. 주방과 홀이 완전히 나뉘어 있어서 손님한테는 요리사가 움직이는 모습이 전혀 안 보이는데도 대장은 늘 등을 곧게 펴고 냄비와 프라이팬을 다뤘거든. 근데 그게 꼭 춤추듯이 아름다웠지."

"꽤 오래전 일일 텐데, 그때는 팁을 주는 사람이 무척 드물지 않았나요? 그렇게 품위 있게 팁을 주는 사람은 더더욱이요."

일본에도 성의 표시라며 팁을 주는 사람이 없지는 않다. 그러나 젠의 말마따나 극히 소수다. 이미 봉사료라는 명목으로 계산서에 포함된 경우가 많으므로 별도의 팁을 얹어주기가 석연치 않을 수도 있다.

"대장의 지갑에는 늘 빳빳한 신권만 들어 있었어. 깨끗한 돈으로 내면 기분이 좋다면서. 그러고 보니 시호도 문구점도 거스름돈을 새 돈으로만 주지? 대장과 젠은 뭔가 통하는 게 있을지도 모르겠네."

젠이 빙긋 웃으며 끄덕였다.

"놀라기도 하고 기뻐하기도 하는 손님들 표정을 보는 게 즐거워요. 그런데 그다음에는 어떻게 되었나요?"


대장은 자신이 운영하는 식당에서 아주 가까운 아파트로 나를 데려갔다. 1층 가장 안쪽 집에는 대장이 살고, 다른 다섯 집은 직원용이었다. 가게 단골인 아파트 주인에게 싼값에 빌렸다고 했다. 집세는 대장이 여섯 집 몫을 한꺼번에 내서 직원들은 무료로 지낼 수 있었다.

2층의 세 집에는 다 선배들이 살고 있었지만 1층은 두 집이나 비어 있었다. 결국, 1층에 있는 집 하나를 내가 사용하기로 했다. 짐은 등에 멘 배낭의 옷가지와 칫솔이 전부였으므로 이 사랄 것도 없었다.

"이불은 내일 준비해줄 테니 오늘은 이걸 써라."

대장이 벽장에서 침낭을 꺼내 건넸다.

"이것만 있으면 돼요. 이불까지는 필요 없어요."

"사양할 줄도 알아?"

"그게 아니라……."

대장은 빙그레 웃으며 말했다.

"'어차피 금방 도망갈 겁니다' 하고 선언하는 것 같네. 알겠다, 네가 편한 대로 해. 겨울이면 몰라도 한동안은 괜찮겠지."

그날 저녁, 휴일을 즐기고 돌아온 선배들에게 대장은 나를 소개하며 내 방에서 환영회를 열겠다고 알렸다. 어느 틈에 장을 보고 왔는지 스키야키 준비까지 마친 참이었다.

"이 녀석은 후다 긴이다. 다들 잘 부탁한다. 아, 긴이라고 부르면 되나? 후다는 발음하기가 조금 어렵네."

대장의 한마디에 선배들도 나를 긴이라 불렀다. 세 선배 모두 지방 출신으로, 가장 나이가 많은 선배가 나랑 세 살 차이였다. 두 명은 나보다 한 살 위로, 일한 경력도 1년 미만이었다. 세 사람 다 성격이 좋아서 나를 괴롭히거나 힘들게 하는 일이 전혀 없었다. 선배들과의 관계까지 대장은 세심하게 챙기며 나를 신경 써주었다.

환영회를 마치고 우리 다섯 명은 근처 목욕탕으로 향했다. 요즘은 아무리 작은 원룸이라도 샤워기 정도는 있지만 그 시절 목조 아파트에는 대부분 욕실이 없었다.

목욕탕 카운터에 앉아 있는 아주머니에게 "우리 신입직원 긴입니다. 앞으로 잘 부탁해요" 하고는 요금도 안 내고 탈의실로 들어갔다. 나중에 들으니 월말에 목욕탕에서 직원 몫까지 한 달 치를 청구하면 대장이 전부 지불한다고 했다.

이 '외상'은 동네 곳곳에서 통했다. 채소, 고기, 생선, 조미료 같은 식료품점은 물론이고 생활용품점, 약국, 문구점, 이발소에서도 "대장 앞으로 달아주세요" 한마디면 끝이었다. 돈이 없어도 어려움이 없었다. 당시 무일푼이던 내게는 더없이 고마운일이었다. 그 대신, 이발소에 가면 무조건 머리를 짧게 밀어줬다. '일을 배운 다음에 멋을 내도 늦지 않다'는 대장의 방침에 따라야 했기에 직원 기숙사에 사는 동안 다른 머리 모양은 꿈도 못 꿨다. 그 더에 어디 놀러 갈 미음도 생기지 않았다. 빡빡머리로 디스코나 클럽에 가는 건 도무지 내키지 않았기 때문이다.

가게 주방에는 기숙사에 사는 세 선배 말고도 통근 요리사가 두 명 더 있었는데, 요리는 대부분 대장과 두 요리사가 맡았다. 기숙사에서 가장 나이가 많은 선배는 실습생이라는 위치였고 나머지 두 선배는 주로 밑 손질을 하며 조금이라도 조리 과정에 참여하고자 안간힘을 쓰고 있었다. 물론 신입인 나는 설거지 담당으로 매일같이 접시며 유리잔, 냄비와 솥을 닦았다.

그래도 주방의 일원으로서 새하얀 조리복과 모자를 지급받았는데 나는 그 위에 고무 재질의 커다란 앞치마를 걸치고 그릇들과 씨름하느라 바빴다. 처음에는 선배가 알려준 방법으로 닦았지만 하다 보니 요령이 생겨서 나름대로 방법을 궁리하게 됐다. 세제나 수세미, 스펀지 등을 바꿔가며 이것저것 시도하는 만큼 새로운 발견이 있어서 재밌었다.

냄비나 프라이팬 같은 조리 도구는 무조건 식기 전에 기름기를 제거하는 게 포인트고, 접시는 고무 주걱으로 남은 음식이나 소스를 깨끗하게 긁어낸 다음 중성세제를 푼 미지근한 물에 담가두면 때가 알아서 떠올라 나중에는 스펀지로 쓱 닦기만 해도 깨끗해졌다. 식기류는 너무 세게 문지르면 표면 코팅이나 색이 상할 수 있으니 물에 살짝 불렸다가 재빨리 닦아냈다.

그리고 물기를 어떻게 닦느냐에 따라 식기의 상태가 크게 달라진다는 사실을 깨달았을 땐 순수하게 기뻤다. 가게에서는 엄청난 양의 식기를 닦기 때문에 하나하나에 들일 수 있는 시간이 제한되어 있다. 그렇다고 대강 닦으면 애써 깨끗이 설거지한 식기나 유리잔도 반짝이지 않는다. 물기 닦는 천을 잡는 방법부터 닦는 순서까지 이리저리 궁리를 거듭해 단시간에 완벽하게 물기를 없애는 내 나름의 방법을 찾았다.

그런 노력 덕분에 설거지에 걸리는 시간이 조금씩 줄어들었다. 대단한 일은 아니어도 점심 영업 설거지 시간이 30분 단축되거나 마감 뒷정리가 15분 일찍 끝나는 등 스스로 생각해서 찾아낸 방법으로 눈에 보이는 변화가 나타나자 뿌듯했다.

그리고 대장은 그런 부분을 놓치지 않는 사람이었다.

"오호, 마무리가 훨씬 깔끔해졌군."

"싱크대 정리정돈이 완전히 자리를 잡았네."

내가 신경 쓰는 부분을 알아봐주는 게 기뻤다. 나를 인정해주는 것 같아 기분 좋았다.

어느 날부터인가 대장은 싱크대 앞에 있는 나를 종종 주방 안쪽으로 불렀다.

"어이, 손이 멈춰 있네! 그럴 틈 있으면 와서 좀 거들어."

처음에는 농가에서 직접 가져와 흙이 묻어 있는 채소를 씻거나 샐러드에 쓸 잎채소를 손으로 찢는 등 그야말로 '밑 손질을 위한 밑 손질' 같은 일이었지만 내 손을 거친 것이 요리에 쓰인다고 생각하면 가슴이 설렜다. 이제 와 생각해보니, 그때는 참 순수했다. 어떤 일이든 새로운 일을 맡으면 그저 좋았다.

겨울에는 당연히 물이 차가워진다. 설거지에는 온수를 썼지만 채소는 찬물로 씻어야 해서 만만치가 않았다. 그렇지만 손이 시리다는 어리광은 부릴 수 없었다. 내가 부지런히 씻어놓지 않으면 주방 전체에 피해가 갔다. 그 무렵에는 그런 부분까지 헤아릴 정도로 나는 달라져 있었다.

물론 고무장갑을 끼고 할 수도 있었지만 그러면 촉감을 포기해야 했다. 눈으로는 놓칠 법한 이물질도 손으로는 쉽게 느껴진다. 그래서 아무리 차가워도 직접 만져봐야 한다는 것을 나는 채소를 씻으며 알게 됐다.

대장의 가게에서 일하기 시작한 지 1년쯤 된 어느 날 휴일을 하루 앞두고 대장이 말을 꺼냈다.

"긴, 내일 잠깐 어디 좀 가자."

이튿날 대장은 나를 갓파바시로 데려갔다. 대장이 자주 가는 칼 전문점에 도착하자 내게 셰프나이프를 보여주었다.

"한번 잡아봐."

그러면서 식칼 몇 개를 골랐다.

"이게 무게도 적당하고, 잡는 느낌도 좋고, 손에 착 붙는 것 같아요."

내 말에 대장은 만족하듯이 고개를 끄덕였다.

"이걸로 주십시오. 그리고 적당한 숫돌도 같이 주세요."

물건을 포장해서 받은 종이가방을 내가 들겠다고 하자 대장은 한사코 자기가 들겠다며 건네주지 않았다. 그러고는 "커피 한잔하고 들어가자"라더니 카페로 발길을 옮겼다. 대장은 커피를 주문하고 평소와는 사뭇 다른 진지한 표정으로 입을 뗐다.

"5엔 있지?"

뜬금없는 질문에 난 분명 얼빠진 표정을 지었으리라.

"그렇게 맹하게 있으니까 못생긴 얼굴이 더 못생겨 보인다. 5엔 있지? 얼른 꺼내봐."

"네? 있긴 있는데……."

나는 주머니에 있던 동전 지갑에서 5엔짜리 하나를 꺼냈다.

"좋아, 내가 이걸 너한테 5엔에 팔 거야."

대장은 무릎에 있던 종이가방을 내게 내밀었다.

"네?"

"잔말 말고 나한테 5엔 주고 이걸 받아."

영문도 모른 채 대장의 말을 따랐다.

"팔았다!"

"감사합니다."

"아니, 너는 '샀다!'라고 해야지."

"……샀다."

간신히 매매가 성립되긴 했으나 칼에 숫돌까지 합치면 금액이 상당할 텐데 왜 5엔과 교환하는지 알 수 없었다.

"자, 이제 그 칼은 네 거니까 소중히 다뤄라. 손질도 부지런 히 해. 도구도 애정을 쏟는 만큼 길드는 법이야."

"감사합니다……. 근데 '팔았다', '샀다'는 왜 하는 거예요?"

대장은 과장스럽게 한숨을 크게 내쉬었다.

"이 친구, 공부를 좀 해야겠군. 맞다, 이것도 주려고 했는데 잊을 뻔했네."

대장은 주머니에서 주황색 표지의 수첩과 볼펜 한 자루를 꺼냈다.

"앞으로는 일할 때든 쉴 때든 수첩을 가지고 다니면서 궁금 한 것, 지적받은 것을 부지런히 적어둬. 어떤 수첩에 쓰든 상관 없지만, 나는 그 로디아 12번 수첩을 쓴다. 한 손에 들어오니까 걸어 다니면서도 쓰기 쉽고 표지는 방수라 물 묻은 손으로 만 져도 돼."

나는 로디아 수첩과 볼펜을 받아 들었다.

"학교에서 배우는 국어 수학만 공부가 아니야. 세상 돌아가 는 일을 모르면 손해를 볼 수밖에 없어. 눈앞에 기회가 지나가 도, 함정이 있어도 알아채질 못하지. 배우고자 하는 자세는 본 인이 의지가 없으면 몸에 익질 않으니 강요하지는 않으마. 아 무튼 모르는 것, 이해되지 않는 것, 처음 보고 듣는 건 뭐든 적어봐.”

“네.”

“그리고 아까 하던 얘기를 마저 하자면, 날붙이는 다른 사람한테 선물하는 게 아니야. 인연을 끊는다는 의미가 있거든. 가위도 마찬가지고 빗도 그렇지. 빗은 ‘고생’과 ‘죽음’을 합친 음이랑 같아서 꺼림칙하니까.”*

“처음 들었어요.”

나는 당장 로디아 수첩을 열어서 ‘날붙이와 빗은 선물하면 안 됨’이라고 적었다. 대장은 그런 내 모습을 흡족하게 바라보며 설명을 덧붙였다.

“날붙이나 빗 선물에도 사실 여러 해석이 있어. 날붙이가 ‘앞날에 길을 내다’라는 의미가 될 수 있으니 더없이 좋은 선물이라고 하는 사람도 있고, 빗도 ‘매듭을 풀다’라는 의미라고 주장하는 사람도 있으니까. 하지만 조금이라도 불길한 구석이 있으면 피하는 게 좋잖아. 그러니 날붙이를 주고 싶으면 번거로워도 시고피는 방식으로 건네는 편이 낫지.”

“감사합니다. 그런데 이렇게 비싼 칼을 5엔에 파셔서 어떡해요? 죄송합니다.”

---

* 일본어로 빗은 ‘구시櫛’, 고생은 ‘구苦’, 죽음은 ‘시死’라 한다.

대장은 껄껄 소리 내 웃으며 "1년 동안 열심히 한 상이야"라고 대답했다.

"첫 번째 칼은 꼭 같이 골라주고 싶었거든. 이 칼 가게 주인도 답답할 만치 정직한 아저씨라 질 좋은 물건을 적당한 가격에 팔아. 앞으로도 필요한 게 있으면 거기서 상의하면 돼. 손님 얼굴을 잘 기억하고 필요한 걸 기막히게 찾아주지."

카페에서 나와 돌아오는 길에도 "냄비는 여기가 좋다", "프라이팬은 여기" 하고 여러 곳을 소개해주었다. 그때마다 나는 가게 이름을 수첩에 적었다. 짧은 시간 메모는 열 장이 넘어갔다.

"그래, 그 기세로 쭉쭉 적어나가. 그 수첩은 다마타마야에서 살 수 있어."

다음 날부터 본격적으로 밑 손질을 돕게 되면서 매일같이 채소를 다듬고 껍질을 벗기며 채소와 씨름했다. 참고로 대장의 가게에서는 냄비와 도마, 국자 등은 가게 비품을 쓰게 했지만 날붙이와 프라이팬은 요리사가 각자 애용품을 가져와 사용하게 했다. 대장은 물론이고 두 요리사도 자기 칼 몇 자루를 잠금장치가 달린 전용 케이스에 넣어서 가지고 다니면서 일이 끝나면 정성스레 칼을 손질했다.

그런 모습을 보면 견습생들도 자연히 칼을 소중하게 다룰 수밖에 없었다. 미혼이었던 대장은 퇴근 후 기숙사에 사는 우리를 불러 모아 주방 도구 손질법을 하나부터 열까지 가르쳐 주었다. 나는 대장의 말을 하나도 빠짐없이 로디아 수첩에 메모했다. 그 시절 배운 것, 몸에 익힌 것이 지금도 요리사로서의 나를 지탱해준다.

그렇게 메모를 시작하고 1년 만에 서른 권 넘는 로디아 수첩이 메모로 가득 찼다.


"따뜻한 이야기네요. '오너 셰프는 요리사인 동시에 경영자여야 한다. 경영이란 사람을 움직여 사업을 운영하는 것이며, 즉 인재육성 역량으로 사업의 흥망이 결정된다'라고 유명한 요리사가 방송 인터뷰에서 말하는 걸 본 적 있어요."

겐은 거듭 고개를 끄덕이며 그렇게 말했다.

"내 가게를 열기로 마음먹고 직원을 고용할까 생각도 해봤지만 결국 단념했어. 점심 영업은 하지 않고 저녁만, 게다가 1석 1회전으로 여덟 석만 두고 작게 시작하는 이유도 직원을 두지 않고 혼자 꾸려가고 싶어서야. 그러니 주방 여섯 명에 홀 네 명, 합치면 열 명이나 되는 직원을 데리고 있던 대장은 정말 대단한 거지. 작게나마 내 가게를 열려고 보니 그게 얼마나 쉽지 않은 일인지 알겠더라고."

"그러게요. 저도 저 혼자 내키는 대로 꾸려가고 있지만, 직원을 고용하면 제대로 해나갈 자신이 없습니다."

나는 고개를 깊이 끄덕이고 그 후의 이야기를 들려주었다.


대장의 가게에서 지낸 지 3년이 지나고 네 번째 여름을 맞았을 때였다.

선배 셋 중에 둘은 그만두고 다른 한 명은 결혼해서 기숙사에서 나갔다. 어느새 내 밑으로 후배가 셋이나 생겼지만 다들 본가에서 통근하여 아파트에는 대장과 나 둘뿐이었다.

배우는 게 즐거워서 나는 요리 일을 열심히 몸에 익혀갔다. 일할 때 로디아 수첩은 무척 요긴하게 쓰였다. 그 무렵엔 낮에 적은 메모를 자기 전 큰 노트에 정리해서 옮겨 쓰는 습관이 생겼을 정도였다. 겨우 몇 년 전만 해도 아무 생각 없이 하루를 사는 데만 급급했는데, 대장과의 만남이 모든 것을 바꿔놓았다.

충실한 일상을 보내는 와중에 요리의 베이스가 되는 수프 조리와 곁들임 채소 준비를 담당하게 되었다. 이대로 쭉 노력해서 언젠가 대장과 나란히 프라이팬을 잡는 날이 오기를 간절히 꿈꿨다.

그러나 그 꿈은 이루어지지 않았다.

도쿄에 온 지 얼마 안 됐을 무렵, 신주쿠에서 알게 된 사람에게 한동안 신세를 졌다. 나중에서야 알게 된 사실이지만, 그 사람은 요즘으로 따지면 건달 같은 사람이라 범죄나 다름없는 사업으로 돈을 엄청나게 벌어댔다. 그 사람과 함께 지내는 동안 내가 직접 일을 돕지는 않았지만 빈 사무실을 지키면서 용돈을 받았다. 아니, 용돈이라기엔 큰 금액이었다. 입막음을 위한 돈이었을 것이다.

결국, 그 사람은 경찰에 체포됐다. 있을 곳이 사라진 나는 우에노 쪽으로 흘러갔다. 처음에는 잘 곳을 잃어 곤란해졌다고 불평했지만 아마 그대로 신주쿠에 있었다면 나도 분명 위험한 일에 가담하고 말았을 것이다.

그 사람이 형기를 마치고 출소했다. 그리고 우연히 잡지에서 대장의 가게를 소개하는 기사를 보았는데, 가게 앞에서 대장과 종업원 전원이 함께 찍은 단체 사진에서 나를 발견했다고 한다.

뒷문으로 쓰레기를 버리러 나와보니 그 사람이 서 있었다.

"오랜만이네. 꽤 번듯해지셨군. 요리사 옷이냐? 잘 어울린다."

그 사람은 가로등 아래서 심뜩하게 웃었다.

"일 끝나면 잠깐 얼굴 좀 보자."

그러면서 근처 술집의 상호가 적힌 성냥갑을 내밀었다.

일이 손에 잡히지 않아 정리도 하는 둥 마는 둥 하고 퇴근하자마자 술집으로 달려갔다. 영화에 나올 법한 변두리 술집에는 손님이 우리밖에 없었다.

"일은 재밌냐?"

나는 말없이 고개만 끄덕였다.

"나도 일을 다시 시작하려고 하거든. 너도 와서 도와라."

사무실에 앉아서 전화만 받아도 대장의 가게에서 받는 월급의 몇 배가 되는 돈을 벌 수 있다고 했다. 예전의 나라면 바로 수락했을지도 모른다.

"죄송합니다. 지금 하는 일을 그만둘 생각이 없습니다."

"어이, 잠깐."

내가 자리에서 일어나려 하자 그 사람은 내 눈을 빤히 쏘아보았다.

"경찰에 잡혔을 때도 난 네 이름을 꺼내지 않았다. 사무실에서 전화를 받았을 뿐이라는 변명은 안 통해. 난 너를 동료라고 생각했으니까."

"말도 안 되는 소리 마세요. 제가 사무실에서 지내긴 했지만 일을 도운 적은 한 번도 없어요."

"보수를 받았잖아."

말문이 막혔다. "용돈이다"라며 건넸던 돈이 어느새 '보수'가 되었다.

"그, 그건 용돈이라면서요!"

그 사람은 담배에 불을 붙이고 천천히 연기를 내뿜었다.

"교도소에서는 술, 담배를 못 해. 물론 개구멍이 있어서 가끔은 조달해 피웠지만 이런 식으로 천천히 음미하진 못하지. 선생님 몰래 담배 피우는 중학생처럼 맛 따위는 느낄 수도 없어. 그러고 보니 넌 담배 끊었나?"

"네. 요리사로 일하는 데 안 좋아서요."

그 사람은 머쓱한 표정으로 담배를 비벼 끄고는 얼음 탄 술을 단숨에 마셨다.

"그래, 알았다. 그럼 더는 잡지 않을게. 대신 조건이 하나 있다."

"뭔데요?"

"너한테 줬던 돈을 돌려받고 싶은데 말이야. 그때는 벌이가 좋아서 큰 걸로 두세 개씩 줬으니 어림잡아도 300만 엔은 되겠지."

그가 말한 '큰 것'은 도박장 용어로, 만 엔 지폐를 열 장 묶은 것을 의미했다. 실세로 한 번에 적어도 10만 엔, 낮게는 50만 엔을 받은 적도 있었다.

"그런 돈은 없어요."

그 사람은 천천히 고개를 저었다.

"성실하게 일하고 있으니 한 번에 다 달라고는 안 할게. 우선

100만 엔 먼저 주고, 200만 엔은 한 달에 50만 엔씩 다섯 번 나눠 내는 것으로 봐줄 테니까."

"300만 엔이 350만 엔으로 늘어났는데요."

그 사람은 가소롭다는 듯이 고개를 저었다.

"어쭈, 암산도 하네. 내 사무실에 들락거릴 때는 전화번호 하나도 제대로 못 외우더니."

나는 아무 말 없이 일어섰다.

"내일 여기로 100만 엔 가져와. 직장이랑 집은 이미 다 파악해뒀어. 허튼수작 부리면 가게로 찾아간다."

그리고 품에서 명함집을 꺼내 명함 한 장을 내밀었다.

"나도 이제 어중간하게 살지 않아. 아버지라 부를 만한 사람을 만났거든."

명함에는 누구나 아는 조직폭력배의 문장이 박혀 있었다. 지금이야 그런 명함을 내밀면 단번에 폭력단 대책법에 저촉되지만 그때만 해도 단속이 느슨한 시대였다.

그날 어떻게 집까지 왔는지 기억이 나지 않는다. 마침 목욕탕에서 돌아오는 대장과 아파트 앞 도로에서 딱 마주쳤다.

"어디서 농땡이를 부리고 왔어? 서두르지 않으면 목욕탕 문 닫는다."

달빛 아래 해맑게 웃는 대장의 얼굴을 보며 나는 결심했다.

절대 이 사람에게 피해를 주지 않겠다고.

겐은 숨을 참고 듣고 있었는지 불쑥 숨을 크게 내쉬었다.
"전개가 너무 급격해서 듣기만 하는데도 긴장되네요."
나는 살짝 끄덕였다.
"그렇지? 결국 그날 밤으로 짐을 싸서 도쿄를 떠났어. 최소한의 옷가지와 현금, 통장, 대장이 사준 칼과 로디아 수첩처럼 중요한 것만 챙기고 수첩 한 장을 찢어서 '갑작스레 죄송하지만 그만두겠습니다' 하고 써서 집 열쇠랑 같이 대장 집 우편함에 넣었지. 그길로 야에스 출구 쪽 장거리 버스 정류장으로 가서 간사이로 도망친 거야."
"안타깝네요."
겐의 목소리가 어쩐지 쓸쓸하게 들렸다.
"얼렁뚱땅 미뤄왔던 외상을 한꺼번에 청구받은 느낌이었어. 도쿄에 와서 흘러가는 대로 살면서 수상한 돈인 줄 알고도 좋다고 받아서는 바보 같은 데 썼지. 후회했지만 내가 했던 멍청한 짓을 돌이킬 순 없었어."
"왜 대장에게 말하지 않았나요? 그 이상한 사람과 엮였을 때는 미성년자였으니 그 사람 말은 완전히 생트집이죠. 경찰에 신고하면 방법이 있지 않았을까요."

겐의 말이 옳았다.

"그러게 말이야. 근데 그때는 아무것도 몰랐어. 어쨌든 여기 있으면 대장에게 피해가 갈까 봐 두려웠거든. 내가 멍청했지. 대장의 말마따나 공부를 안 해서 아무것도 몰랐던 거야. 협박에 떨면서 도망치는, 비참하고 보잘것없는 인간이었어."

겐은 크게 고개를 저었다.

"그렇지 않아요. 그랬다면 지금의 긴 씨는 없었겠죠."

"그런가……. 아무튼, 간사이에 도착한 뒤 생각보다 금방 일을 찾았어. 지낼 곳을 구하느라 모아놓은 돈 일부를 사용했지만 남은 돈은 전부 서류 봉투에 넣어서 그 사람한테 보냈지. 100만 엔에는 턱없이 모자랐지만 우선 할 수 있는 만큼 최대한 보냈어. 그 후에도 월급을 받으면 대부분을 그 사람한테 보냈고, 덕분에 1년 반 만에 요구한 금액을 다 갚았지."

"정말 대단하시네요. 근데 그 사람이 간사이까지 찾아오지는 않았나요?"

나는 말없이 고개를 끄덕였다. 솔직히 또 눈앞에 나타날까 봐 늘 두려웠다. 하지만 그는 끝까지 모습을 드러내지 않았다. 그냥 둬도 매달 꼬박꼬박 돈을 보내오는데 굳이 교통비를 들여 협박하러 올 필요가 없었을 것이다.

"그 집요한 남자는 지금 어떻게 됐나요?"

"패싸움에 휘말려서 죽었어. 내가 돈을 다 갚았을 때랑 거의 비슷한 시점에. 지금도 생생히 기억나. 중국집에서 맥주랑 볶음밥을 먹다가 우연히 텔레비전 뉴스를 보고 알게 됐거든."

"그렇군요. 불손한 표현이지만, 어차피 갈 거 조금만 더 일찍 갔으면 좋았겠네요. 그러면 힘들게 일해서 영문 모를 빚을 갚지 않아도 됐을 텐데."

"아니야. 다 갚을 때까지 살아 있어서 다행이었지. 그 돈을 다 갚고 나서야 나도 제대로 매듭을 지은 것 같았거든. 근데 그 사람이 죽었다는 얘기를 들으니 맥이 탁 풀리긴 하더군. 갑자기 일본에 있기가 싫어지지 뭔가."

겐은 이제야 알겠다는 듯 손바닥을 짝 마주치며 말했다.

"그래서 방랑의 여정이 시작됐군요!"

"뭐, 그런 셈이지."

겐의 표정이 한순간 진지해졌다.

"그런데 그런 사연이 있다면 개점 소식은 더더욱 알려야 한다고 생각합니다."

"그렇지. 그래서 고민이야."

겐은 쟁반에 찻잔을 챙기며 말을 보탰다.

"이건 저의 부탁입니다. 대장에게 안내장을 보내주세요. 편지지와 봉투는 제가 준비하겠습니다. 잠시만 기다려주세요."

방금까지의 온화했던 모습과는 달리 겐은 결연한 말투로 그렇게 내뱉고 쟁반을 챙겨 자리를 떴다.

나도 모르게 말을 너무 많이 한 것 같아서 조금 마음이 무거워졌다.

문득 창문을 보니 하늘에는 비늘구름이 떠 있었다. 반쯤 열린 창문으로 가을의 촉촉한 바람이 불어왔다.

"오래 기다리셨죠?"

1층 매장에서부터 달려왔는지 숨을 몰아쉬며 겐이 무언가를 내밀었다.

"편지지와 봉투는 이게 어떨까요? 고급스러우면서 무난합니다. 그리고 펜은 이걸 쓰세요. 필기감이 부드러운 것으로 골랐습니다. 제가 멋대로 준비했으니 값은 받지 않겠습니다. 꼭 이걸로 대장에게 지금까지 있었던 일들과 함께 개점 소식을 전해 주세요. 개점 안내장과 편지를 한 사이즈 큰 봉투에 넣어서 같이 보내면 되니 걱정하지 마십시오. 제가 제대로 준비할 테니 그 부분은 염려 마세요."

겐은 완전히 시호도 문구점 주인으로 돌아와 있었다.

"고맙네. 근데 편지 같은 걸 써본 적이 없어서."

내가 듣기에도 한심할 만큼 힘없는 목소리가 새어 나왔다.

겐은 내 손에 편지지와 봉투, 펜을 억지로 쥐여주고는 "어서요" 하고 재촉하며 다다미 자리 건너편에 놓인 큰 책상 앞으로 나를 안내했다.

"한동안 방해하지 않겠습니다. 천천히 쓰세요. 차를 새로 끓여 오겠습니다."

그러고는 1층으로 내려갔다.


혼자 남겨진 나는 새하얀 편지지와 마주할 수밖에 없었다. 제대로 된 편지 서식을 따라 서문을 쓸까 잠시 고민했지만 결국 '오랜만에 연락드립니다'로 시작했다.

우선 멋대로 행방을 감춘 일을 솔직하게 사과했다. 그리고 그 이유로 대장과 만나기 전 알게 된 불량배에게 빚을 져서 도망가게 된 상황을 설명했다. 지금은 그때 대장에게 털어놓지 못한 것을 후회하고 있고, 간사이로 도망친 후 카페나 국수 가게 등 동시에 여러 군데서 일하며 죽을힘을 다해 빚을 다 갚았다는 것도 적었다.

빚을 다 갚고 맥이 풀려 무작정 유럽으로 건너갔고, 현지에서 일해서 번 돈으로 이곳저곳을 돌아다니다가 음식점에 자리를 얻어 설거지나 허드렛일부터 시작했는데 대장 가게에서 배운 기술 덕에 어디서든 금방 실력을 인정받았으며, 여기저기 다니며 프랑스와 이탈리아, 독일 요리의 기초를 배우는 동안 로디아 넘버 12를 100권 넘게 쓰고 그걸 다시 열 권의 노트에 정리했다는 얘기도 썼다.

그 후에도 적을 일이 많았다. 미국으로 건너가 일본 식료품점에서 일하다가 우연히 일식당 주인을 만나 "일본인이니 일본음식 만들 수 있지?"라며 반강제로 스카우트 되었고, 초밥부터 튀김, 스키야키까지 만들었지만 일식의 기초를 배우지 않은 데에 콤플렉스를 느껴 처음부터 시작하려고 귀국을 결심했다.

대장의 가게를 떠나고 일본으로 돌아오기까지 10년 넘는 시간이 걸렸다. 그리고 초밥집에서 완전히 처음부터 다시 수련을 시작해서 이번에 드디어 내 가게를 열게 되었다.

일본에 와서도 로디아 수첩을 손에서 놓지 않았고 지금은 다 쓴 로디아 수첩이 열 상자 넘게 모였다는 얘기까지 두서없이 적어 내려갔다.

지금까지의 일이 머리에서 넘쳐흘러서 무엇부터 써야 좋을지 몰라 펜이 제대로 움직이지 않았다. 요리사로서 제 몫을 다하게 되다니, 눈곱만큼도 배운 것 없는 나를 거두어 정성껏 지도해준 대장이 없었다면 지금의 나는 없었을 것이다. 그런 생각이 자꾸만 밀려들어 손이 떨려서 펜을 움직이기가 힘들었다.

글로 써가며 지금까지의 나를 돌아보자 대장에게 요리뿐만 아니라 메모하는 습관과 공부하는 자세 등 사람으로서 살아가는 방법을 배웠다는 사실이 새삼 가슴에 사무쳤다. 대장의 가게를 뛰쳐나온 뒤 간사이, 유럽과 미국 그리고 귀국한 후 일본에서 문을 두드린 식당에서 나를 기꺼이 받아준 건 대장에게 사람으로서의 기초를 배웠기 때문일 것이다.

"칼과 도마, 냄비는 장사 도구다. 내 손과 팔의 일부라고 생각하고 소중하게 다뤄야 해. 그건 기본 중 기본이야."

"재료를 함부로 다루는 녀석은 결코 실력이 늘지 않아. 채소, 소고기, 돼지고기, 생선은 다 살아 있던 거야. 그 생명을 인간의 편의대로 가져다 쓰는 거지. 생명을 빼앗는 일임을 잊어서는 안 돼. 뭐 하나 허투루 쓰지 말고 감사하게 생각해라. 농부, 어부, 낙농업자 같은 생산자의 고생까지 생각하면 뭐든 함부로 다룰 수가 없어."

몇십 년 전이지만 수도 없이 들었던 말이 지금도 선명하게 머릿속에 남아 있다.

"이발은 적어도 3주에 한 번은 해라. 어차피 빡빡 미는 거니까 면도까지 해도 30분도 안 걸려. 그리고 감기 기운이 좀 있어도 목욕은 거르지 마. 몸 상태가 망가지는 건 대체로 자기 관리에 소홀했다는 증거야. 손톱은 사흘에 한 번 깎고, 아침에 세수할 때 코털이 삐져나오지 않았는지 거울로 봐라. 청결은 요리사가 지녀야 할 최소한의 조건이다. 조리복 단추는 전부 잠그고 조리모도 바로 써. 한 번이라도 걸쳤던 조리복은 반드시 세탁하고 꼭 다려 입어라. 사소한 것 같아도 그런 걸 보는 사람은 보는 법이야."

"'좋은 아침입니다', '안녕하세요', '감사합니다', '죄송합니다' 이 네 가지는 확실히 말해라. 상대방 귀에 닿지 않으면 말하지 않은 것이나 다름없어."

"월급의 반은 자신에게 투자해. 투자가 뭐냐고? 우선 좋은 도구를 갖추는 거야. 훌륭한 도구는 정성 들여 손질하면 평생 쓸 수 있어. 그리고 일류 식당에서 손님으로 식사를 해봐. 안목도 기르고 새로운 방식을 배울 수 있지."

"미술관이나 박물관에 가서 좋은 것을 보고, 영화나 연극도 보고, 책을 읽어라. 교양을 쌓는 습관을 만들어. 봐도 뭔지 모르겠다, 재미없다 하는 녀석은 관심을 가지고 열심히 알아보려 한 적이 없을 뿐이야."

"미술관에 100번쯤 가보면 보는 눈이 저절로 길러져. 감상에 단련이 되면 그림 자체나 화가에 흥미가 생기거든. 궁금하니까 찾아보게 되고 그러다 보면 새로운 사실을 알게 되지. 특히 서양 미술품은 역사나 그리스 신화, 기독교를 소재로 삼은 작품이 많으니까 배경지식이 있느냐 없느냐로 감상의 깊이가 완전히 달라진다는 걸 명심해라."

"요컨대, 미적 안목을 길러야 해. 요리는 종합예술이다. 오감을 전부 동원하지 않으면 훌륭한 요리사가 될 수 없어."

"결국 중요한 건 계속 성장하고 싶다는 향상심이야. 향상심이 있는지 확인하는 방법은 간단해. 메모를 하나 안 하나, 그것만 보면 돼."

전부 소중한 가르침이었다. 나는 지금껏 그 말들을 가슴에 담고 살았다.

내 앞에는 어느새 열 장이 넘는 편지지가 채워져 있었다.


"봉투는 이 크기가 좋겠네요."

안내장과 편지를 큰 봉투에 함께 넣고 겐은 선반에서 저울을 꺼내 무게를 쟀다.

"100그램 이상 150그램 이하군요."

그러고는 여러 우표를 모아둔 책자에서 경사용 우표를 꺼내 꼼꼼하게 붙였다.

"자, 준비는 끝났습니다. 이제 문구점 앞 우체통에 넣기만 하면 됩니다."

나는 의자에서 일어나 자세를 가다듬고 고개를 숙였다.

"감사합니다. 정말 여러모로 신세를 졌습니다."

겐은 허둥대며 손을 내저었다.

"이, 이러지 마세요. 제가 주제넘었습니다. 실례를 범했나 싶어 반성하고 있습니다. 언짢으셨다면 죄송합니다."

겐이 깊이 고개를 숙였다. 이번에는 내가 당황할 순서였다.

문구점 밖까지 배웅 나온 겐이 보는 앞에서 나는 봉투를 우체통에 넣었다.

"괜찮을까. 정말 이게 맞는지 모르겠네."

"네, 괜찮을 겁니다."

겐의 목소리가 한층 더 듬직하게 들렸다.

나는 살짝 끄덕이고 주머니에서 로디아 수첩을 꺼냈다. 그리고 메모에 남아 있던 '대장에게 안내장 보내기' 항목에 줄을 그었다.

12월의 어느 날, 시호도 문구점 주인 다카라다 겐은 빗자루로 가게 앞을 쓸고 있었다. 법인 고객의 주문 건이 일단락되어 조금 여유가 생긴 참이었다.

그때 문구점 앞에 초밥 장인 후다 긴이 모습을 드러냈다. 겐이 긴을 알아보고 곧바로 인사를 건넸다.

"긴 씨, 안녕하세요."

"잘 지냈나?"

긴은 종이가방을 내밀며 말했다.

"자네 주려고 지라시 초밥을 만들어왔어."

긴의 초밥집은 이른바 '오마카세'만 제공되는 고급식당이라 1인분에 3만 엔 이하인 메뉴는 없었다.

"제가 받아도 될까요?"

조심스레 물으며 종이가방을 받아 드는 겐에게 긴은 환하게 웃으며 대답했다.

"물론이지. 자네한테 고맙다는 말을 하러 왔어."

"저한테요?"

긴은 쑥스러운 듯 머리를 긁적이며 중얼거렸다.

"어제 대장이 가게에 오셨어."

"네? 정말요?"

"응. 그것도 꽤 일찍."

"어떻게 됐나요?"

잔뜩 긴장한 센을 다독이며 긴은 웃는 얼굴로 대답했다.

"6시 개점인데 5시 조금 전부터 가게 앞을 왔다 갔다 하는 사람이 있더라고. 그래서 나가봤더니 대장이 있지 뭔가. 머리가 새하얀 대장이 말이야. '오랜만입니다' 하고 인사를 하니까 예전 목소리 그대로 '예약을 안 했는데, 혹시 지금도 가능한가?'라고 하시더군. 준비도 끝났겠다, 예약 손님도 7시부터라 당장 가게 안으로 모셨지."

이야기를 듣는 젠은 긴장되는지 마른침을 꿀꺽 삼켰다.

"그, 그래서요?"

"들어와서는 출입문에서 제일 가까운 자리에 앉으시더니 '초밥 1인분하고 녹차 주십시오' 하셔서 곧장 차랑 물수건을 내드리고 초밥을 만들기 시작했어. 평소에는 코스가 기본이라 전채랑 회랑 이것저것 내서 입맛을 돋운 다음에 초밥이 나가거든. 근데 초밥만으로 과연 대장에게 인정받을 수 있을까 어찌나 불안하던지. 그래도 나 자신을 믿는 수밖에 없었어."

"바, 반응은 어땠나요?

"뭘 내놓든 별말씀 없이 묵묵히 드시기만 하니까 정말 숨도 못 쉬겠더라고. 가끔 끄덕이면서 '오호' 정도 말씀하셨나. 중간중간 로디아 수첩을 꺼내서 뭐라고 적는데 내 쪽에서는 글자도 안 보이고, 애가 타서 혼났지."

젠은 고개를 흔들며 "아, 뒷이야기 듣기가 떨립니다" 하고 우는소리를 했다.

"우리 가게는 손님이 음식을 바로 드실 수 있도록 간장이며 양념을 주인인 내가 다 바르고 내놓는 형태라 초밥 하나를 만드는 데 시간이 좀 걸리는 편이야. 근데 대장 먹는 속도가 엄청 빠른 거야. '참다랑어 속살입니다', '성게알입니다' 하고 놓자마자 쓱 가져가서 꼭꼭 씹어 삼킨 다음, 차로 입을 가시고는 '자, 다음 초밥 주게' 하는 느낌으로 나를 쳐다보시더라니까. 평소 내 속도를 유지할 정신도 없이 만들었지."

"그, 그래서요?"

"마무리는 노리마키로 했어. 초밥 열한 개를 드시는 데 30분도 채 안 걸렸더라고. 만드는 사람 입장에서 보자면 순식간인데, 길었다면 긴 시간이고, 아, 잘 모르겠네."

긴은 팔을 꼬고 입을 다물었다. 겐은 그 얼굴을 가만히 바라보았다.

"차를 새로 내드리니까 한 모금 마시고 일어나셨어. 의자 등받이를 정중하게 밀어 넣고는 내 눈을 똑바로 보면서 '많이 배우고 갑니다' 하고 고개를 숙이시는 거야. 그리고 '맛있었다'라고……. 나도 뭐라고 대답을 하고 싶었는데 아무 생각도 안 나서 겨우 '감사합니다'밖에 말하지 못했어."

"정말 잘됐네요."

겐은 무심코 안도의 숨을 내쉬었다.

"그리고 상의에서 축의금 봉투를 꺼내 '작은 성의야'라면서 내려놓고 '열심히 했구나' 하시더니 쓱 가셨지."

긴은 팔짱을 풀고 겐에게 다시 고개를 깊이 숙였다.

310

"다 겐 덕분이야. 정말 고맙네."

"당치도 않습니다. 도움이 되었다니 정말 다행입니다."

"신세 진 김에 2층 책상을 한 번 더 빌려도 될까? 가게에 와 주셔서 감사하다고 대장에게 편지를 쓰고 싶어서 말이야. 편지지와 봉투도 골라줬으면 하는데 부탁해도 되겠나?"

"네, 물론이지요!"

겐은 입구 유리문을 열며 긴을 문구점 안으로 들였다.

긴자에 있는 오래된 문구점 시호도. 주인 다카라다 겐의 인품에 반한 단골들로 오늘도 문구점은 북적인다.

# 긴자 시호도 문구점

| | |
|---|---|
| **초판 1쇄 인쇄** | 2024년 10월 2일 |
| **초판 1쇄 발행** | 2024년 10월 11일 |

| | |
|---|---|
| **지은이** | 우에다 겐지 |
| **옮긴이** | 최주연 |

| | |
|---|---|
| **책임편집** | 한의진 |
| **디자인** | studio forb |
| **책임마케팅** | 김서연, 김예진, 김찬빈, 김소희, 박상은, 이서윤, 최혜연, 노진현, 최지현, 최정연, 조형한, 김가현, 황정아 |
| **마케팅** | 유인철 |
| **경영지원** | 백선희, 권영환, 이기경 |
| **제작** | 제이오 |

| | |
|---|---|
| **펴낸이** | 서현동 |
| **펴낸곳** | ㈜오팬하우스 |
| **출판등록** | 2024년 5월 16일 제2024-000141호 |
| **주소** | 서울특별시 강남구 테헤란로 419, 11층 (삼성동, 강남파이낸스플라자) |
| **이메일** | info@ofh.co.kr |

ⓒ 우에다 겐지

**ISBN** 979-11-94293-15-6 (03830)

크래커는 ㈜오팬하우스의 출판브랜드입니다.

 손이 가는 즐거움, 나누고 싶은 재미